Timeri Murari

Liebende sind ganz anders

Timeri Murari

Liebende sind ganz anders

Roman

Goverts

Aus dem Amerikanischen
von Bernd Grashoff

Deutsche Ausgabe: Goverts im S. Fischer Verlag GmbH,
Frankfurt am Main 1979
Die Originalausgabe erschien 1978 unter dem Titel
›Lovers Are Not People‹ bei William Morrow
and Company, Inc., New York
Umschlagentwurf: Rambow, Lienemeyer, van de Sand
Gesamtherstellung: Wilhelm Röck, Weinsberg
Printed in Germany
ISBN 3-7740-0503-6

Ganz speziell für Molly

Liebende sind
ganz anders

Erstes Kapitel

Es war ein Uhr nachts an einem Samstag, und es war der einundfünfzigste Tag, seitdem David mich verlassen hatte. Da beschloß ich: Ich hole mir meinen Mann zurück!

Der Knabe, der mich gerade umarmte und seine klebrigen Lippen auf meinen Mund preßte, als wolle er so eine Art künstliche Beatmung zelebrieren, schreckte mich aus meinen Gedanken. Wie er mit seinem ganzen Körpergewicht auf meinen Zehen stand! Ich wich unwillkürlich einen Schritt zurück, um nicht unter dem süß-sauren Duft seines Rasierwassers ersticken zu müssen.

»Gott, bist du hinreißend, Shelley!«

Das sollte romantischer klingen, als es herauskam. Er würgte sich fast bei dem Versuch, Krawatte und Jackett gleichzeitig auszuziehen, Ja, wenn er sechs Arme wie ein Buddha gehabt hätte, würde er einen perfekten Strip innerhalb von Sekunden hinlegen. Mir schwante, wie er im Bett war: Arme, Beine, Finger in einem Kribbel-Krabbel überall, allzuviel aufgeregte Begeisterung – und ejaculatio präcox, wie die meisten jungen Männer.

»Ja, danke«, ich rutschte noch ein bißchen weiter ab.

Das Schlafzimmer geschmacklos, so eine richtige Bude für die schnelle Tour: das weichliche Orange der Tapeten ließ uns fahl aussehen, und die Musik war entschieden zu süßlich. Dann die Kugel-Lampe über meinem Kopf – wie eine Straßenlaterne. Ich dachte an unser Schlafzimmer zu Haus, an die kleinen und stilvollen Wandkerzen.

Mit seinem nackten Arm umfing er meinen Hals. Er drückte den Mund auf mein Ohr und flüsterte irgend etwas. Ich hörte nicht hin. Wie zufällig streifte eine Hand meine Brust, blieb dort liegen, versuchte, sie irgendwie zu massieren – ja, und die andere fummelte bereits an meinem Reißverschluß.

»Ich kann nicht . . .«
Nein, ich hatte seinen Namen nicht ganz vergessen. Ich kam nur nicht in diesem Augenblick darauf. Doch – Gerry! Gerry war mir erst vor ein paar Stunden über den Weg gelaufen, ausgerechnet bei seiner Mutter. An sich war eine Einladung bei Marion Keating erst in einigen Monaten fällig, aber ohne Zweifel hatte sie von Davids Verschwinden gehört und die Gelegenheit beim Schopfe gepackt, Anteilnahme versprühen und – natürlich – die Details erfahren zu können.
Ich wäre nie zu ihr gegangen, aber das Haus und die Kinder bereiteten mir manchmal regelrecht Platzangst. Ein paar Cocktails und das übliche Partygeschwätz würden sich wie Labsal auswirken. Ich hatte mir geschworen, mich nicht durch Marions Mitleid zum Schwätzen verführen zu lassen. Aber dann löste sich meine Zunge. Mein Gerede befreite mich tatsächlich ein bißchen von diesen immer wieder hochgespülten, widerwärtigen Pressionen: daß mich David so urplötzlich verlassen hatte, die Einzelheiten seines nur flüchtig gelesenen Abschiedsbriefes und diese merkwürdige Gefühlsmischung aus Verblüffung und aufkeimendem Zorn in mir. Gerry Keating hatte stumm daneben gesessen, zugehört – und zugegriffen. Ehrlicherweise konnte ich ihm das kaum verübeln. Ich brauchte ihn, und wenn auch nur aus Wut.
Nur, leider – David, wo immer er sich im Moment aufhalten mochte, würde weder diesen Jungen über mir sehen noch meine Demütigung: Shelley ausgebrannt, leer, empfindungslos. Und – so allein! Selbst mit hundert Männern würde es um keinen Deut anders sein, es wäre absolut das gleiche: ein Gefühl wie lebendig begraben, wie Millionen Meilen entfernt von allen Menschen, mit Lichtgeschwindigkeit ins ewige Dunkel rasend.
O Gott, wie mir David fehlte! Er war so ganz anders: seine starken Arme, die Geborgenheit, die er ausstrahlte – selbst wenn er sich in der Nacht nur leise bewegte, welch ein Trost. Den bloßen Klang seiner Stimme in mein verzagtes

Herz eindringen hören und in Ruhe verwandeln! Ja, schon ein Murmeln von ihm im Schlaf hätte mich in friedliche Entspanntheit versetzt. Doch nun an seiner Seite irgendein sattes, kleines Flittchen. Würde sie überhaupt all so etwas merken, ihn hören, während ich in der Stille gefangen war? Nein, sie würde ihn genießen, so gut sie vermochte. Aber das nicht mehr lang!
Ich hatte es auf einmal eilig. Gerry stand schon ausgezogen am Bett mit einer erwartungsvollen erectio. Gewiß, ein hübscher Körper, keinerlei Bauch, kräftige Schenkel und eine wohlproportionierte muskulöse Brust. Doch im Augenblick ließ mich das völlig kalt. Schon bestieg er das Lager und machte mir einen Platz frei. Ich angelte mir meine Tasche, meinen Mantel und ging ums Bett herum:
»Du willst gehen?« Er setzte sich aufrecht hin.
»Ja.«
»Soll das ein Witz sein?«
Es würde zu lange dauern, diesem Bubi alles genau zu erklären. Ich küßte ihn flüchtig auf die Stirn.
»Tut mir leid, Gerry«, ich streichelte sein Haar, »es hat nichts mit dir zu tun.« Sollte er sich das auslegen, wie er wollte. Ich fühlte, wie sich seine Hand zwischen meinen Beinen aufwärts bewegte, ein Finger schon auf Entdekkungsreise unter meinen Nylons. »Untersteh dich, mir ein Loch in meine Strumpfhose zu prokeln!« Ein solches Andenken hätte mir gerade noch gefehlt.
»Komm doch zu mir.«
»Ich muß gehen.«
»Sieht man sich wieder?«
»Jederzeit. Nur nicht so.«
Man konnte sehen, wie er nachdachte: Start zu einem verheißungsvollen coitus – und dann plötzlicher Abbruch des Rennens? Oh, ich hätte dich nicht enttäuscht, ganz sicher nicht, denn ich weiß alles, was man über einen guten c. d. wissen muß! David war ein brillanter Lehrmeister.
»Wenigstens einen – auf den Weg?«
Meine Güte – doch nicht wie in einer Kneipe, wenn man

kurz vor Schluß dem Kellner nach einem letzten Glas nachpfeift.
»Bedien dich selbst.« Nein, klang nicht unfreundlich.
Auf dem Flur war es kühler als im Schlafzimmer. Ich fand schließlich die Wohnungstür, nachdem ich zuvor in einem Wandschrank, im Bad und in der Küche gelandet war. Ich fuhr mit dem Aufzug nach unten und eilte am Portier vorbei auf die Straße.
Pembroke Road lag verlassen da, von den Bäumen zu beiden Seiten tropfte es noch von einem nächtlichen Londoner Regenschauer. Den Wagen hatte ich in der Nähe der Kirche geparkt. Meine Hände zitterten noch von der morgendlichen Kälte, als ich die Tür unseres Rolls-Royce öffnete, ein Corniche – nicht schlecht für einen Burschen aus der Arbeiterklasse, aus Chelmsford in England, der nie die Schule beendet hatte. Wir hatten ihn vor einem Jahr gekauft, an Davids vierzigstem Geburtstag – sicher ein recht gutes Alter, um Besitzer eines so teuren, von Chrom und Luxus blitzenden Spielzeugs zu werden. Jetzt freilich fühlte ich mich darin verlassen wie in einem Eispalast.
Achtzehn Jahre und vier Monate vorher hatten wir uns bei Tiffany, der Jubelscheune auf Shaftesbury Avenue kennengelernt. Ich war eine jungfräuliche, intellektuell versnobte Zwanzigjährige aus dem Mittelstand, die nach wohlbehüteten Aufenthalten in kostspieligen Internaten nun ihr erstes Jahr in London verbrachte. Zu sechs Mädchen bummelten wir an diesem Abend durch die Kneipen von Soho – übrigens Marion Keating mit von der Partie – ob sie sich daran wohl noch erinnerte? Von außen warfen wir vorsichtige Blicke in die Striptease-Lokale und kicherten über die Nutten auf dem Strich zwischen Wardour und Greek Street. Es war auf kindliche Weise aufregend, und Tiffany sollte die letzte Station sein.
Zu jener Zeit war das ein riesiger, grell beleuchteter Tanzsaal, wo sich Tippsen und Fabrikarbeiter trafen, die mit ihren vollen Brieftaschen angaben. Man tanzte zur Musik einer Riesenband von achtzehn Mann bei psychedelischen

Lichteffekten. Es war eine geschmacklose, gräßliche Bude, aber wir hatten uns in den Kopf gesetzt, das sogenannte einfache Volk an seinen Samstagabenden zu beobachten und mit ihm ein bißchen Tuchfühlung aufzunehmen, bevor wir wieder in die heiligen Hallen unseres kunsthistorischen Colleges zurückkehrten. Wir nippten von unserem Sherry und machten uns über die steilen Frisuren der Mädchen und die schnieke Konfektionskleidung der Jungens lustig, als ich spürte, wie jemand meinen Arm berührte. Ich fuhr herum. Ein Mann stand vor mir. Ruhig musterte er mich eine Zeitlang. Ich spürte, daß er irgendwie einen wichtigen Entschluß gefaßt hatte, den er nun noch einmal überprüfte. Ich starrte ihn an – nein, mir mißfiel sein Haarschnitt, sein wennschon schicker Anzug und besonders seine Selbstsicherheit. Er lächelte, als bestätigte ich in allem seine längst gefaßte Meinung. »Du gefällst mir. Komm und tanz.«
Jemand schubste mich von hinten auf den Gang zu ihm hin – vermutlich June Thornfield –, während ich noch verneinend meinen Kopf schüttelte. Zunächst walzten wir schweigend. Dann schlug meine Erziehung durch: höfliche Konversation abspulen, gleichgültig in welcher Situation oder mit wem auch immer man zusammen ist.
»Sagen Sie das zu jedem Mädchen?«
Er neigte seinen Kopf und horchte. Ich war nicht sicher, ob nach der Musik oder nach meinen Worten. Gleichzeitig drückte er mich mit seinen Händen sachte an sich, während ich, ebenso vorsichtig, versuchte mich zu entziehen.
»Kleiner Slumbummel, wie?« Seinen Augen, mit dichten Wimpern und Brauen, schien nichts zu entgehen.
»Wo denken Sie hin?«
Wieder konnte ich seine Hand fühlen. Mein Blick suchte die anderen.
»Wetten, daß du hier jeden Abend rumhängst, kleiner Schatz?« Seine Stimme klang weich, aber brutal. »Nach acht Stunden über der Schreibmaschine – oder bist du ein Fabrikmädel? Klar, das ist's. Ich seh' dich am Fließband träumen, du steckst irgendwelche Drähte in irgendein Radio –

und du denkst nur an eins: hier zu tanzen in deinen hübschen roten Schuhen.«
»Ich bin hierhergekommen, um mich beim Tanz zu unterhalten – und zwar nicht über mein Arbeitsverhältnis. Zufälligerweise bin ich auch nicht in einer Fabrik. Dies zu Ihrer Information.«
Er nahm meine Hand und streichelte sie unversehens mit seinem Daumen, eine überraschend sanfte Bewegung. Dann zupfte er mich am Arm. »Du willst also diese obskure Gegend kennenlernen. Okay, dann komm mit.«
Unglücklicherweise brach einer meiner Absätze, so konnte ich ihm nur trippelnd folgen. Er hielt meine Hand eisern fest und zog mich halb durch die Stuhlreihen, halb schob er mich durch die drängenden Paare. Ich wollte nicht mit, verzögerte, ich humpelte fast, rutschte aus und segelte am Tisch meiner Freundinnen June vor die Füße. Ich muß ein ziemlich bedröppeltes Gesicht gemacht haben. Er schaute mich an:
»Na, fangen wir gleich an zu heulen?«
Leicht schwankend richtete ich mich auf:
»Ich weine nie!«
»Vielleicht eines Tages um mich. Man kann nie wissen.«
Shaftesbury Avenue war in der kalten Nacht nahezu menschenleer, die Leuchtreklamen der Theater längst verloschen, nur auf der Seite nach Piccadilly-Circus zu glitzerten noch Lichter und Auslagen, auf der anderen herrschte tiefe Dunkelheit.
»Ich möchte meinen Mantel überziehen.«
Ich war gewohnt, daß mir Männer dabei halfen. Er jedoch zog sein eigenes Jackett aus und hängte es mir über meine freien Schultern und den ausgeschnittenen Rücken.
Nach wenigen Schritten erreichten wir seinen Wagen, einen uralten MG, der freilich so sorgfältig poliert war, daß der Lack trotz des Regens und der schummerigen Straßenbeleuchtung glänzte. Aus irgendeinem unerfindlichen Grund blieb ich stehen und wartete, bis er eingestiegen war, um mir den Wagen von innen zu öffnen. Erst dann kletterte ich hin-

ein und knallte die Tür zu: »Jetzt ärgern Sie sich über mich, wie?« fragte ich. »Warum?« Ein leichtes Grinsen veränderte seinen Gesichtsausdruck. »Hör zu, Süße. Dieser Tanzpalast war sozusagen der Flitter. Und jetzt schauen wir, was darunter zum Vorschein kommt: die Slums von London. Du wolltest sie kennenlernen. Bitte sehr. Ich spiele den Führer. Und – natürlich gratis.« Während er fuhr, beobachtete ich ihn von der Seite. Er war jung, etwa Anfang Zwanzig, sein Gesicht willensstark, nur die volle Nase nicht gerade aufregend. Er mußte seine Augen zusammenkneifen, um die regenschwere Dunkelheit durchdringen zu können.
Ich weiß nicht, wo wir entlangfuhren. Ich erkannte nur das schimmernde Band der Themse – dann befanden wir uns bereits südlich. Er bremste genauso abrupt und plötzlich, wie er gestartet war. Ich schaute hinaus – eine mir völlig unbekannte Gegend, wie ein Tal auf dem Mond. Er stieg aus und wartete auf mich. In der Nähe brannten allenfalls zwei oder drei trübe Laternen, die Häuser der Umgebung gleichförmig, mies, unerleuchtet. Einige schienen sogar halb verfallen, unbewohnt. Inzwischen strömte der Regen heftiger, der Geruch des nassen Asphalts schlug stärker durch. Schweigend schritten wir nebeneinander, wir kamen an Häusern vorbei, hinter deren Fenstern man durch die Jalousien die gelblich fahlen Silhouetten ihrer Bewohner erkennen konnte. Und überall zwischen den Gebäuden heruntergekommene Vorgärten voll Unrat und zerbrochenem Glas.
»Sie wohnen doch nicht hier?«
Er zuckte mit den Schultern: »Doch, kann man sagen. Aber mir ist das absolut schnuppe.«
Er hielt an, wir schauten zurück: als ob wir durch einen langen, gruseligen feuchten Tunnel gewandert wären.
»Ich hab's nie lang an einem Platz ausgehalten. Mit Vierzig – werde ich Millionär sein.«
Nie zuvor war ich einem Menschen begegnet wie ihm. In meiner kleinen, heilen Welt pflegten die Männer höflich zu sein, und sie schienen nur zu existieren, um mir zu gefallen. Dieser hier ähnelte all den anderen in nichts.

»Und *wie* bitte?«
Offenbar in seinen Ohren eine dämliche Frage. Ich spürte, wie er mich musterte. Nein, ich war nicht ängstlich, eher nervös, obwohl die Häuser um uns immer düsterer wurden. Merkte er denn nicht, daß ich in meinem kaputten Schuh Mühe hatte, mit ihm überhaupt Schritt zu halten?
»Ich besitze eine eigene Fabrik . . .«, er zögerte und lachte. »Naja, klingt 'n bißchen hochtrabend für die kleine Werkstatt. Aber eines Tages wird es eine Fabrik sein. Ich und ein Kumpel, wir stellen Spielzeug her und Gesellschaftsspiele. Ja, wir sind unsere eigenen Verkäufer – noch! Im Augenblick ist's noch verdammt hart. Aber wir kommen durch. Ich weiß genau, wir schaffen es.«
»Sind Sie immer so selbstsicher?«
»Klar. Ich denke nicht im Traum daran, wie mein Vater und mein Großvater ein gottverdammtes Leben lang in einer Fabrik für irgend jemand andern zu schuften. Ich will meinen eigenen Laden haben.«
Im Dunkel sah man fast seine grimmige Entschlossenheit. Sein verzweifeltes Verlangen, sich einer solchen Vergangenheit um jeden Preis zu entziehen, machte ihn verletzlich – und brachte ihn mir dadurch zum erstenmal etwas näher.
»Warum wollten Sie denn gerade mit mir tanzen?«
»Es waren deine Augen. Ich hab' nie zuvor solche Augen gesehen.«
»Sie waren ja viel zu weit entfernt.«
»Keinen halben Meter, an der Bar. Aber du hast überhaupt keine Notiz von mir genommen.« Er schaute mich jetzt aufmerksam an: »Vorher schimmerten deine Augen in einem grünen Glanz. Jetzt sind sie fast grau.«
Ich trat einen Schritt zurück.
»Ich weiß ja nicht mal Ihren Namen.«
»Eine ganz auf Formalitäten bedachte junge Dame, nicht wahr?«
Er lachte, sicher nicht über mich, mehr über die plötzliche Erinnerung an unsere erste Stunde voll steifer Förmlichkeit.
»Ich heiße David«, und er hielt mir seine Hand hin.

Ich nahm sie, ein bißchen scheu. Sie fühlte sich nicht weich an, auch nicht hart oder gar schwielig, vielmehr zupackend fest und kühl.
»Und ich heiße Shelley.« Er gab meine Hand immer noch nicht frei.
Dann führte er mich sehr sanft vor ein verlassenes und halb verfallenes Haus.
»Ich hab' mir vorgenommen, daß du mir gehörst . . .«
»Wie bitte?«
Ich blieb wie angewurzelt stehen.
». . . als meine Frau.«
Ich lachte, aus Unsicherheit.
»Und was hätten Sie gemacht, wenn ich Ihnen nicht über den Weg gelaufen wäre? Mit dieser Tour eine andere Biene bezirzt?«
Er ließ meine Hand fallen: »Nein.«
In diesem Augenblick hätte ich fortlaufen können. Doch schon Sekunden später fühlte ich seinen Mund; sanft, fast weich berührte er meine Lippen. Dieser erste Kuß, wenn man das überhaupt so nennen konnte, mag Minuten gedauert haben. Nein, in ihm lag kein forderndes Verlangen, nur ein Bitten. Dann preßte er seinen Mund auf mein Ohr.
»Ich würde dich gefunden haben. Ich bin ja auf der Suche nach dir ein halbes Leben lang.«
Hand in Hand betraten wir das Haus. Er zündete ein Streichholz an. Schatten sprangen auf, webten, zerstoben. Danach schien die Dunkelheit undurchdringlicher als vorher, aber er hatte offenbar genug gesehen, um mich vorsichtig über einen Flur in einen Nebenraum führen zu können.
Er breitete seinen Mantel auf dem Boden aus, kniete nieder und zog mich vorsichtig zu sich hinunter. Die Gerüche um uns prägten sich mir für alle Zeiten ein: Staub, feuchter Verputz, und auch das, ganz schwach, Urin.
Mein letzter schwacher Versuch, als ich schon dalag: »Ich bin Jungfrau.«
»Aber es gibt keine Jungfrauen mehr, Liebling, seit Tausenden von Jahren.«

Wir liebten uns und waren sogleich miteinander vertraut wie nach zahllosen Begegnungen. Ja, vielleicht gab es einen bohrenden Schmerz und ein paar Tropfen Blut auf seinem Jackett. Er war zärtlich und zugleich unerbittlich. Mein BH stob mit einer einzigen Bewegung dahin, mein Hüftgürtel mit einer anderen. Er streichelte mich, küßte mich, flüsterte auf mich ein, ich fühlte ihn und brannte voll verzweifeltem Verlangen, mich mit ihm zu vereinigen. Der Boden war hart und erbarmungslos – über mir ahnte ich Davids blasses, schemenhaftes Gesicht. Ich küßte ihn wieder, ich spürte seine Erregung, und sie sprang auf mich über wie ein elektrischer Funke.

Oh, es war ein Traum, der keineswegs verflog, als wir später Seite an Seite auf dem eiskalten Grund nebeneinander lagen. Erst am nächsten Morgen entdeckte ich einen mindestens fingerlangen Druckfleck auf meinem Rücken.

»Willst du mich wirklich heiraten?«

»Gewiß.«

»Und warum?«

»Hab' ich doch gesagt.«

»Sag mehr.«

»Ganz einfach – wenn ich mir, wie du es nennst, eine Biene aus meiner eigenen Klasse an Land ziehen, mit ihr aufs Standesamt gehen und Kinder haben würde – was geschähe wohl, wenn ich vierzig bin und reich? Ich ließe mich scheiden, um dann eine Frau wie dich zu heiraten.«

Ich muß ihn mit weit aufgerissenen Augen angeschaut haben.

»Verstehe doch, sie würde irgendwann einmal nicht mehr mit mir mithalten können und merken, daß ich sie meilenweit hinter mir gelassen hätte. Deswegen – brauche ich einen Menschen, der mit mir im gleichen Schritt marschieren kann.«

Später erzählte er mir von seiner Traumvorstellung und wie sehr ich ihr entsprach: durch meine Herkunft, Erziehung und besonders in punkto Schönheit; gewiß, stockenglisch, aber zugleich mit meinem schulterlangen dunklen Haar, mit dem wechselnden Farbspiel meiner Augen, dem schmalen

Gesicht und dem üppigen Mund fast südländisch – kein ausgesprochen sinnlicher Typ, nein, das wohl nicht, und doch meine Brust gerade so groß, daß er sie mit einer Hand umfassen konnte; und die Beine – lang und gertenschlank.
»Und wie viele Kinder erwarten der hohe Herr von mir?«
»Drei.« Und bekam gar nicht mit, daß meine Frage sarkastisch gemeint war.
»Was passiert, wenn du dein magisches Alter von vierzig erreicht hast und plötzlich herausfindest, daß ich deinem Traumbild nicht mehr entspreche? Scheidung, nicht wahr?«
»Ich werde mich von dir nie scheiden lassen!«
Nein, das nicht, bloß einfach mit irgendeinem Weibsbild verduften. Aber vielleicht ist sie ja von Adel, eine Prinzessin von altem, königlichen oder was für Geblüt auch immer – womöglich eine Rockefeller, eine Rothschild; und ob so was mit ihm und seinem brennenden Ehrgeiz Schritt halten kann!
Schlimmer wäre eine Lolita mit kindlich frischem Leib und geschmeidigen Gliedern.

Vor dem Haus muß ich fast eine halbe Stunde gedankenverloren im Auto gesessen haben, bevor mir bewußt wurde, wo ich mich befand. Oh, du liebes Kind! Wie schmuck und hübsch sah alles im Mondlicht aus: die zwischen roten Ziegeln weiß verfugte Fensterfront hinter den Bäumen, der gepflegte Rasen und die Birken. Aber ich fühlte mich wie eine Weinbergschnecke, der man das Haus fortgenommen hat, um sie getrennt in einer Büchse einzumachen. Ja, ich könnte mich durch die Hintertür hineinstehlen, aber würde das meine Gefühle ändern? All die Traurigkeit, die dieses Haus von jetzt ab für mich in sich barg, lastete so sehr auf mir, daß es mir nie wieder vergönnt sein würde, mich innerhalb seiner Mauern wohlzufühlen.
Kein Laut drang hinein. Die Kinder schliefen wie die Murmeltiere – ich hätte noch Ruhe für Stunden. Es waren Ferien, und ich hatte ihnen erlaubt, so lange zu schlafen, wie sie mochten. Die kühlen Räume rochen so, als täten auch sie

einen tiefen Schlaf. Wie still die Luft war, kein Hauch – ich wanderte von Zimmer zu Zimmer, um da und dort einen vertrauten Gegenstand zu berühren.

Um ein Uhr nachts, im Schlafzimmer eines Fremden, ist es leicht, so etwas zu beschließen wie »Ich hole mir meinen David zurück«. Aber wie das anfangen? Ich hatte auch nicht den Schimmer einer Ahnung, wo er sich aufhielt. Sein Brief trug zwar am Kopf ein Datum und der Poststempel war der vom Flughafen Heathrow, aber sonst hatte ich nichts in Händen als diesen Wunsch: Ich will meinen Mann wiederhaben . . .

Aus Liebe? Ja, aber nicht aus Liebe allein. Von Zeit zu Zeit mochte sich das Gefühl intensiver Zuneigung oder Begehrens durchaus verringert, ja bis zur Gleichgültigkeit hin verflüchtigt haben. Es hatte sogar Augenblicke gegeben, da ich verzweifelt feststellen mußte, daß ich auch Haß empfinden konnte. Eines wollte ich nicht: Gleichgültigkeit zwischen uns – aber auch keinen anderen Menschen an seiner Stelle. Ich hatte mich an David gewöhnt, er war mein Trost und mein bester, ja, ein sehr geliebter Freund. Zusammen waren wir gereift und gemeinsam aufgewachsen wie zwei im Urwald dicht nebeneinander stehende Bäume. All unsere Gedanken, unsere Gefühle, unsere Vorlieben und Abneigungen hatten sich zwillingshaft entwickelt. Nun hatte er sich seiner Wurzeln entledigt – was blieb mir anderes übrig, als mich selbst aus dem Boden herauszureißen, um ihn wieder zu befreien? Ja, denn ich wollte ihn zurückhaben aus keinem anderen als dem selbstsüchtigen Grund, mit ihm gemeinsam alt zu werden, zu sterben und im Grab mit ihm vereinigt zu sein – so wie ich mir irgendwann einmal meine Zukunft entworfen hatte. Vor genau achtzehn Jahren hatte er mich zur Frau begehrt. Jetzt wollte ich ihn zurück mit der gleichen egoistischen Kraft seines Anspruchs von einst. Ich spürte nicht die leiseste Absicht, mich abschieben zu lassen wie irgendeine Frauensperson aus den unteren Ständen.

Wie unbewohnt unser Schlafzimmer, wie leer das Doppelbett aus Walnußholz mit den riesigen lavendelfarbenen Be-

zügen aussah – mein Toilettentisch in wilder Unordnung – seiner fast abgeräumt und schon von einer ersten dünnen Staubschicht überzogen, in die ich seinen Namen malen konnte. Auf seinem Nachtkästchen noch ein Buch, DER EHRENWERTE SCHULBUB, auf meinem DAS ÜBERNATÜRLICHE, ungelesen, denn für mich war es unmöglich, in dieser Einsamkeit ein Buch auch nur in die Hand zu nehmen. Ich zog mich aus und ließ Badewasser einlaufen. Die vertrauten Wände im Bad, holzgetäfelt, hell, der mannshohe Spiegel neben der Wanne – David hatte eine eigene Dusche nach seinem ersten USA-Besuch einbauen lassen, die ich freilich nie benutzte. Ich liebte es, mich unter warmen, duftenden Schaumbergen wohlig auszustrecken.
Auf dem Badeschränkchen sah ich seinen elektrischen Rasierer liegen, den ich ihm einmal zu Weihnachten geschenkt hatte – hoffentlich war er nicht wieder auf gewöhnliche Klinge umgestiegen, denn er pflegte sich mit schöner Regelmäßigkeit zu schneiden.
Ich nahm seinen zusammengeknüllten Brief aus der Schublade. Normalerweise hätte ich ihn in tausend Stücke zerfetzt, aber ich kannte mich allzugut, um zu wissen, daß ich eines Tages den Schmerz nochmals würde auskosten wollen. Damals hatte ich ihn nur einmal überflogen, wie ein Todesurteil, bei dem es weiß Gott gleichgültig ist, ob du auf Punkt und Komma achtest, da der Stab über dich längst gebrochen ist.

»Liebe Shelley,

(als ob ich ihn in achtzehn Jahren so ausgelaugt hätte, daß er nicht mal mehr auf die Idee kam, ein Wort wie ›meine Liebste‹ oder ›mein Schatz‹ zu benutzen! Diese Förmlichkeit war es, die mich so bestürzt gemacht hatte)

Ich bin sehr traurig, daß ich Dir einen solchen Brief schreiben muß. Irgendwie war es mein fester Wille, so etwas nie

zu tun, und ich habe lange dagegen angekämpft, mich in einer solchen Situation zu verfangen. Aber ich liebe eine andere Frau. Du kennst sie nicht. Und wenn Du diese Zeilen liest, bin ich bereits in den Staaten, wo ich hoffe, mit ihr ein neues Leben zu beginnen. Ich wünschte, ich könnte Dir erklären, wie und warum es so gekommen ist. Aber Du kennst mich gut genug: Ich kann mich da einfach nicht richtig ausdrücken.
Die vergangenen achtzehn Jahre haben mich sehr glücklich gemacht – und ich hoffe, Dich ebenso. Du bist der wichtigste Mensch meines Lebens gewesen. Wenn mir diese Geschichte nicht dazwischengekommen wäre, würden wir weitere achtzehn Jahre miteinander verbringen, und danach abermals eine gleiche Zeitspanne.
Es schmerzt mich auch sehr, die Kinder zurücklassen zu müssen. Sie bedeuten mir unsagbar viel. Falls es sich einmal ergibt, werde ich versuchen, ihnen zu begründen, warum ich fortgegangen bin – wenn ich es selbst ganz verstanden habe. In der Zwischenzeit wirst Du es ihnen beibringen, und, wie ich weiß, ohne mich in ihren Augen zu zerstören. Du bist nicht die Frau, die so etwas täte.
Ich hoffe, daß Du mir den Scherbenhaufen verzeihen kannst, den ich Dir hinterlasse, aber ich weiß, Du bist eine starke Persönlichkeit und wirst mit alledem fertig werden.
In Liebe . . . David!«

Plötzlich fröstelte mich. Den letzten Satz hatte ich zuvor nicht gelesen, vielmehr den Brief nach dieser Bemerkung über die Kinder zerknüllt. Scherbenhaufen? Ich kannte David gut genug, um zu wissen, daß er damit etwas anderes meinte als seinen bloßen Abgang.

Zweites Kapitel

Am Montagmorgen suchte ich mein bestes Stück aus dem Schrank, ein gelbes Kleid aus Schantung-Seide. Vorher hatte ich mein Haar gewaschen und sorgfältig zurechtgemacht und dann fast zwei Stunden auf mein Make-up, die Auswahl der Kleidung und der nötigen Accessoires verwendet. Ich entschied mich für eine Handtasche, ein Geschenk von David von einer Reise nach Rom im letzten Jahr, nicht gerade mein Lieblingsstück, aber edel und teuer. Hinter diesem erlesenen Äußeren aus Parfüm und Seide verbarg sich ein arg angeknackstes Selbstvertrauen. Aber was nun auch immer in der Bank geschehen mochte, ich nahm mir vor, mich durch nichts in meinem heiter gelassenen Auftreten erschüttern zu lassen.

Gegenüber dem Geldinstitut auf St. James-Square schnappte ich mit meinem Auto die einzig freie Parklücke einem aufgedonnerten roten Sportwagen weg, der sich mit einem wütenden Aufheulen seiner Auspuffrohre revanchierte.

Berman, an der Ecke der Londoner Bibliothek gelegen, verfügt über höchstens ein halbes Dutzend Filialen im ganzen Land. David schwärmte von dem granitenen Torbogen und den schweren eichenen Türen, die von einem Portier in Livree geöffnet und geschlossen wurden. Die bekannteren Banken mit ihren unzähligen Zweigstellen erinnerten ihn eher an Supermarkt-Ketten.

Auf der Straße herrschte ein starker Betrieb, aber auf den wenigen Metern, die ich zu Fuß zurücklegte, konnte ich kaum die flüchtigen Blicke der eilends vorbeigehenden Männer und Frauen übersehen. Jeder einzelne schmeichelte meinem Selbstbewußtsein. Als mir Charlie die Tür aufhielt, fühlte ich mich stark genug, einer ganzen Schwadron in vol-

ler Feuerstärke entgegenzutreten. Berman zeichnete sich besonders dadurch aus, daß seit Menschengedenken in seinen Hallen nichts verändert worden war: die Tapeten zu einem ewigen Grün verurteilt, die Türen zu einer warmen Holzfarbe, die Scheiben zu Milchglas und die Atmosphäre zu altväterischer Stille. Ich brauchte die messingnen Türgriffe nicht zu berühren – wie von selbst schlugen die Flügel auf, einer nach dem anderen, durch endlose Gänge, ein königliches Zuschreiten, das erst vor der Aufschrift KUNDENKONTEN kurz stockte, bis sich auch dieses Tor auftat. Lächelnd schwebte ich hinein.
Mr. Samuels, ein großer Mann, aber mit gebückter Haltung, kam hinter seinem Schreibtisch hervor und rückte einen Sessel zurecht. Ich setzte mich, lächelte abermals und wartete. Mr. Samuels wollte wissen, wie das Wetter draußen sei. Keine Ahnung, offensichtlich kein Regen, denn ich war ja trocken.
Er glättete die Kontoauszüge vor sich mit seiner dürren, runzeligen Hand:
»Dann wird es wohl etwas später regnen. Der Wetterbericht sprach von Schauerneigung.« Na, das hätte jedes Kind voraussagen können, Sonne hingegen nur ein optimistisches Genie.
»Sie haben unser Konto überprüft, Mr. Samuels?«
»Sehr wohl, gnädige Frau.«
Ich spürte die Bedrohung, die bei diesen Worten von den Papieren ausging. Mr. Samuels wässerige graue Augen schauten betrübt und baten stumm um Entschuldigung. Er schichtete die Blätter um und hüstelte.
»Ja, wollen Sie mir nicht Bescheid sagen . . . bitte.«
»Ich fürchte, ich begreife nicht ganz, was Mr. Warwick im Sinn hatte. In den letzten drei Monaten hat er größere Beträge behoben – ziemlich ungewöhnlich für ihn, nicht wahr?«
»Und wieviel ist noch auf dem Konto?«
Er blinzelte vorsichtig irgendwohin ins Weite hinter meiner linken Schulter.

»Nichts.«
»Nichts?«
»Überzogen. Tut mir leid.« Er brachte die Papiere in eine andere Reihenfolge. »Hunderttausend Pfund in drei Monaten, bar. Ich hatte mir erlaubt, ihm von allzu großen Barabhebungen abzuraten. Doch er entschied sich anders.«
»Und die Aktien, die Investmentfonds . . .«, meine Kenntnisse der finanziellen Termini waren damit bereits erschöpft.
»Liquidiert. Wie er mir sagte, brauchte er Kapital für . . . hm . . . nun, für irgendwelche anderen Investitionen.«
»Wann war das?«
»Vor mehr als drei Monaten.« Er strich über die Unterlagen wie ein altägyptischer Priester über seine heiligen Papyrusblätter. »Hier – am 15. März – fünfundzwanzigtausend Pfund. Am 30. März – zwölftausend . . .«
Ich verstand das nicht. Meine Hand zitterte. Ich zündete mir eine Zigarette an und versengte mir beinahe die Augenwimpern. Hunderttausend Pfund in drei Monaten? David war großzügig, aber er wußte mit Geld umzugehen. Nie würde er die Kinder oder mich vergessen. Falls er solche Summen abgehoben hatte, so hieß das schlichtweg, daß er liebestoll geworden war, oder ganz einfach verrückt. Ich blies meine Verblüffung über diese Konsequenz seiner Liebesgeschichte in Gestalt einer Rauchwolke in Richtung auf Mr. Samuels Kontoauszüge ab. Ich war weiß Gott keine Frau, die auf dem Mantel ihres Gatten nach langen Haaren sucht oder nach fremdem Parfüm schnüffelt. Aber man täuscht sich leicht, wenn man verheiratet ist. In ein paar Stunden kann ein Mann irgendeine *affaire amoureuse* haben, ohne daß davon eine Spur sichtbar wird.
Von seiten Davids hatte es drei oder vier Seitensprünge gegeben, vielleicht auch mehr. Ich überlegte: da war die Einkäuferin eines Warenhauses, dann eine Schauspielerin und ein Mannequin. Die erste Geschichte hatte mich gefuchst, aber tatsächlich waren diese Begegnungen ohne Einfluß auf unser Verhältnis geblieben. Mochte David Frauen haben,

wenn er wollte – ich wußte, daß sie ihn nach dem zweiten Mal im Bett langweilten. So wie bei meinen eigenen zwei unbedeutenden *rencontres* nach einem Wochenende jedes Interesse meinerseits erloschen war – der Rennfahrer damals im Sommer und davor ein Dichter, der mit Dylan Thomas höchstens gemein hatte, daß er genausoviel trank. Ja, wir hätten beide ein Leben lang jede Menge Affären haben können, aber es wären immer nur flüchtige körperliche Zerstreuungen gewesen.

Mr. Samuels hustete, die Aufzählung der Fakten war beendet, nun erlahmte sein Interesse an der papierenen Materie und er wandte sich verschämt meinem Dekolleté zu. In seinen Augen flackerte der schwache Abglanz einer durch lange Enthaltsamkeit ein bißchen rostig gewordenen Lüsternheit, die immerhin etwas Farbe auf seine Wangen zauberte. Leicht verlegen widmete er sich alsbald wieder seinen Unterlagen.

»Hat Mr. Warwick die Investitionen vornehmen können . . . äh . . . die er beabsichtigte?«

»Natürlich.«

»Vielleicht könnte er in den nächsten Tagen hereinschauen und die Angelegenheit regeln. Wie gesagt, ich habe ihm geschrieben . . .«

»Er ist verreist. Er wird in einem Monat zurücksein.«

Und ob! Ich würde ihn schon zurückbringen. Ich erhob mich.

»Wenn Sie gestatten, Mr. Samuels – ich würde gern etwas aus unserem Schließfach entnehmen.«

Ich gab ihm den leicht verschwitzten Tresorschlüssel, den ich unbewußt so fest zwischen meinen Fingern gepreßt hatte, daß sein Abdruck noch in meiner Handfläche zu spüren war. Den Zweitschlüssel besaß David. Mr. Samuels ging voran, öffnete Türen und murmelte abermals über die Unbilden des Wetters. Ja, man könnte es verstehen, wenn er eine Blume oder ein zarter Zierstrauch gewesen wäre, aber so – ein schrecklicher, britischer Tick.

Der alte, mit Spiegeln und Schleiflack-Intarsien ausgekleidete Fahrstuhl trug uns in den Keller, wo Mr. Wilson, noch älter und zerbrechlicher als Mr. Samuels, mir das Kontrollbuch entgegenhielt. Ich kritzelte meinen Namen und wollte es ihm bereits zurückreichen.

»Ach, Moment mal.«

Ich blätterte die Seiten zurück, einen Monat, sechs Wochen, sieben. Ich schrie beinah auf, als ich Davids breite Unterschrift erkannte.

»Bitte sehr!«

Der Tresor mit seinen weißen Wänden, den grauen Fächern und dem grünen Fußboden war kühl wie eine Leichenhalle und machte mich fast krank. Mr. Samuels öffnete das erste Schloß, Mr. Wilson das zweite. Höflich zogen sie den Kasten heraus, übergaben ihn mir und ließen mich allein. Ich setzte mich in eines der Abteile und verharrte einen Augenblick regungslos. War es jetzt soweit, würde ich meine Fassung verlieren? Ich schaute in den Taschenspiegel: nein, noch keine Anzeichen eines drohenden Zusammenbruchs. So kramte ich die Liste des Tresorinhalts hervor und legte sie neben den Kasten.

Was für eine überflüssige Prozedur: die Brillantkette, der Brillantring, zwei mit Smaragden besetzte Armreifen, die dazugehörigen Ohrhänger, ein Topas-Halsband und zweitausend ICI-Aktien fehlten. David war ehrlich: er hatte nur genommen, was ihm gehörte – die Juwelen als Geschenke von ihm, die Kette zur Geburt von Miranda, das Halsband zu unserem zehnten Hochzeitstag, den Armreif aus Beirut, den er aus dem einzigen Grund gekauft hatte, weil wir damals glücklich waren . . .

Was ich brauchte, hatte er dagelassen. Ich öffnete die Urkunde über das Eigentum an unserem Haus: es war auf die Kinder und mich überschrieben. Eilig faltete ich die Papiere wieder zusammen – davon hatte er mir nichts mitgeteilt. Nun öffnete ich die Schatulle: dort lagen hübsch in ihren mit Samt ausgekleideten Vertiefungen die Münzen, die mir Onkel Cecil vermacht hatte, schwer, golden und trächtig von Vergangenheit. Ich wollte sie für die Kinder aufbewahren und ließ sie einmal im Jahr von einem Münzsachverständigen in der Innenstadt schätzen. Beim letzten Mal war die Sammlung fast hunderttausend Pfund wert. Ich stopfte sie in meine Handtasche, legte die Papiere zurück ins Fach und verschloß alles.

Mr. Samuels begleitete mich nach draußen.

»Sobald Mr. Warwick zurückkommt, wird er, wie ich zuversichtlich annehme, die Angelegenheit zufriedenstellend regeln.«

»Das klingt fast wie eine Herausforderung zum Duell.«

»Aber nicht doch. Leben Sie wohl, Mrs. Warwick.«

Als ich mich entfernte, blieb er noch einen Moment stehen und sah mir nach. Ich hatte noch eine andere Angelegenheit zu erledigen. Nachdem ich jetzt das schlimmste hinter mir hatte, fühlte ich mich ein bißchen besser.

Der Sonntag war schrecklich gewesen, ich selbst unleidlich. Ich tigerte durch das ganze Haus voll Unruhe und Schmerz, die Kinder spürten meine Stimmung und gingen mir aus dem Weg. Charles verzog sich nach dem morgendlichen Fußballmatch in sein Zimmer, die beiden Mädchen spielten und verhielten sich ruhig wie kleine Engel. Ich muß stundenlang in Davids Arbeitszimmer vor seinem Sekretär gestanden haben. Er barg Geheimnisse, an die ich früher nie zu rühren gewagt hätte. David besaß den einzigen Schlüssel zu dem teuren Stück, das ich keinesfalls aufbrechen wollte. Ich beschloß daher, die Entscheidung darüber bis nach dem Besuch auf der Bank aufzuschieben.

Die CHELMSFORD-SPIELWAREN-COMPANY lag auf St. Johns Road. Aus einer kleinen Werkstatt im Osten Londons hatte sie sich zunächst zu einer Fabrik in Ilford entwickelt und residierte nun in einem zweistöckigen Gebäude mit einem imponierenden messingnen Firmenschild am Eingang. Die Büros nahmen das ganze obere Stockwerk ein – die Inneneinrichtung war mein Werk: helle, luftige Räume voller Grünpflanzen, an den in dezentem Weiß gehaltenen Wänden Serien von Farbdrucken.

Ah, sieh da, eine neue Sekretärin vor Davids Arbeitszimmer.
»Wo ist Mrs. Clayton?«
Das Mädchen schaute verdutzt, was genau ihrem Wesen zu entsprechen schien. Ich wiederholte meine Frage, sie diesen Gesichtsausdruck. So ging ich einfach an ihr vorbei zur Tür.
»Ich schätze, Mike ist im Büro.«
»Sind Sie angemeldet?«
»Bei Ihnen piept's wohl.«
Sie machte eine Bewegung zum Telefon hin, als ich bereits eintrat. Der Raum sah genauso aus wie sonst, bis auf den Mann hinter dem Schreibtisch. Mike Pierce, Davids Teilhaber, residierte früher in dem Büro auf der anderen Seite des Flurs. Er war von stattlicher Figur, stets mit einem sorgfältig gepflegten Vollbart, nur seine Zähne waren schief und krumm. Ich hatte ihn immer gemocht.
»Shelley, na, so eine Überraschung! Und wie gut du aussiehst, einfach hinreißend.«
Ja, ich mochte ihn. Er pflegte immer aufrichtig zu sein, gleichgültig, wie ich aussah. Wir umarmten uns. Er war so herzlich und vertraut, daß ich meine Tränen kaum zurückhalten konnte. Mein Gesicht umflorte sich, das Zimmer schien für einen Moment zu schwanken. Erst dann hatte ich meine Fassung wiedergefunden. Mike bemerkte nichts.
»Wie lange haben wir uns nicht getroffen, Shelley? Drei Monate? Und früher alle naselang. Wie geht's denn? Wie geht es David?«
Diese letzte Frage machte mich betroffen. Er schaute mich mit freundlicher Neugierde an.
»Er hat mich verlassen.«
Mike schaute völlig verblüfft.
»Ich . . . hm . . . entschuldige, davon hatte ich keine Ahnung.«
Manchmal wundere ich mich wirklich über die Unzulänglichkeit unserer Sprache. Alle reagierten auf meine Eröffnung mit einem »entschuldige«, als ob sie für mein Mißgeschick verantwortlich wären.

»Ich dachte, du wüßtest Bescheid?«
Beim Herumschauen fiel mir eine weitere Änderung ins Auge. Unwillkürlich deutete ich zur Wand: das kleine Selbstbildnis, das ich seinerzeit im College gemalt hatte, war verschwunden.
»Keine Ahnung, wo das ist. Vor sechs Wochen hat sich David aus dem Geschäft zurückgezogen. Er sagte, er möchte irgendwas anderes unternehmen – na, wie nannte er das – Tapetenwechsel. Natürlich stecken noch Anteile von ihm in der Firma, aber – und wann ist er – fortgegangen?«
»Vor sechs Wochen. Hinterließ mir eine kurze Notiz. Das war's.«
»Ehrenwort, ich habe nichts gewußt. Er muß komplett verrückt geworden sein, daß er etwas so Umwerfendes wie dich einfach im Stich läßt.« Mike kam um den Schreibtisch herum auf mich zu, jede Falte seines Gesichts drückte seine Betroffenheit aus.
»Kann ich irgendwas für dich tun?«
Ich schüttelte den Kopf. Nein, ich würde nicht in Tränen ausbrechen.
»Wo ist – Mrs. Clayton?«
»Als David ging, hat auch sie gekündigt.«
Wir lächelten unwillkürlich. Das wäre zu hübsch gewesen: David und Mrs. Clayton. Sie zählte fünfzig Lenze und hatte seit Jahren für ihn gearbeitet. Ihr Ehemann war Kricket-Anhänger, und sie pflegte jeden Samstag für seine Mannschaft mitzuzittern.
Mike begleitete mich zum Wagen, wobei er meinen Rücken fast genauso streichelte wie mein Vater, wenn er seine Zuneigung ausdrücken wollte.
»Hast du eine Ahnung von einer Weibergeschichte? Und bitte, Mike, versuch nicht, irgendwas vor mir zu verheimlichen.«
»Bedaure.« Er sagte wohl die Wahrheit, das sah man ihm an.
»Du weißt genausogut wie ich, daß David mal ein oder zwei kleine Affären hatte, aber doch absolut nebensächlich. Du hast ihm alles bedeutet.«

»Ja, bis jetzt.« Drüben pirschte sich ein Verkehrspolizist an mein Auto. »Aber ich werde ihn mir zurückholen. Als wir uns kennenlernten, wußte er ganz genau, was ich mit meinem Leben anfangen sollte. Jetzt weiß ich, was er mit seinem zu tun hat.«
»Irgendeine Vermutung, wer sie ist?«
»Noch nicht.«
»Viel Glück, Shelley!«
»Das brauche ich wirklich.«
Wir küßten uns, dann setzte ich mich ans Steuer. Ein plötzlicher Einfall: dem Polizisten die Zunge herausstrecken! Jedenfalls war das besser als Tränen. So brauste ich davon.

Mit Sechzehn, zwei Jahre vor Abschluß des Klosterinternats in Dorset, machte ich meine religiöse Phase durch. Der beunruhigende Prozeß körperlicher Reifung war zwar schon mit Vierzehn abgeschlossen, aber meine Sinnlichkeit hatte sich noch nicht gerührt. Mein Körper war noch unentwickelt – wie eine Weide vor dem Frühling, nach einem langen Winter. Gespräche über Sex unter uns Mädchen erschreckten und verunsicherten mich, obwohl sie allenfalls aus gekicherten Andeutungen bestanden, denn wir waren schrecklich unwissend.
Eins stand für mich fest, wenn ich meine Freundinnen so reden hörte – ich selbst würde für alle Zeiten unfähig zu solchen körperlichen Leidenschaften sein, die offenbar andere bis zur totalen Verrücktheit treiben konnten. Der liebe Gott, so hatte ich beschlossen, würde mich vor all dergleichen bewahren. Meine Lieblingslehrerin war Schwester Bianca. Ihr Bild in mir ist vielleicht etwas verblaßt, aber in meiner Erinnerung sehe ich sie noch vor mir: schön, warmherzig und sanft. Ihre einzige Leidenschaft galt dem Himmel. Und mit meinen sechzehn Jahren legte ich das Gelübde ab, so zu werden wie sie: mich nie einem Mann hinzugeben, auf irgendeinem dunklen Fleck dieser Erde Aussätzige zu pflegen, leidenschaftlich zu dienen und zu leiden – aber immer in entrückter Schönheit.

An einem Winterabend vertraute ich diese Pläne Schwester Bianca an. Sie lächelte nachsichtig, denn mit der Zeit hatte sie sicher tausendfach solche Jungmädchenschwüre anhören müssen, der sündigen Welt auf diese Weise zu entrinnen.

»Wenn Sie Ihre Schule beendet haben, werden wir uns ausführlicher darüber unterhalten«, sagte sie in ihrem feinen englischen Akzent. Schon im Sommer verflog der Traum. Ich hatte mich unsterblich in einen Leutnant aus Vaters Stab verliebt, der meine Gefühle nur mit äußerster Zurückhaltung erwiderte. Freilich, diese kurze, aber aufregende Zeit absoluter Keuschheit würde ich niemals vergessen.

Im dritten Ehejahr durchlebte ich sie unfreiwillig erneut für kurze Zeit. Charles war, nach einer schwierigen Geburt, gerade zwei Monate alt. Ich fühlte mich noch kraftlos, fast krank und unfähig zu körperlicher Liebe – obwohl ich David wild begehrte. Er war geduldig, aber ich vermute, daß Männer ihr fortwährend brennendes Verlangen um keinen Preis der Welt zu zügeln vermögen.

Es war ein regnerischer Herbsttag, der sich erst gegen Nachmittag aufklärte. Durch das Fenster des Wohnzimmers drang ein eigenartig weiches Licht, das sich nur zögernd verwandelte. So weit man schauen konnte, schien die Landschaft mit den Bäumen, den Wiesen und dem wolkenverhangenen Himmel sich vom Hintergrund her aufzuhellen – wie auf den Gemälden von Turner. Wie gern hätte ich diese festliche Stimmung bis zu Davids Rückkehr von der Arbeit festgehalten, um mit ihm dieses Erlebnis teilen zu können. Ich saß geduldig da und beobachtete, wie dieses Bild sich langsam, sanft und fast widerstrebend von hell in dunklere Töne einfärbte, bis alles verschwunden und ich allein mit meinem schlafenden Kind zurückgeblieben war.

Ich fühlte mich für mehr als eine Stunde in dieser Dämmerung weit entrückt von jeder leiblichen Existenz, nur meine Gedanken verwoben sich zu einem zerbrechlichen Gebilde aus Empfindungen und Liebe. Wäre David in diesem Augenblick nahe gewesen – er hätte nicht nur in mein Herz,

sondern durch mein ganzes Wesen blicken können. Ich hätte mich in ihm verströmt, ja ihm mein gesamtes körperliches Ich demütig hingegeben.
Statt dessen platzte er morgens um drei herein, tropfnaß von dem seit Mitternacht wieder aufgekommenen Regen, er stank nach Bier, bis ich merkte, daß sein Gesicht und sein Körper auch noch nach einem billigen Parfüm rochen. Meine Gefühle schlugen in Wut um, während er zahllose Entschuldigungen murmelte, mich streichelte, küßte, fast bedrängte. Er bettelte um Vergebung, doch ich war so außer mir, daß ich mich nicht einmal dazu hätte zwingen können. »Rühr mich nicht an!« Ich stieß ihn zurück, nicht so sehr für den Schmerz, den er mir zugefügt, sondern für die Liebe, die ich versäumt hatte.
Am nächsten Morgen packte ich einen Koffer, nahm das Baby und flüchtete in das Kloster in Hertfordshire, wohin Schwester Bianca umgezogen war. David erschien einen Tag später, und ich hielt ihn auch noch für unheimlich clever, daß er mich so leicht hatte finden können. Bis ich nach einer Stunde erfuhr, daß er von Schwester Bianca angerufen worden war, nachdem er vorher außer sich vor Rage bei meiner Mutter, bei Onkeln, Tanten und unzähligen Freunden nach mir herumtelefoniert hatte.
Ich weigerte mich, ihn zu empfangen – er reagierte, wie ich es eigentlich hätte vorhersehen können: er lehnte es ab, das Kloster zu verlassen, und trat in einen Hungerstreik, womit er die an den Umgang mit einem liebenswürdigen Gott und nachgiebigen jungen Frauen gewohnten braven Nonnen aufs äußerste verwirrte. Zwei Tage und zwei Nächte lang verharrten David und ich in dieser unmöglichen Pattsituation wie zwei sich gegenseitig blockierende Armeen. Als ich endlich die weiße Flagge zeigte, war das keine bedingungslose Kapitulation. Ich folgte ihm, der mißmutig in der Halle gewartet hatte, mit Charles auf dem Arm in einem gewissen Abstand. Übrigens spürte ich irgendwie, daß dieses Zwischenspiel in diesen heiligen Hallen uns beiden gut tat.

»Das Auto steht draußen«, damit meinte er unseren klapperigen, aber gemütlichen alten Ford aus zweiter Hand.
»Und ich nehme das Taxi!« David, zerknirscht und hilflos gegenüber diesem schrulligen Einfall, versuchte, mit mir Schritt zu halten. Ich stieg ein und knallte ihm die Tür vor der Nase zu: »Wenn du willst, kannst du ja hinterher fahren.« Das Fahrgeld würde hoch genug sein, um jeden Mann zu Kreuze kriechen zu lassen. Als die Taxiuhr auf einen dreistelligen Betrag übersprang, beschloß ich, ihm zu vergeben, und ließ den Fahrer an einer Ampel halten. David wollte mir aus dem heruntergekurbelten Fenster zum x-ten Mal seinen Standpunkt darlegen, mitten auf der Kreuzung.
»Also Schwamm darüber, was in der letzten Woche vorgefallen ist, David.« Er kam um das Auto herum, um uns die Tür zu öffnen, wobei wir eine mittlere Verkehrsstauung verursachten.
»Das nächste Mal weniger auffällig, mein Herr.«
Das war als Forderung zu verstehen, nicht als Bitte. Und fortan hielt er sich daran.

Mrs. Clayton wohnte im sechsten Stock, und während ich die Treppen emporkeuchte, betete ich darum, daß sie da war. Oben mußte ich mich erst einmal an die Wand lehnen und nach Luft schnappen. Wenn ich ein Mann gewesen wäre, hätte ich mir in diesem Moment vorgenommen, mich durch einen täglichen Lauf im Park in bessere Kondition zu bringen, so wie es David tat. Als Frau hingegen schwor ich nur, nie wieder jemanden in solchen Höhen zu besuchen.
Gottlob, Mrs. Clayton, eine heitere und immer überschwengliche, winzige grauhaarige Dame, war zu Hause. Als sie mir die Hand fast aus dem Arm schüttelte, hoffte ich bloß, daß sie über die leidige Angelegenheit ein bißchen besser Bescheid wüßte als Mike. Ihre Wohnung prangte in grellen Farben mit zuviel Blau und einer Vorliebe für billige Reproduktionen mit Sujets aus dem Bereich Pferdezucht.
»Tee oder Kaffee?«

»Wodka. Pur.« Unwillkürlich schaute sie auf die Uhr. Erst mittags! Ich setzte hinzu: »Bitte.«
Mrs. Clayton gab mir ein Glas.
»Und wie geht's den Kindern?«
»Wo ist David?«
Ich wollte gleich auf das Wesentliche kommen und sie nicht aus Höflichkeit sich erst stundenlang über die Kinder verbreiten lassen. Sie hatte keine, und daß das weh tut, weiß man.
»Oh, meine Liebe . . .«, sie blickte ausgesprochen unglücklich über meine Frage und machte schon Miene auszuweichen, als ich sie mit einem scharfen Blick über den Rand des Wodkaglases bedachte. Sie zögerte immer noch, und ich ahnte, daß es geschah, um David in Schutz zu nehmen. Sie hatte zwölf Jahre für ihn gearbeitet, und ihre Zuneigung zu ihm, obgleich völlig verschieden von meinen Gefühlen für David, enthielt einen Tadel für mich. Frauen sind eben von anderem Schlag als Männer.
»Ich weiß nicht – das klingt so fremdartig, daß er – daß er also Sie – und die Kinder verlassen haben sollte.«
»Ich gebe mir Mühe herauszufinden, warum. Und – um ihn zurückzuholen.«
Vor Aufregung schlug sie die Hände zusammen: »Wie wundervoll! Ich hab' nämlich gerade meinem Jimmy erzählt, was für ein glückliches Paar Sie beide waren. Und wissen Sie, was er geantwortet hat . . .?«
»In welch einer Verfassung war David, bevor er ging?«
»Irgendwie unruhig. Er schien nicht genau zu wissen, was er tun sollte. Bitte, nicht bös' sein, das ist meine private Meinung – aber ich hatte das Gefühl, daß er es wirklich nicht echt wollte. Mit ›es‹ meine ich: Sie zu verlassen. Obwohl ich das in dem Augenblick natürlich nicht wußte.«
Unruhig? Eine merkwürdige Bezeichnung für David. Er war doch nie unruhig, sondern eher immer ausgeglichen und handelte mit Überlegung. Für seine Entschlüsse benötigte er nur kurze Zeit. Wenn sie gefallen waren, pflegte er dazu zu stehen. Irgendwie hatte ich die Gewißheit, daß ich

nun eine solche Entscheidung für ihn würde umstoßen müssen.
»*Ich* habe nie etwas davon gemerkt.«
»Denken Sie, ich? Bis er mich eines Morgens unerwartet anbellte. Das hat er sonst nie getan. Es war wegen des Anrufs von irgendeinem Mädchen. Aber auf den Namen kann ich mich nicht besinnen.«
»Versuchen Sie es. Sie müssen!«
«Nein, keine Ahnung. Er klang – komisch. Sie wollte ihn sprechen, und ich sagte: Ich stelle nicht durch, bevor Sie mir nicht verraten, was Sie wollen. Das lehnte sie ab. Es ist doch meine Pflicht, ihn von überflüssigen Telefonaten freizuhalten, sonst könnte er sich ja kaum retten vor allen möglichen Leuten.«
»Aber Sie müssen doch noch irgend etwas in Erinnerung behalten haben?«
»Sie war Amerikanerin. Ja, stimmt, ich kenne den Akzent. Ich würde sagen, von Chicago.«
»Wie wollen Sie das wissen?«
»Ich bin dort einen Monat lang gewesen.«
Nach einer halben Stunde konnte sie sich immer noch nicht auf den Namen des Mädchens besinnen. Sie versprach mich anzurufen, falls er ihr einfallen sollte.
Draußen setzte Sprühregen ein. Mr. Samuels würde wohl in die Luft springen vor Freude, weil er recht behalten hatte. Der Gedanke an ihn machte mich lachen. Unwillkürlich stellte ich mir seinen ausgetrockneten Körper vor, *faire l'amour* – der würde schwerlich etwas anderes produzieren als Staub . . .
Zu Hause wechselte ich über zu Pullover und Jeans, bevor ich mich an den Sekretär machte. Sein Mahagoni glänzte im Sonnenschein. Ich tastete über das Holz, schnüffelte und roch das Wachs, mit dem ich das Möbelstück so oft poliert hatte. Dann schnappte ich mir einen Schraubenzieher und steckte ihn in das Schloß, aber er rutschte ab und verursachte einen Kratzer.
»Charles!«

Von oben ein unwilliges Brummen. Erst beim zweiten Ruf bequemte er sich die Treppe herunter, faul und verpennt von einem Nickerchen oder was Jungen sonst in der Abgeschiedenheit ihrer Zimmer treiben mögen.
»Brich das auf!«
Ich zeigte wo und händigte ihm den Schraubenzieher aus. Charles begriff als typisches Kind unserer Zeit Gesten eher als lange Erklärungen. Mit seinen fünfzehn Jahren ging er ran wie ein echter Profi: prüfte das Schloß, reichte mir das Werkzeug mit einem mitleidigen Blick zurück und nahm ein anderes. Drei Jahre Aufenthalt auf einer teuren Schule hatten ihn wenigstens zu einem Experten auf diesem Gebiet werden lassen. Er zog die Augenbrauen leicht hoch, um damit anzudeuten, wie richtig er lag. Dann ließ er den Riegel mit einem leichten Knacken aufschnappen.
»Vielen Dank, Charles, das wär's dann.«
»Ich fürchte, Daddy sieht das nicht so gern.« Die Neugier stand ihm ins Gesicht geschrieben.
»Ich verspreche dir, ich verrate ihm nicht, daß du ihn aufgemacht hast.«
Ich schob ihn zur Tür hinaus. Nur allein konnte ich mit den Dingen fertig werden, die mich vermutlich erwarteten.
»Du hast mir befohlen, ihn aufzubrechen.«
»Ja doch, aber falls du das noch schriftlich bestätigt haben willst, fange ich an laut zu schreien. Jetzt geh wieder rauf und mach deinen Kram weiter.«
Der Rolldeckel ließ sich langsam zurückschieben, klemmte, ging weiter – nicht so sehr die Anstrengung als die Aufregung brachte mich zum Schwitzen, bis ich ihn endlich ganz offen hatte. Entzückend die sichtliche Ordnungsliebe von David: jedes der kleinen Fächer mit einem sauber beschrifteten Aufkleber – Steuern, Haushalt, Kinder – Shelley! Fünf Jahre vorher bat ich ihn einigermaßen ungehalten, mich gefälligst aus diesem Spitzelsystem zu entlassen, aber er wies mich höflich darauf hin, daß dies seine Methode sei, um meine Ausgaben überblicken zu können. Ich durchstöberte die Ablage ›Shelley‹. Nein, auf gar keinen Fall enthielt sie

genügend Rechnungen, um darin den Grund für sein Verschwinden zu vermuten. Jetzt die Schubladen auf der linken Seite, vollgestopft mit geschäftlichen Papieren. Auch sie ging ich sorgfältig durch. Moment mal! Zwei Flugschein-Umschläge der tunesischen Luftlinie? Ich öffnete sie und entzifferte den Bestimmungsort auf dem Kohle-Durchschlag des letzten Blattes. Nach Djerba? Weder ich noch David waren dort jemals gewesen – jedenfalls soweit ich Bescheid wußte. Der erste Schein lautete auf seinen Namen, der zweite – auf den einer Ms. C. Schraft.
Ich hatte mich die ganze Zeit über den Sekretär gebeugt, so daß mir jetzt beim Aufrichten der Rücken schmerzte. Schraft, C., Flugtermin 20. Januar – C.? Cathy? Caroline? *Cohabiteuse*? Die Tickets brannten mir auf einmal in den Händen. Sie offenbarten die Geheimnisse: seiner Leidenschaft und ihrer Reize – protokolliert von fremder Hand. Ich warf sie zu Boden.
Mit einer Flasche Wodka und einem Glas kehrte ich an den Sekretär zurück. Die Schutzmaske meines Gesichts half mir nicht mehr, ich spürte einen rasenden Schmerz, als ich unter den Augen und um den Mund herum mit meinen Fingern die Linien nachzog. Oder waren es schon Falten? Ich fühlte, wie frisch und wie tief sie waren. Auf einmal fiel alle Neugierde von mir ab und verwandelte sich in nackte Angst. Vermutlich verbargen sich innen weitere Papiere, und jedes einzelne würde mir eine neue Wunde schlagen, bis ich am Ende tausendfach blutend auf dem Boden lag – als eine freilich in Wodka konservierte Leiche.
Ganz zu Anfang beschränkte sich Davids Kunstverständnis auf Elvis Presley. Inzwischen kannte er Puccini, Pollock, Pinter und – da hielt ich den Beweis in Form einer Rechnung in Händen – Kutchinsky: ein goldener Anhänger in Kleeblattform, innen mit Brillanten besetzt – macht neunhundert Pfund. Das Verlangen, endlich ein etwas genaueres Bild von dieser C., die eine teure Goldbrosche von Kutchinsky trug, zu gewinnen, wurde übermächtig in mir. Ich mußte meiner Neugierde mehr als den Nachnamen und einen

Buchstaben des Vornamens zum Fraß hinwerfen. So wählte ich den Juwelier an.
»Ja, hallo? Hier spricht Mrs. Warwick. Vor ein paar Monaten kaufte ich bei Ihnen einen goldenen Anhänger in Kleeblattform mit Brillanten. Würden Sie die Güte haben, mich mit dem Herrn zu verbinden, der uns damals bedient hat?«
Nach einigem Hinundher meldete er sich schließlich am anderen Ende der Leitung.
»Sind Sie der reizende Gentleman, der uns den Anhänger verkauft hat?«
»Gewiß, Mrs. Warwick. Ich kann mich noch genau an Sie erinnern.«
»Was Sie nicht sagen. Ich wette, Sie können das nicht.«
»Mit absoluter Sicherheit.«
»Wirklich? Beschreiben Sie mich.«
»Sie sind eine äußerst hübsche Blondine, nicht zu groß, blaue Augen – und – um vierundzwanzig Jahre . . .«
Da gewann sie zum erstenmal Gestalt: leuchtend, schön, von glänzender Jugendfrische, eine aus Flammen geborene Göttin – freilich in ihren Klauen: mein David.
»Ja – und amerikanisch«, nein, mehr wußte er offenbar nicht.
»O gosh, Sie erinnern sich wirklich!« Vielleicht klang das nun südlich, westlich, kalifornisch oder weiß der Teufel.
»Okay, ich such' Sie morgen heim und hol' mir eine andere. Danke schön.«
Ich setzte mich sorgfältig nieder, obwohl ich am liebsten alles vor Wut zerfetzt hätte. Der Wodka blieb ohne Wirkung, ich hätte mir ein Faß voll hinter die Binde kippen können und wäre stocknüchtern geblieben.
Ich zitterte vor wildem Zorn, Entschlußlosigkeit, Zweifel und Selbstmitleid. Meine Nerven vibrierten hitzig und in rasender Geschwindigkeit; ich spürte, wie ich meine Energien damit verausgabte. Die in jenem Schlafzimmer gefaßte Entscheidung verflüchtigte sich abermals. Er hatte mir den Laufpaß gegeben – jetzt hätte ich gern das gleiche mit ihm gemacht. Und das brachte ich nicht fertig.

Wieso aber David?
Ich hörte die hintere Tür klappen. Samantha und Miranda, rosig und niedlich, schleppten Sammy, den kleinen Spaniel, unter lautem Hallo ins Zimmer.
Um sieben waren sie frisch gebadet und fertig fürs Bett. Als ich sie umarmte, zum Essen runterbrachte und den unschuldigen Duft ihrer Körper einatmete, war mir klar geworden, wie wehrlos sie von nun an allem ausgeliefert sein mußten, was mir widerfahren konnte. Falls ich Erfolg hatte, würde das ihr Leben normal weiterlaufen lassen – falls nicht, würde es ihre Entwicklung beeinträchtigen. Was aber auch immer geschehen mochte, ich könnte sie nicht dazu mißbrauchen, Davids Rückkehr zu erzwingen.
»Ich hab' euch nicht die ganze Wahrheit gesagt«, drei Gesichter fuhren von ihren Tellern hoch, »euer Vater ist nicht auf einer Geschäftsreise. Er hat uns verlassen.«
»Ich hab's gewußt«, tönte Charles selbstzufrieden.
»Du vielleicht, aber nicht deine Schwestern. Ich muß euch deswegen zu den Großeltern bringen, während ich euren Vater zurückholen werde.«
»Und wenn er einfach keine Lust hat?« Samantha, die Zehnjährige, stellte diese Frage.
»Er wird!« Ich mußte mir das notfalls selbst einreden.
»Wenn er fortgegangen ist – heißt das, er will nichts mehr von uns wissen?« Miranda war kurz davor loszuplärren.
»Natürlich will er. Aber in einer Ehe passiert es halt manchmal, daß man vergißt, was man besitzt, weil man zu sehr daran gewöhnt ist, Liebe, Sorgen und Verantwortlichkeiten. Da trifft man vielleicht jemand anderes, ist plötzlich von so einem Menschen ganz angetan und will auf einmal dem entfliehen, was man hat. Aber bei Licht besehen ist es nur eines – nämlich ein Fortlaufen.«
Wir drei um den Eßtisch gedrängten Frauen waren schon so weit, uns gegenseitig in die Arme zu fallen und uns die Augen auszuweinen. Charles blickte skeptisch.
»Die meisten Eltern meiner Schulfreunde sind geschieden«, feierlich zählte er sie auf, »die von Dick, von Tony, von Ro-

ger. Die von Norman leben getrennt. Dereks Mutter hat es mit einem Schauspieler – wie er sagt«, er blickte mich prüfend an, »du siehst doch noch ganz passabel aus, ich meine für dein Alter. Ich bin sicher, du wirst noch irgend jemand finden, der dir gefällt.«

»Besten Dank, Charles, ich will nicht irgendeinen, ich will deinen Vater.«

Sie verhackstücken die Neuigkeiten. Als das Telefon klingelte, wollte Charles wieder etwas vom Stapel lassen. Ich scheuchte ihn mit einer Ohrfeige zum Apparat. »In dieser Familie herrscht keine Demokratie, Charles. Ihr lebt in einer Diktatur ohne Redefreiheit, ohne Freizügigkeit noch mit dem Recht auf Gedankenfreiheit – bevor ihr achtzehn Jahre alt seid. Und nun heb gefälligst ab.«

Er stand auf und trottete nach nebenan. Wie man's macht, ist's falsch: Agiere wie eine Mutter, und er reagiert mufflig; verhalte dich kollegial wie sein Schulsprecher, und er spielt sich auf. Die Mädchen grinsten.

»Das Gesetz der Diktatur gilt genauso für euch. Wehe, ich muß von irgendwelchen Unartigkeiten während meiner Abwesenheit hören, wenn ich euch bei Großvater lasse ...«

Charles kehrte an den Tisch zurück und setzte sich wortlos nieder.

»So ist's gut. Und wer war da?«

»Vati. Er will mit dir reden.«

Drittes Kapitel

»Mein Gott, worüber denn?«
»Hat er nicht gesagt. Er hat mich gefragt, wie's mir geht. Und da – da hab' ich ihm geantwortet, ich vermisse ihn.« Er war den Tränen nahe. Ich hätte Charles am liebsten umarmt, aber er wollte ja tapfer sein. So gestattete er mir lediglich, ihm durchs Haar zu fahren, bevor ich hinausging und die Tür hinter mir schloß.
Zu Beginn einer Liebe, wenn man noch ganz vom Verlangen nach Zärtlichkeit und Berührung erfüllt ist, genügt ja schon die Gegenwart des anderen, auch wenn sie sich auf die bloße Stimme über eine weite Entfernung reduziert, um einen am liebsten sogleich zu ihm hinfliegen zu lassen. Mir wurde heiß, und ich zitterte vor Aufregung – das hatte ich ja seit einem Menschenalter nicht mehr empfunden: eine überströmende, tolle, neuartige Weiblichkeit, und das vielleicht fünf Jahre vor der Menopause. Ich plumpste auf den viktorianischen Sessel und ergriff den Hörer.
»Hallo, David?«
Am liebsten wäre ich selbst ein Stück dieser Technik geworden, um seine Nähe zu spüren. Was können denn bloße Worte von unseren Ängsten und Gefühlen vermitteln? Wir sollten sie durch diese aus tiefster Kehle kommenden sehnsüchtigen Laute ersetzen, mit denen sich Tiere nachts im Urwald verständigen.
»Hallo, Shelley. Wie geht es dir?«
Also da gab es verschiedene Antwortmöglichkeiten: ›Ich liebe dich‹, oder ›ich fühle mich beschissen‹, ›du fehlst mir so sehr‹, oder gar ›ich möchte zu dir fliegen‹! Nein, keine paßte hier so recht: »Fein.«
»Oh.«
»Na, du hast mir doch gesagt, ich sei eine starke Frau.«

»Ja, hab' ich getan. Shelley, hör mal zu, es tut mir furchtbar leid . . .«
»Mir auch. Wo bist du?«
»In Amerika.«
»Weiß ich. *Wo* in Amerika?«
»Das werde ich dir nicht verraten, Shelley.«
Ich antwortete nicht. Ich hatte das Gefühl, daß er irgend etwas wollte. Mich?
»Ich brauche Geld, Shelley.«
»Du hast alles mitgenommen, Dummerchen.«
»Die Münzen.«
»Kriegst du nicht.«
»Ich stehe unmittelbar vor einem lukrativen Abschluß und habe nicht das Kapital. Ich brauche sie, Shelley.«
»Ich weiß nicht recht . . .«
»Bitte, Shelley, ich gebe sie dir in einem Monat zurück.«
»Tja . . .«
»Händige sie Burt Mellows aus. Er hält sich auf im Hotel Connaught.«
»Und wer ist das?«
»Ein Geschäftsfreund.«
»Du hast es ja ziemlich eilig.«
»Das ist nun mal meine Art. Schick sie ihm noch heute, bitte. Ich schwöre dir, ich werde dir das Geld zurückgeben. Wie geht's den Kindern?«
»Gut. Sie vermissen dich.«
»Sag ihnen, daß ich sie sehr lieb habe.«
»Warum sagst du es ihnen nicht selbst?«
»Na – ich möchte sie nicht beunruhigen. Wiedersehen, Shelley.«
»Verdammt, verdammt, verdammt!«
Die Kinder rannten aus dem Speisezimmer, als ich das Telefon auf den zerbrechlichen Tisch schmetterte. Er wankte und fiel um. Ich hätte Kraft genug gehabt, ihn mit meinen bloßen Händen in tausend Stücke zu schlagen, statt dessen bedachte ich ihn mit einem kräftigen Fußtritt – wobei ich leider vergaß, daß ich Hausschuhe trug. Mit einem Auf-

schrei faßte ich nach meinen verletzten Zehen. Dieser körperliche Schmerz, zusammen mit meiner Wut über David, und auch über mich selbst, war einfach zu viel. Ich kreischte, sprang hoch, schrie wieder. Die Kinder suchten fluchtartig Deckung und warfen mir die Tür vor der Nase zu.
Ich langte nach dem Figürchen aus Meißener Porzellan, das wir in Dublin erworben hatten, wog es in meiner Hand und zielte auf den kleinen goldgerahmten Matisse. Der war ein Geschenk von David zum sechsunddreißigsten Geburtstag. In dieser Pose verharrte ich.
Mein gesunder Menschenverstand, vielleicht auch etwas in mir, das sich von der Schönheit dieser Gegenstände einfangen ließ, hielt meine Hand im letzten Moment zurück. Ich durfte dieses Mausoleum aus Kultur und Zivilisation, errichtet unter den Einflüssen von Herkunft, Erziehung und sorgfältig kultiviertem Geschmack, einfach nicht antasten – diese gottverfluchte, bis obenan mit muffiger Luft gefüllte Gruft. Meine Welt hätte ich besser mit den wirren Phantasien eines Verrückten und mit den gußeisernen Fratzen zwergenhafter Mißgeburten ausstaffiert. Ich schleuderte das Stück Meißen, es traf den Matisse am Glasrand und zersplitterte in schimmernde weiße Scherben. Schon etwas erleichtert packte ich das Tischchen und donnerte es in die spätviktorianische gläserne Mahagonivitrine. Die seidenen Sofakissen widerstanden meinen Fingernägeln, der Stoff war zu glatt. Die Stereoanlage landete an der Wand, keine Ahnung, ob sie das überstand – eher nein. Ich stampfte und trat, zerschmiß und zerschmetterte. Als ich endlich wohltuend erschöpft mit einem Kollaps zu Boden sank, war das Zimmer ein Trümmerhaufen. Ich blieb eine Zeitlang sitzen, wartete, bis ich wieder zu Atem kam, dann stand ich auf und ging hinaus.
Auf den Gesichtern der Mädchen dicke Spuren von Rotz und Tränen, Charles stand beschützend bei ihnen. Ohne ihn würden sie zweifellos immer noch plärren.
»Auf uns bist du doch nicht böse, Mami?« Miranda schniefte durch die Nase.

»Nein, meine Süßen, mir war nur einfach danach zumute.«
»Und geht's dir jetzt besser?«
Ich lächelte über Charles' Interesse. »So lala. Vati fragt übrigens, wie es euch geht. Und er bat mich, euch zu sagen, daß er euch lieb hat.«
»Was hast du ihm erzählt? Daß es uns gut geht?«
»Daß ihr ihn vermißt, ja, wir alle.«
»Tja, ich hab' versucht, mir am Telefon nichts anmerken zu lassen.«
»Genauso wie ich, mein Junge. Ich hoffe bloß, daß du ihm nicht verraten hast, was ich vorhabe.«
»Ehrenwort, nein«, Charles grinste, »er soll sich überraschen lassen. Er braucht den Schock.« Er spielte mit dem Teelöffel. »Ich bin sauer auf ihn, weil er abgehauen ist, ehrlich.« Jetzt lächelte er: »Wenn mir das darüber weggeholfen hätte, würde ich das gleiche getan haben wie du eben.«
»*Ein* ruiniertes Zimmer reicht für heute, Charles.«
»Das kostet uns eine schöne Stange Geld.«
»Darüber werde ich mir später den Kopf zerbrechen.«
Charles stand auf und nahm Habachtstellung ein: »Noch irgendwelche Befehle, bevor ich mich zurückziehe?«
»Allerdings. Du wirst deine Sachen für eure Reise zu den Großeltern packen. Abfahrt: morgen früh, nach dem Frühstück. Falls du irgendwelche Verabredungen getroffen hast – annullieren! Das ist alles, woran ich im Augenblick denken kann. Wenn mir noch etwas einfällt, werde ich dir Bescheid sagen.«
Charles salutierte und marschierte mit einer Kehrtwendung hinaus.
»Und ihr zwei – rauf und ab ins Bett! Ich komme zum Gutenachtkuß nach; eure Koffer besorge ich, wenn ich abgewaschen habe. Auf marsch-marsch!«
Und wie sie abflitzten!

Ich lag ausgezogen auf meinem Bett, der Mond leuchtete durchs Fenster, ich betrachtete meinen Körper und ließ meine Zehen spielen. Der rechte Fuß schmerzte immer noch ein bißchen. Ich beugte meine Knie und ließ meine Finger langsam über meine Haut streichen, über die Schenkel, über den Bauch bis zum Busen. Alles fühlte sich warm an, zart und lebendig. Ich atmete den Hauch meines eigenen Parfüms ein. In dem fahlen Licht hob sich der Schatten meiner Brust ab, fest und stattlich wie bei einem Mädchen von fünfundzwanzig. Ich schloß meine Augen – nur wenn ich mich selbst mochte, würde ich auch für andere begehrenswert sein.

Nach dem Gutenachtkuß für die Kinder hatte ich zunächst fast eine Stunde im Bad herumgeplätschert und war dann, angenehm trocken gerieben und duftend, auf nackten Sohlen nach unten geschlichen, um mir den Trümmerhaufen im Wohnzimmer zu betrachten. All die Glasscherben und die zerbrochenen Möbelstücke schienen Teil meiner selbst zu sein. Freilich empfand ich kein Bedauern, als ich so durch die traurigen Überreste stieg und da und dort mit meinem Fuß an Erinnerungen rührte. Plötzlich spürte ich das Verlangen zu tanzen. Warum eigentlich nicht? Erst zögerte ich, dann begann ich mich zu drehen und summte leise vor mich hin.

Als Kind hatte ich oft getanzt, keineswegs wild und ausgelassen, sondern immer anmutig und graziös. Ich träumte davon, eine zweite Margot Fonteyn zu werden, und übte pflichtbewußt jeden Tag. Hätte ich doch bloß statt dessen die Paarungstänze der Orang-Utan gelernt – oder wie man in weiten Bewegungen durch die Bäume schwingt!

Das vorher so riesenhaft wirkende Bett schrumpfte auf normale Größe. Den freigebliebenen Platz an meiner Seite – oh, ich würde die Person zurückholen, die dorthin gehörte! Es war nur eine Sache der Zeit, richtiger Überlegungen und ausgefeilter Strategie. Kaum zu glauben, daß ich noch gestern mich hier so einsam und verzagt gefühlt hatte.

Eine Wolke trieb über die Mondscheibe und ließ meinen Körper in der Dunkelheit verschwinden. Einen Moment lang fühlte ich mich ungemütlich: die Münzsammlung! Ihr

Verlust wäre bedauerlich, nicht so sehr, weil sie ein Erbstück für meine Kinder darstellte, sondern weil wir das Geld brauchten, falls David zurückkehrte. Es mußte sich ein Weg finden, sie zu behalten. Ich dachte nach und versuchte, mir jede Silbe, jeden Laut unserer Unterhaltung ins Gedächtnis zurückzurufen, selbst die Pausen zwischen den Sätzen, denn sie sagten mehr aus als Davids Worte. Schweigen, Worte, Stille – die Eindringlichkeit seines Befehls wurde wieder lebendig. Nein, ich konnte ihn nicht einfach ignorieren. Zwar würde Davids angeblicher Geschäftsfreund im Connaught-Hotel nichts verraten, aber ohne die Münzen hatte ich keine Chance, ihn überhaupt zu finden.

Die Sonne und die Mädchen weckten mich. Sie lagen auf Davids Seite im Bett und tuschelten miteinander. Erst als ich meine Augen öffnete, wurden sie mucksmäuschenstill. Ich fühlte mich immer noch so ruhig und gelassen wie in der Nacht.

Wir unterhielten uns, und sie schauten zu, während ich mich meinen gymnastischen Übungen hingab; ich spürte, wie die Muskeln sich spannten und die Durchblutung meine Haut rötete und straffte; vielleicht hielt sie den Vergleich mit der einer Fünfundzwanzigjährigen nicht ganz aus, aber sie war ansehnlich genug für eine Frau meines Alters.

»Wird Vati mit dir zurückkommen?« fragte Miranda.

»Ja.« Ich klopfte meine Zehen ein dutzendmal ab.

»Und warum ist er gegangen? Weil wir etwas angestellt haben?«

»Nein, ihr Mäuse, es hat nichts mit euch zu tun, nur mit mir und Vati. Wir beide haben vergessen, weswegen wir uns geheiratet, warum wir uns geliebt haben. Ja, total vergessen, so was kommt vor. Da fängt man an, absolut unwichtige Dinge zu überschätzen und sich auch noch dahinter zu verstecken.«

»Das begreif' ich nicht, Mami, wieso?«

»Verstecken, der eine vor dem anderen.«

Ich ließ meine Hüften nach links und rechts schwingen, meine Brust vermochte den Bewegungen nicht ganz zu folgen. Das erinnerte mich an eine Tänzerin in Beirut, die ihre Brüste kreisen lassen konnte – es war fast lachhaft, aber machte mich auch ein bißchen neidisch.

»Wenn ich's mir überlege – daß euer Vater fortgegangen ist, war wohl mein Fehler, gerade weil wir ihn jetzt nicht hier haben, damit er uns die Gründe dafür erzählen kann. Natürlich könnte es auch an ihm liegen. Aber das werde ich herausfinden, wenn ich ihn wiedersehe.«

»Du bleibst doch nicht lange fort, oder?« fragte Samantha.

»Du wirst mir fehlen, so wie mir Vati fehlt.«

»Ich weiß nicht, wie lange es dauern kann, aber ihr werdet mir alle fehlen, und Vati genauso, das steht fest. Er hat es am Telefon gesagt.«

Wir verließen das Haus eine Stunde später als geplant. Charles erwies sich als hilfreich und überraschend gehorsam. Unaufgefordert nahm er den Rücksitz ein und überließ den Mädchen den Platz vorn neben mir im Auto.

»Und wenn Vati nun nicht zurückkehrt – was fangen wir dann an?«

Eines Tages würde der Junge genauso aussehen wie David. Zwar war er jetzt noch ein paar Zentimeter kleiner und vor allem schmächtiger, aber in wenigen Jahren sollte er in die Maße seines Vaters hineingewachsen sein. Er besaß den gleichen ausgeprägten Mund, und wenn er sich nur nicht in den Kopf gesetzt hätte, sein Haar so lang zu tragen, würde die Ausdrucksstärke seines Gesichtes besser zur Geltung kommen. Seine Brauen waren noch dünn, der Blick seiner Augen indessen schon fest. Sie wanderten nicht scheu oder nervös zur Seite, sondern schauten einen klar und direkt an. Was mir erst jetzt auffiel: bisher war er nur mein Sohn gewesen, aber eines Tages würde er Frauen genauso behandeln wie sein Vater.

»Er wird schon zurückkommen.«

»Ja, gewiß, aber hast du dir schon mal überlegt, wenn nicht?«

Am schlimmsten wäre die Einsamkeit, so wie in den verflossenen zwei Monaten, die Schrecknisse, jemanden verloren

zu haben und nun allein in einer Welt zu stehen, die einst von der Wärme einer Gemeinsamkeit erfüllt gewesen war. Aber nichts dauert ewig, mit der Zeit würde Davids Bild verblassen und der Schmerz abnehmen, auch wenn durch die Kinder eine ständige Erinnerung wachblieb.
»Und was schlägst du vor?«
Charles schaute mißmutig drein, offensichtlich hatte er dieses Problem bereits hin- und herüberlegt.
»Du könntest einen Job annehmen – bloß welchen? Vati sagt immer, in Gelddingen bist du unzurechnungsfähig. Folglich sollte es nichts Geschäftliches sein, oder?«
»Wenn ich die Idee für ein gutes Geschäft hätte, könnte man für das andere ja nun leicht einen Buchhalter anstellen.«
Ich fuhr die Ausfahrt Edgware Road, wechselte in Richtung Oxford auf die A 4 und ging gleich auf den Überholstreifen.
»Du könntest Teilhaber bei Mike werden oder so was ähnliches.«
»Ich weiß nicht, ob ich Lust hätte, in Vatis Schuhe zu schlüpfen.« Ich schaute nach Charles durch den Rückspiegel:
»Und was hältst du von meinem alten Job?«
»Nach sechzehn Jahren?«
»Ja, vermutlich hast du recht, aber ich hab' den Kontakt mit den Leuten nie ganz verloren. Ich könnte in meiner früheren Position anfangen und mich langsam hocharbeiten. Natürlich nur als Teilzeitkraft, solange Samantha und Miranda noch klein sind.«
Samantha schaute mich ernst an und nahm meine Hand:
»Wir versprechen dir, daß wir uns mit dem Großwerden sehr beeilen.«
»Na, laßt euch nur Zeit. Ja, an eurer Stelle würde ich für immer jung bleiben. Das ist viel schöner, als erwachsen zu sein.«
Charles ging meine Vorschläge für eine Beschäftigung der Reihe nach durch, aber keiner behagte ihm so recht.
»Das bringt alles nicht genug Moos.«

»Dann verkaufen wir dieses Auto und ziehen in ein kleineres Haus.«
Miranda erhob Einspruch: »Nein, das möchte ich nicht.«
»Ich auch nicht, vor allem, wo eure Schule gleich um die Ecke liegt.«
»Und was ist mit dem Schulgeld für mein Gymnasium?«
Charles schaute bedenklich.
»Das könnte man schon irgendwie deichseln. Aber eine Erhöhung des Taschengeldes kommt vorläufig nicht in Frage. Das gilt für alle, auch für mich.«
Das lenkte sie für den Augenblick ab und hielt sie beschäftigt. Ein Auto, ein Haus, ein bißchen Kleidung – alles nebensächliche, ja überflüssige Dinge, über die man sich kaum den Kopf zu zerbrechen brauchte. Schlimmer wäre der eintönige Ablauf der Tage und Nächte, wenn sie erst herangewachsen waren und ich älter sein würde.
»Und wenn ich wieder heirate, wie du vorgeschlagen hast?«
Langes Schweigen. Ich fing seinen Blick auf, während er unruhig auf seinem Sitz hin- und herrutschte.
»Wenn es denn unbedingt sein muß – aber uns drei solltest du schon vorher fragen.«
»Das wäre doch klar.«
Wir ließen Uxbridge hinter uns. Die Mädchen überließen respektvoll ihrem älteren Bruder die Diskussion und verhielten sich ruhig. Zufälligerweise sah ich im Spiegel, wie Charles mein Gesicht musterte. Seine Augen senkten sich, wie ertappt, und er wurde rot. Zu lustig, er hatte mich abgeschätzt, nicht wie ein Sohn, sondern wie ein Mann.
Nein, das war kein ödipaler Blick gewesen – vielmehr hatte er fast genauso wie andere Männer meine Erscheinung taxiert, meinen Mund, die Augen, meine Nase. Ja, als wir an einer Tankstelle hielten, erwischte ich ihn, wie er meinen Busen begutachtete, meine Beine, ja, sogar meinen Hintern. Die Gewichte waren in den Waagschalen verteilt – nach welcher Seite würde sie sich neigen? Fand er mich attraktiv? Würde ich einem anderen Mann gefallen, wenn es mit David nicht klappte? Wieviel war ich wert?

Kurz vor der Autobahn bog ich ab, der Verkehr wurde nun schwächer, und ich fuhr langsamer. Es war ein heller, sonniger Tag, und je weiter wir uns von der Hauptstraße entfernten und über Nebenwege durch die von Hecken gesäumte Landschaft mit ihren Weizenfeldern und Weiden voller Kühe rollten, um so besser fühlte ich mich – ich kehrte in meine Heimat zurück.

»Charles«, ich beobachtete ihn durch den Spiegel, »sag mal, bist du noch – Jungfrau?«

Er wich meinem Blick nicht aus und lächelte geheimnisvoll.

»Was ist Jungfrau?« Samantha achtete besonders auf interessant klingende Wörter.

»Ach, nichts besonderes.«

Charles antwortete: »Nein.«

Also gab es bereits irgendwo ein Mädchen, eine Frau – hoffentlich keine Prostituierte, für die ein Mann ja immer erinnerungslos und fremd bleibt –, die um meinen Sohn und seine Körperlichkeit wußte. Kein Grund zum Frohlocken – und dennoch wünschen wir uns eigenartigerweise unsere Söhne als Männer mit möglichst vielen Frauen, durch Zuneigung gewonnen, durch List, ja mit Gewalt, obwohl wir selbst nur durch Liebe gewonnen zu werden wünschen. Jedenfalls ich – wenn man davon absieht, daß David mitunter recht aggressiv sein konnte und erst Hingabe bisweilen den Unterschied zwischen behutsamem Werben und unnachsichtigem Nehmen verwischt.

An dem Wochenende, als David zum erstenmal meine Eltern besuchte, bedrängte ich ihn, mich in meinem Jungmädchenbett zu lieben. Über zehn Jahre lang war es Hort meiner Keuschheit gewesen, und allein mein wachsender Mädchenkörper hatte seine Spur in ihm hinterlassen. Ich wollte die Erinnerung an Unschuld und erste Monatsblutung nachdrücklich durch einen Akt der Gewalttätigkeit zerstört sehen. Anfangs genierte sich David, zumal in Hörweite meiner Eltern. Als Kind der Arbeiterklasse besaß er einen ausgeprägteren Sinn für Takt als ich. Nein,

ich brauchte ihn nicht zu zwingen – ich spielte mit dem Reißverschluß seiner Hose. Männer sind so leicht zu verführen!
Meine Mutter, damals eine noch stattliche, aber immer autoritäre Frau, behandelte David ziemlich von oben herab. Sie änderte sich nie, genausowenig wie David. Ihr Standesdünkel war ihr genauso lebenswichtig wie die britische Flagge und die Königin. Von einem Grafen hätte sie sich widerspruchslos kompromittieren lassen, einem Rockefeller jedoch nicht einmal einen Kuß auf die Wange erlaubt. Sie war total unempfänglich für Charme, Wohltätigkeit und gute Erziehung, aber auf beschämende Weise durch Herkunft zu beeindrucken.
»Und was tun Sie so?« fragte Mutter beim Cocktail.
»Arbeiten«, antwortete David heiter.
»Oh?«
Ein ›Oh‹ von ihr mit all seinen verschiedenen Bedeutungsmöglichkeiten hätte allein drei Seiten im Oxford-Wörterbuch füllen können.
»Ich will sagen, ich habe meine eigene Firma. Mit Vierzig rechne ich, die erste Million zusammenzuhaben.«
»Oh.« Diesmal eine vierte Seite.
Mutter mißbilligte jede Art geschäftlicher Betätigung als nicht standesgemäß. Sie, Tochter eines Generals, verheiratet mit einem General – die sich beide auf den verschiedenen Schlachtfeldern des Empire mit Ruhm bedeckt und dafür den Adelstitel erhalten hatten –, konnte sich kaum vorstellen, daß irgendein Mensch danach strebte, Millionär zu werden. Und doch war all dies auch ein Gutteil Fassade. Als Kind hatte ich selbst gesehen, wie sie ein todkrankes Baby an ihre gestärkte weiße Bluse drückte und ihre Tränen auf den winzigen Körper rannen. Oder geschah auch das mit einem guten Schuß typischen britischen Mitgefühls? Sie glaubte, für das Wohlergehen der gesamten menschlichen Gesellschaft verantwortlich zu sein, und hielt damit automatisch fast jedermann für ihrer Autorität unterstellt.

»Mutter, wenn du noch einmal ›oh‹ sagst, werde ich schreien.«
»Was tun Ihre Eltern, David?«
»Mein Vater arbeitet in einer Fabrik, und meine Mutter ...«
Er beendete den Satz nicht. Mutter zog sich in eisige Unnahbarkeit hinter ihr Sherry-Glas zurück und ließ mit bedeutsam erhobenen Augenbrauen ihren Blick von David zu mir wandern. Ich konnte mir vorstellen, wie es in ihr arbeitete.
Vater erwies sich als Schatz, er akzeptierte David vom ersten Augenblick an. Anders als Mutter schätzte er einen Mann nach Leistung und Auftreten und nicht nach seinem Stammbaum ein. Hoffentlich würde er bloß nicht von der Armee anfangen. David hatte nämlich die beiden Jahre seines Wehrdienstes zu einem Großteil im Bunker verbracht und war nie über den Stand eines Gemeinen hinausgediehen. Nur einmal war er einem höheren militärischen Rang etwas näher gekommen – als er seinem Hauptfeldwebel eine Ohrfeige verabreicht hatte. Man konnte kaum sagen, daß er eine Abneigung speziell gegen Vorgesetzte gehabt hätte – nein, er haßte die Armee als ganzes. Auf einem unserer ersten Treffen sprach er abfällig über das Militär – ich erwiderte ihm ruhig: Mein Vater ist General. Er wurde blaß, aber weigerte sich, nur ein Jota von seinen Äußerungen zurückzunehmen. Das imponierte mir. In bezug auf Vater hatte David mir versprochen, sich zurückzuhalten. Was ich anfangs gar nicht recht begriff – zwischen ihnen gab es viele Berührungspunkte.
»Shelley erzählte mir, daß Sie Spielwaren produzieren.«
»Ja, und Gesellschaftsspiele, Sir. Herrscht eine ziemliche Nachfrage danach.«
»Na, Gott sei Dank. Das hätte mir gerade gefehlt: noch ein Militär in der Familie. Mein Ältester, Andrew, dieser Grünschnabel, hat sich zur Armee gemeldet. Hab' versucht, ihn davon abzuhalten. Ist mir kolossal unsympathisch. Wie ich in diesem Laden überhaupt zum General avancieren konnte, ist mir immer noch absolut schleierhaft. Mich freut es

wirklich, mal jemanden zu treffen wie Sie mit gesundem Geschäftsverstand.«
»Es ist noch ein kleines Geschäft.«
»Es wird sich vergrößern. Wissen Sie, als Junge besaß ich einen Haufen dämliches Spielzeug. Ging meistens im Nu kaputt.«
Vater strich über seinen Schnurrbart und blickte David aufmerksam an: »Man könnte so viele wunderbare Spiele spielen, wenn nur jemand gescheit genug wäre, sie zu produzieren.«
»Wenn Sie eine gute Idee haben, Sir – ich wäre glücklich, sie zu verwirklichen.«
»Sie meinen geschäftlich? So daß Geld dabei herausspringt?«
»Genau das.«
»Hm, ich hätte da vielleicht etwas für Sie ...«
Mutter beugte sich in ihrem Sessel vor und beobachtete die beiden mißtrauisch. Später flüsterte sie mir zu: »Du willst ihn doch nicht etwa heiraten, oder?«
»Doch. Hast du mich nicht genau dafür erzogen?«
»Unsinn«, sie tat David mit einer geringschätzigen Handbewegung ab, »ich sehe keinerlei Gemeinsamkeiten zwischen dir und diesem ...«
»Er heißt David!«
»... und diesem Mann«, sie benutzte die Bezeichnung immer, wenn sie mich verunsichern wollte, »du heiratest nur jemanden aus unseren Kreisen. Anthony oder Phillip oder Auberon.«
»Wie schrecklich.«
»Was paßt dir an denen nicht?«
»Die sind nicht nur im Bett fad wie abgestandener Champagner.«
Sie nahm die freche Bemerkung hin, ohne mit der Wimper zu zucken.
»Und dieser David ist, sagen wir mal – à la Guiness – oder klingt Export-Bier besser? Bitter, gewöhnlich und in großen Mengen zu konsumieren.«

»Du weißt, daß ich schon als Kind ausgefallene Wünsche hatte.« Seite an Seite schritten wir ins Speisezimmer. Das frisch gebohnerte Parkett glänzte im weichen Kerzenlicht. Der jetzt nur mit vier Gedecken belegte Zwölfpersonentisch aus Nußbaum mit den Spitzenservietten, dem auf Hochglanz polierten Tafelsilber, den geschliffenen Gläsern und dem kühl-blauen Porzellan schimmerte strahlend hell. Meine beiden Brüder, der eine bei der Armee, der andere in der City tätig, waren an diesem Tag unabkömmlich. Durch die geöffneten Türen konnte man draußen, bis es langsam dunkel wurde, den gepflegten, sauber in Karees wie ein Paradefeld geschnittenen Rasen sehen, die Rosenbüsche links, die Hyazinthen rechts, kein Blättchen am falschen Platz, bis zur fünfzig Meter entfernten, militärisch korrekt gestutzten Buchenhecke. Die Wärme dauerte an diesem Abend noch lange an.

Alton, Vaters Bursche, servierte. Mutter und ich saßen nebeneinander, David und Vater uns gegenüber. Die beiden Stühle am Kopf der Tafel blieben leer.
»Wollust«, erklärte mir Mutter, »sollte in aller Verschwiegenheit praktiziert werden, vorzugsweise außerhalb des Ehebettes.« David hörte mit halbem Ohr hin, aber Vaters weitschweifige Erzählung nahm seine Aufmerksamkeit in Anspruch.
»Und Liebe?« Ich warf David einen Kuß zu.
»Vermutlich genauso.«
»Ist das deine Philosophie?« Wir schauten uns gegenseitig an. Wie jetzt unsere Augen einander ähnelten, leicht grün, in einem unbestimmten Schimmer.
»Manchmal«, sie lehnte sich zurück, um Alton zu ermöglichen, die Teller zu wechseln.
Ich blickte zu Vater und David, die immer noch beschäftigt waren, und dann wieder auf Mutter. Ihr Profil war hart, unnachgiebig. Aber manchmal genügt ein einziges Wort, um einen tiefen Einblick in die Seele des anderen zu gewinnen – Mutter und Sinnlichkeit? Gewiß, an sogenannten Gelegen-

heiten dürfte es ihr, wie allen mehr oder minder einsamen Offiziersfrauen, kaum gefehlt haben. Aber wo und unter welchen Umständen? Erregt und verschwitzt unter einem indischen Moskitonetz mit einem jungen Untergebenen? Im Schatten eines Rotkreuzwagens mit einem wohlgenährten, glattrasierten Ami? Nein, Pflichterfüllung, Arbeit und Kriegshandwerk bedingen tüchtige Männer und kaum wollüstige Liebhaber. Ich lächelte.
»Starr nicht so in die Gegend, Shelley, das ist eine schlechte Angewohnheit.« Sie kehrte wieder die strenge Mama heraus.
»Worüber flüstert ihr denn da«, wollte mein Vater wissen.
»Frauensachen, mein Lieber«, winkte sie ihn zu David zurück.
Vor Jahren wollte ich einmal von ihr Auskunft darüber, warum sie mich Shelley genannt hatten. ›Nach einem Freund, mit dem ich zusammen Gedichte gelesen habe‹, lautete ihre Antwort.
»Also, ich möchte sowohl Liebe wie Wollust im Ehebett«, erklärte ich über Altons Arm, als ich mir vom Fasan auflegte.
»So was verfliegt rascher, als man glaubt. Und dann muß man miteinander auskommen können.«
»Bei uns klappt es mit beidem.«
Für eine Sekunde verlor sie die Fassung, und ich konnte abermals einen tiefen Blick in ihr Herz tun. Ich sah – viel Traurigkeit.
»Freut mich für dich.«
Doch schon hatte sie sich wieder gefangen und wandte sich an David: »Eins kann ich in der Familie auf den Tod nicht ausstehen: Scheidung. So was ist absolut überflüssig. Da denken die Leute, mit dem nächsten wird es besser. Irrtum, es bleibt immer das gleiche.«

Ooty Lane – ich verminderte das Tempo und bog ein. Hier lebte das alte Empire weiter; die Namen exotischer Orte auf den Straßenschildern erinnerten an eine glorreiche Vergangenheit. Zu unserer Linken sanfte Hänge mit einsamen

Weiden, die sich bis an die schmale Straße erstreckten, zur Rechten Buschland und, direkt an der Böschung, ein schmaler Ponypfad. Wie oft war ich dort geritten. Er führte zu einem offenen Feld, wo ich einst die ersten Springübungen wagte; am liebsten jedoch galoppierte ich über Stock und Stein.
Auf halbem Weg am Berg lag das Haus, Kletterpflanzen bedeckten seinen Ostflügel, auf der westlichen Seite trat der von Regenspuren gezeichnete braune Granit zutage. Ich fuhr auf das Grundstück. Die schwere eichene Haustür stand offen. Die Hunde stürmten auf uns zu, bellten, wedelten vor Freude und balgten sich. Die Kinder lockten sie an, noch bevor der Wagen stand.
Ich lief gleich ins Haus. Mutter saß im Studio an ihrem Schreibtisch über ihrer Korrespondenz. Sie war ein bißchen älter geworden, aber makellos gekleidet; im Sonnenlicht erinnerte sie mich an ein kostbares Rosenblatt, das man zwischen Seidenpapier in einem Gedichtband aus dem vorigen Jahrhundert aufbewahrt hat. Wir tauschten Küsse, sie roch nach Fliederparfüm, das war mir so vertraut wie mein alter Kinderwagen.
»Vater ist oben, er schreibt an seinen Memoiren.«
»Immer noch?«
»Er hat soeben Singapur erobert und greift jetzt Mandalay an.«
Sie horchte nach den Kindern und den Hunden, dann neigte sie ihren Kopf und betrachtete mich aufmerksam.
»David hat mich verlassen.«
»Scheidung?«
»Nein, ich hole ihn zurück. Er ist irgendwo in den Staaten. Ich möchte die Kinder hierlassen.«
»Ich werde ihre Zimmer herrichten.« Sie wollte schon auf den Flur zum Wäscheschrank.
»Ja, sagst du denn gar nichts?«
Sie blieb einen Meter entfernt stehen und schwankte sichtlich zwischen Ratlosigkeit und Takt. Die Adern an ihrem Hals traten bläulich aus der faltigen Haut. So oft hatte ich sie

umarmt, daß sich meine Erinnerung an sie mit der an straffe, ewig weiche Haut verband. Ich spürte das Verlangen, diese schrecklichen Marken des Alterns von ihr einfach abzuwischen, fortzunehmen – dabei sah ich nicht so sehr ihr Gesicht, sondern mein eigenes. Ich zuckte leicht zusammen, als sie anfing zu reden. Ich hatte ein vorwurfsvolles ›das habe ich dir schon immer prophezeit‹ erwartet – statt dessen streichelte sie meine Wangen mit ihren kühlen, zarten Fingern.

»Armes Kleines.«

Ich weinte, und sie hielt mich fest. Ich schluchzte und schniefte und wünschte mir halb, sie hätte mich nicht mit diesen Worten wieder in das Kind von einst zurückverwandelt.

»Auch ich habe deinen Vater einmal verlassen. Doch ich bin noch da.«

Ich heuchelte Überraschung. Vater hatte vor drei Jahren David von Mutters Abenteuer erzählt. Tatsächlich war es ein Untergebener gewesen, nicht in Indien, sondern im naßkalten Wales. Nach einer großzügig zugestandenen Frist von einigen Tagen war Vater dorthin gereist und hatte sie zurückgeholt. Ich kam elf Monate später zur Welt. Natürlich teilte Vater keine genauen Einzelheiten über das mit, was in den walisischen Bergen vorgefallen war, was er gesagt, und was er mit dem Mann angestellt hatte. Auf gewisse Weise hatten sie wohl beide das meiste vergessen und verdrängt. Man denkt so oft, die Leidenschaft erleuchte unser Leben wie ein Feuersturm, der uns für ewig zeichnet – aber dann kommt unfehlbar der Tag, an dem wir uns an solche Verrücktheiten nicht einmal mehr erinnern.

»War das der Mann, der dir Shelley vorgelesen hat?«

»Oh. Nein, Liebes.« Sie lächelte und gab mich frei.

Ich wußte, die Erinnerung an diesen Mann war zu kostbar, als daß sie sie mit irgendeinem Menschen, nicht einmal mit mir, teilen mochte.

Ich verbrachte nur eine Nacht hier, lieh mir Geld für die

Reise nach Amerika und brach am nächsten Morgen auf. Vater war offensichtlich ins Vertrauen gezogen worden. Vor dem Essen streichelte er meinen Kopf genauso, wie er das mit mir als Kind getan hatte.
»Wie hat er reagiert, als du es ihm erzählt hast?« wollte ich wissen, als Mutter, die Kinder und die Hunde mich zum Auto begleiteten. Vater war oben geblieben, um Mandalay einzunehmen.
»Zuerst überhaupt nicht. Dann meinte er, wenn du nur ein bißchen von ihm hättest, würdest du dir David zurückholen.«
Sie fügte hinzu, fast mehr für sich selbst: »Ich glaube, er erinnert sich noch.«
»Und du, Mutter?«
»Du weißt, daß ich meine Meinung nicht geändert habe – über diesen Mann. Aber du bist – nein, du warst glücklich mit ihm. Und er verdankt dir eine Menge.«
»Genauso wie ich ihm.«
Sie versuchte, ihrer Stimme einen beiläufigen Klang zu geben:
»Mußt du unbedingt nach – dorthin?«
›Dorthin‹ war für Mutter jener Ort, den sie während unserer ganzen Ehe höchstens dreimal besucht hatte – wo Davids Eltern wohnten.
»Allerdings, vielleicht wissen sie Bescheid.« Ich rutschte nach den Abschiedsküssen für die Kinder auf den Fahrersitz.
»Vermutlich wirst du sie von mir grüßen lassen.«
»Werde ich, gewiß. Und ich werde ihnen sagen, daß du sie mal für ein Wochenende einladen möchtest.«
Die Mädchen winkten und rannten schnell, wie Kinder tun, zu ihrem Spiel zurück. Charles, mein Herr Sohn, hatte sich schon vorher ins Haus zurückgezogen.
»Untersteh dich.« Sie legte ihre Hand aufs Steuer und fügte hinzu: »Ich wünsche dir Glück, Shelley.«
Hinsichtlich der Warwicks gab Mutter ihre Zurückhaltung nur an Namenstagen auf. Es war nicht ganz ihr Fehler, die

guten Leutchen befiel schon zitternde Nervosität, wenn nur von ihr die Rede war.

Anfangs schien die Sonne noch, aber eine Stunde später, je weiter ich ostwärts kam, an London vorbei durch häßliche Vororte, fing der Himmel an zu schütten. Die Wolken wirkten fast biblisch – am Rand hell vom Sonnenlicht wie ein Heiligenschein, düster in der Mitte.
Chelmsford lag siebzig Meilen jenseits von London, und als ich Baddow Road erreichte, fühlte ich mich reizbar, müde und ziemlich hungrig. Ich suchte einen Platz zum Parken und blieb sitzen. Die langweiligen, kleinen Doppelhäuser drängten sich zu beiden Seiten der leicht geschwungenen Straße wie Hühner auf der Stange. Es gab sie in zwei Farben: weiß und hellweiß.
Auch damals stiegen wir noch nicht gleich aus dem alten MG. Es war vier Uhr nachmittags an einem sonnigen Tag. Man erwartete uns zum Tee. Meine Frisur unter dem seidenen Kopftuch war noch halbwegs in Ordnung, aber der verbrauchte Motor strahlte eine unwahrscheinliche Hitze aus, so daß ich ganz verschwitzt war. Ich tupfte mein Gesicht ab und runinierte dabei das Make–up.
»Du bist okay, Süße«, David machte Anstalten, die Wagentür zu öffnen.
»Bin ich nicht.«
Ich war ärgerlich. Unter anderen Umständen hätte mir ein bißchen Zurückhaltung im Auftreten und Gespräch genügt, um meine Fassung zu wahren, aber hier wollte ich, daß man mich mochte. David grinste. Er lehnte sich lässig zurück und fuhr mit den Fingern lieblos über meine Knie und weiter aufwärts bis zum Strumpfansatz.
»Du bist schön.«
»Du kannst mich mal.«
Ich schob seine Hand unter meinem Rock fort. Zufälligerweise schaute ich zum Haus hin – eine Gardine fiel über ein Gesicht. David drehte sich nicht um, er bemerkte die Reaktion meiner Augen.

»Ah, ganz sicher meine Mutter.« Er stieg aus. »Wenn sie gesehen hat, was ich da gerade gemacht habe, wird sie ohne Zweifel schlecht von dir denken. Kein anständiges Mädchen erlaubt einem Kerl, sie an die Wäsche zu fassen.«
»Und wer sagt, daß ich anständig bin?« Wir öffneten die winzige Vorgartentür und gingen über ausgetretene Fliesen zum Eingang. Die Stufen waren gewienert, am Klingelknopf klebte noch frische Messingpolitur.
»Nein, ehrbar bist du keineswegs, aber einsame Klasse, Süße.«
Bevor ich ihm antworten konnte, ging schon die Tür auf.
Davids Mutter war eine mollige, freundliche und leicht nervöse Frau. In dem dämmerigen, kühlen Flur roch es nach Bohnerwachs. Schon auf dem kurzen Weg ins Vorderzimmer brachte sie es fertig, mich darüber zu informieren, daß David ihr alles über mich erzählt habe.
»Alles?« Ich schaute ungläubig auf David.
»Absolut alles«, antwortete er, als wir Platz nahmen.
Es war ein Nachmittag wie im Volksstück: zwei geblümte Sofas standen einander gegenüber, im rechten Winkel dazu die Kaminattrappe. Darauf Blumentöpfe und ein halbes Dutzend gerahmter Fotografien. Eine davon zeigte David irgendwo auf einer Hafenmole, sein Haar vom Wind zerzaust, das Hemd offen. Ich nahm das Bild in die Hand.
Wir saßen jeweils zu zweit auf einer Couch. Davids Vater, überraschend klein, trug seinen dunklen Anzug gleich einer unbequemen Rüstung – die steife Krawatte klebte wie ein Plastron auf seiner Kehle. Er blieb meist ruhig, lächelte nur gelegentlich und überließ seiner Frau die Unterhaltung. Ich konnte sehen, woher David sein Lächeln hatte.
»Dein Vater ist wohl ziemlich schweigsam«, sagte ich, als sie hinausgingen, um den Tee zu bereiten.
»Ich hab' ihm geraten, den Mund zu halten.«
»Warum denn, um Himmels willen?«
»Sag' ich dir später.«
»Nein, jetzt.«
»Er ist Sozi und hat immer Labour gewählt. Als die Rede auf

dich kam, lautete seine erste Frage – nach einer langen Pause wohlgemerkt – ›Und was wählt sie?‹ Darauf ich: ›Vermutlich Tory‹, worauf er sich an seinem blöden Bier verschluckte. Er haßt die Tories und hält sie allesamt für Fabelwesen oder Ausbeuter. Sehr wahrscheinlich bist du überhaupt die erste aus der Ecke, die ihm unterkommt. Jedenfalls hab' ich ihm klargemacht: wenn er von Politik anfängt, stopfe ich ihm den Schnabel.«

»Du bist widerlich.«

»Ich kenne den Mann seit fünfundzwanzig Jahren. Er ist zwar nur eine halbe Portion, aber ein gottverdammter kleiner Streithammel. Wenn du mit dem fertig wirst, kannst du es mit der ganzen Welt aufnehmen.«

Im Lauf der Jahre wurden wir dann sogar gute Freunde. Wir umgingen das heiße Thema, und wenn es dann unvermeidlich war, blieben wir so höflich wie möglich. Manchmal lief er dann rot an, um sich in Gegenwart *dieser Tory* zu zügeln. Er war Werkzeugschlosser und nahm mich einmal mit in die Fabrik, um mir zu zeigen, wo er vierzig Jahre seines Lebens verbracht hatte: ein düsteres und nach Öl stinkendes, trauriges Gefängnis mit Sonnenblenden über den Dachfenstern. Als er mir seine Maschine erklärte, spürte ich die tiefe Bitterkeit in ihm.

»Seien Sie vorsichtig. Manchmal schneidet sie die Hand ab, die ihr dient. Aber öfter noch . . .«, er hielt inne und starrte sie an, ». . . öfter noch zerreißt sie das Herz.«

Ich hatte das Gefühl, einer anderen, einer helleren und besseren Welt zu entstammen, meilenweit getrennt von der seinen, so daß wir, obgleich wir hier Seite an Seite standen, sogar miteinander verwandt, für immer Fremde bleiben würden. Ich nahm seine Hand und drehte sie herum, sie war vernarbt und voller Schwielen. Davids Hände hingegen fühlten sich weich an, die Nägel waren stets sorgfältig manikürt.

Wie auf ein Stichwort von David traten während des Tees auch die übrigen Mitglieder der Familie auf und wieder ab, zunächst sein Bruder Derek, Lehrling in der Fabrik, ein

bißchen kleiner als David, dann Dereks Freundin Mary, ein niedliches Mädchen, schließlich Hillary, die Schwester, mit kurzem schwarzen Haar und immer gut aufgelegt.
Sie blieben jeweils ein paar Minuten – es waren wohl auch nicht genügend Sitzgelegenheiten vorhanden –, achteten auf Davids Zeichen und verschwanden wieder.
Es verlief alles recht förmlich, aber Gott sei Dank machte David mir gegenüber keine Versuche, sich für irgend etwas zu entschuldigen.
Später zeigte er mir sein winziges Zimmer, aus dem man in den Hof schauen konnte. Ich blickte mich um und fand kaum etwas Persönliches von ihm.
»Wenn wir es jetzt auf die Schnelle täten – könnte uns wohl jeder hören, oder?« Ich ging auf ihn zu, und er wich vor mir zurück.
»Manchmal benimmst du dich wirklich wie eine Nutte.«
»Sei doch dankbar dafür, Liebling«, ich überschüttete ihn mit Küssen, bevor er sich noch bewegen konnte, »zwei Jahrhunderte zunehmender Dekadenz in der Familie hätten schlimmere Spuren hinterlassen können.«
»Und ich hab' wahrhaftig das schon für den Gipfel gehalten.«
Ich ließ mich von ihm hinausgeleiten, bevor er schwach geworden wäre.
»Das wirst du noch lernen, mein Engel. Die Zugehörigkeit zu einer höheren Klasse war immer schon ein Freibrief für erlesene Verkommenheit.«

Ich benutzte nicht den vorderen Eingang – der war für Fremde. Vorsichtig marschierte ich den schmalen, zementbelegten Weg an der linken Seite des Hauses entlang. Ich zögerte, weil ich lieber getrennt mit ihnen reden wollte. Sonst wäre ich womöglich diejenige, die sich vor versammelter Mannschaft verantworten müßte: sie, nach außen hin mit mildem Verständnis, würde innerlich mich für unsere Fehler verantwortlich machen – er, scheinbar objektiv und unbeteiligt, nicht für eine Seite Partei ergreifen wollen.

Als ich am Küchenfenster vorbeikam, sah ich Mom am Ausguß stehen. Ich winkte ihr kurz zu und beschleunigte meine Schritte hin zu dem kaum schrankgroßen Schuppen in der Ecke des Gartens, Schwiegervaters Refugium. Eine Hobelbank, überhäuft mit Werkzeug und Holzabfällen, nahm den meisten Raum ein. Für mich war kaum Platz da, so blieb ich in der Tür stehen. Wir hatten uns seit acht Monaten nicht gesehen. Er schien schmaler geworden zu sein und, wie gedemütigt durch die immerwährende Abhängigkeit von einer Maschine, auf seinen eingefallenen Schultern die Erschöpfung eines fünfzigjährigen Arbeitslebens in der Fabrik zu tragen. Zwischen dem schütteren Grauhaar auf dem Schädel ein verschwitzter roter Fleck, auf den Lippen die schon feuchte selbstgedrehte braune Zigarette – seine Augen blickten mich aus einer billigen Stahlbrille an. Nur die Hände waren immer noch sicher – sie würden ihre Geschicklichkeit nie einbüßen.
Wir tauschten einen kurzen Begrüßungskuß. Ich spürte den vertrauten Geruch von Öl, Tabak und Schweiß.
Dann sagte ich es ihm.
»Das hab' ich wirklich nicht gewußt, Kleine, bis eben.« Er schüttelte seinen Kopf und entzündete den Zigarettenstummel.
»Wir haben nichts gehört von David, jedenfalls ich nicht – vielleicht Mary. Er war hier, für eine Stunde – aber das ist zwei Monate her.« Er kratzte seine Bartstoppeln am Kinn. »Ich glaube, er hat eine Jacke vergessen. Mary hat sie in den Schrank gehängt. Komm rein und trink einen Tee mit uns.« Er legte seinen Arm um meine Hüften und drückte mich zärtlich an sich.
»Du warst gut für ihn. Anfangs hab' ich gedacht, du bist hochnäsig, besonders so wie du geredet hast. Hat lang gedauert, bis ich kapiert habe, daß es nicht Angabe war, sondern eben deine Art. Und jetzt bist du mein bestes Stück, Shelley.«
Wir gingen eng nebeneinander, und ich spürte die Zerbrechlichkeit seines Körpers. Es gab Tee und Schokoladenplätz-

chen. Mary war ganz aufgeregt, halb beglückt, halb sauer, weil ich so unerwartet gekommen war. Sie ahnte wohl den Grund meines Besuches. Kunststück, ich war ja allein.
»Na, das ist eine Überraschung, meine Güte, wirklich eine Überraschung.« Sie blickte fragend auf ihren Mann: »Du bist doch auch überrascht, wie?«
Er nickte.
»David hat mir nie ein Sterbenswörtchen gesagt. Nein, hat er sowieso nie. Was seine Sache war, ging niemand was an. Und du hast auch keine Ahnung gehabt, Shelley, oder hast du?«
»Nein.« Oh, in diesem Augenblick war mein Verlangen übermächtig, wieder zu Hause zu sein – aber was hieß denn ›zu Hause‹? Niemand würde dasein außer mir.
»Und du bist sicher, daß er nichts gesagt hat?«
»Keinen Piep. Das letzte Mal kam er gerade auf eine Tasse Tee. Richtig: und vergaß seine Jacke. Willst du sie haben?«
»Ich nehme sie mit.«
Sie zögerte. David geisterte zwischen uns beiden, keine konnte ihn ganz für sich beanspruchen; sie hatte vielleicht die stärkeren Rechte, denn zwischen Mutter und Kind gibt es keine Scheidung.
»Nun gib sie ihr schon.«
Leicht unwillig stand sie auf und holte das schöne, teure Stück aus braunem Velour, das ich ihm gekauft hatte, weil ich wußte, wie gut es ihn kleiden würde. Inzwischen hatte das Leder Falten bekommen und die Taschen waren von dem Gewicht seiner Hände ausgebeutelt. Ich meinte, David riechen zu können, und drückte sie eng an mich, bis ich meinen Tee beendet hatte und ins Auto stieg. Der alte Mann kam mit auf die Straße, Mary schaute uns durch die Tüllgardine nach.
»Wenn du irgendwas brauchst, sag Bescheid. Ich hab' nicht viel, aber . . .«
Ich gab ihm noch einen Kuß.
Beim Aussteigen aus dem Wagen fiel ein Briefumschlag aus der Innentasche des Jacketts zu Boden.

Viertes Kapitel

Während des Fluges las ich immer wieder die Ansichtskarte, die in dem Umschlag gesteckt hatte. Die Schrift war sauber und gleichmäßig, mit kleinen Schleifen bei den Oberlängen. Zum Rand hin fielen die Zeilen leicht ab.

»Mein liebster, allerliebster Dave,
ich kann es noch gar nicht fassen, daß Du so bald bei mir sein wirst. Ich kann es nicht glauben, daß ich abermals so viel Liebe haben werde, oder daß sie plötzlich wieder dasein könnte. Wie Du mir fehlst, mein Schatz – ah, wenn Du in diesem Augenblick bei mir sein könntest, ich würde vor Glück vergehen. Was für ein Traum – denn gibt es Dich überhaupt wirklich? Ich werde erst aufhören, mich vor dem Erwachen zu fürchten, wenn ich Dich anfassen kann. Ruf mich sofort an, wenn Du Deinen Flug gebucht hast: 212 – 622 – 5814. Ich erwarte Dich so sehr.

Tausend Küsse, C.«

Ich drehte die Karte um – auf der Rückseite ein Foto der Liebenden von Rodin.
An Amerika konnte ich mich kaum erinnern, die Woche mit David in New York war aus meinem Gedächtnis bis auf ein paar unerfreuliche Gedankensplitter an Hast, Gigantomanie und Lärm fast wieder entschwunden.
Ich lehnte mich im Taxi zurück, ärgerte mich über den groben Akzent des Fahrers, versuchte die allesamt gleich großen Banknoten auseinanderzuhalten und rechnete im stillen ihren Wert in Pfunde um. Die Stadt war schon am frühen Abend hell erleuchtet, als ob die Menschen Furcht vor der Dunkelheit hätten. Alles war so übertrieben groß und weitläufig. Vielleicht müssen die Völker nach dem Maßstab

ihrer Landschaft leben – dann wäre England deswegen so vergleichsweise klein und fein.
Erst als das Taxi die Brückenrampe erreichte, entsann ich mich wieder der überwältigenden Silhouette der Wolkenkratzer auf der anderen Seite des Flusses, die im schwindenden Licht dieses Sommertages wie eine erleuchtete Bühnenkulisse wirkte. Doch dann sank ich enttäuscht zurück – es war alles so wie gehabt, nichts hatte sich geändert, es gab nichts Neues zu entdecken.
Wir hatten im Plaza gewohnt, so war es auch das einzige Hotel, das ich dem Taxifahrer hatte nennen können. Mir gefiel die europäisch anmutende Fassade aus groben Quadern, das grüne Kupferdach und der mit Palmen geschmückte Innenhof, in dem ein Orchester spielte, im Stil halb wienerisch, halb Grosvenor.
»Mrs. Warwick? Ich habe ein Zimmer für Sie reserviert.«
Das Mädchen suchte in seiner Liste, ich nahm die Anmeldekarte und begann sie auszufüllen.
»He, Shelley!«
Mein Füllhalter rutschte ab. Klang diese Stimme im Hintergrund, die eines Mannes, englisch, nicht irgendwie auf lächerliche Weise bekannt? Ich schrieb weiter.
»Aber Shelley!«
Nun ein bißchen sanfter, näher – und immer noch keine Erinnerung, kein Name. Aber der Bursche kannte mich ganz offensichtlich. Ich gab die Karte zurück, drehte mich um und bereitete einen angemessen abweisenden Gesichtsausdruck vor.
»O du meine Güte.«
Für einen Moment schloß ich die Augen. Als ich sie wieder öffnete, stand er immer noch da. Er ergriff meine willenlose Hand und drückte sie. Ich entzog sie ihm rasch: »Moment mal, das ist meine!« Ich wandte mich ab, um dem Pagen zu folgen: »Übrigens Tag, Chapman.«
Wie lange war das her? Drei Jahre oder vier? Ein Wochenende in Monte Carlo, unter der Last der Zeit verschüttet. Dort sollte es auch begraben bleiben, anstatt plötzlich wie-

der in die Wirklichkeit gerufen zu werden. Er kam mir nach und gab dem Pagen sogar ein Trinkgeld, damit er meine Koffer auf mein Zimmer brachte.

»Ich denke nicht im Traum daran, einen Drink in der Bar zu nehmen, Chapman.« Der Hotelboy hatte sich schon entfernt, ich wollte ihm nach: »Ich bin müde.«

»Ein Drink wird dich wieder in Schwung bringen, Shelley.«

»Ich bleibe lieber schwunglos, zerknittert oder was auch immer das Gegenteil von ›in-Schwung-bringen‹ ist.« Er lächelte wie David. Gott schütze mich vor diesen starken Männern.

»Na, nun hör auf, die große Dame zu spielen.« Er drängte mich vom Fahrstuhl weg in Richtung Bar. »Du weißt doch, daß du dich nach einem Drink viel besser fühlen wirst.«

Ich nahm meine Sonnenbrille ab. Sein Haar war ein bißchen grau geworden und rollte sich ganz leicht im Nacken. Mit den scharf markierten Koteletten und dem gestutzten flotten Schnurrbart wirkte er fast distinguiert, sagen wir mal: wie Errol Flynn.

»Wieso zum Teufel erinnerst du dich an mich?«

»Ich würde dich aus Millionen wieder herausfinden«, sein Lächeln wurde frech, »wenn jemand im Bett so gut ist wie du . . .«

Er redete wahrlich laut genug. Der Liftboy und zwei Damen, die gerade aus dem Aufzug in die Bar kamen, drehten sich erwartungsvoll um und spitzten die Ohren.

»Gut, nehmen wir einen Drink. Aber nur einen!«

»Hab's gewußt, daß du's mir nicht abschlagen wirst.« Er griff wieder nach meinem Arm, ich machte mich los. »Ich hab' dieses verdammte Rennen deinetwegen verloren, verstehst du, obwohl ich den Sieg fast schon in der Tasche hatte. Für die Weltmeisterschaft hätte ich ihn verdammt nötig gehabt.«

»Und ich dachte, du wärst mit Absicht von der Bahn abgekommen.«

David und ich hatten am nächsten Tag auf der Zuschauertribüne gesessen. Ich war voller Verlangen nach meinem

Mann, nicht so sehr aus schlechtem Gewissen als aus Sehnsucht – frisch gebadet, ganz kribbelig und verrückt auf seine Zärtlichkeiten. Chapman hatte mir nichts bedeutet, er war nicht einmal eine kleine Liebelei gewesen, nur ein Zwischenspiel.

Er zuckte bedauernd mit den Schultern: »Hab' die Kurve falsch berechnet, nahm sie zu schnell.«

Die Bar war überfüllt, aber Chapman bekam sofort einen Fensterplatz mit Ausblick zum Central Park.

»Ich hab' versucht, dich nach dem Rennen zu erreichen.«

»Mein Mann . . .«, diese beiden Worte reichten wohl aus, um alles zu erklären.

»Ist er etwa hier? Du bist doch allein gekommen.«

»Er hält sich in Amerika auf.«

»Und ich mich in diesem Hotel«, er lächelte.

»Wie schön für dich.«

Genau dieses Lächeln hatte mich damals ohne Zweifel entwaffnet, außer Fassung gebracht und auf sein Doppelbett – oder auf meines? – neugierig gemacht, so mit Champagner auf dem Nachttisch und einschmeichelnder süßlicher Musik im Hintergrund. Aber als ich jetzt meinen Drink bestellte, handelte ich keineswegs unter dem Zwang einer solchen Erinnerung.

Ich blickte mich im Raum um: die gleiche aufdringliche Eleganz wie früher – die in ihren Farben eine Spur zu gewagt gekleideten Herren, allesamt mit Weste, und die viel zu gelackt liebenswürdigen Damen.

»Das Wochenende mit dir war einfach großartig, Shelley.« Hoffte er, mit der Erinnerung auch die Leidenschaft wieder zu erwecken?

Auch David und ich hatten hier am Fenster gesessen, vielleicht drei oder vier Tische weiter. Ich war damals zunächst allein in der Bar aufgetaucht, weil David mit Geschäftsfreunden aß. Das verletzte meine Eitelkeit, und so wollte ich schmollend ein paar Wodkas kippen. Drei Tage in New York, unbelastet von den Kindern, allein mit David – und

doch war ich nicht recht glücklich; diese Stadt fiel mir auf die Nerven. Irgendwo heulte immer eine Polizeisirene, es regnete dauernd, und ich hatte nichts von David, der ständig unterwegs war. So kehrte ich die voreingenommene Europäerin heraus und schob alle Unlustgefühle auf diese Stadt. Sie kam mir verlogen, abweisend und brutal vor, ja vermittelte mir ein Gefühl körperlichen Unwohlseins, das mir fast die Haut versengte.
David hingegen war in New York verliebt. Hier, losgelöst von Herkunft und Umgebung, einfach nur ein Engländer, konnte er sich frei und ungezwungen tummeln. Als ich über meinem zweiten Glas saß, kam er herein und schwang sich auf den freien Platz.
»Was ist denn los, Süße?« Als ob er das nicht genau wußte!
»Nenn mich nicht Süße.«
»Früher hat's dich nicht gestört.«
»Früher störten mich auch noch keine Babywindeln.«
»Sch – Schade!«
Da saßen wir, durch einen Tisch getrennt und durch dreizehn Jahre allzuvielen Wissens voneinander. Liebende, Freunde, gute Bekannte, ein Mann und seine Frau, Partner – was waren wir eigentlich? Schweigend starrten wir auf die sonnenüberflutete Straße und dachten wohl beide das gleiche: Was wissen wir eigentlich über uns? Zwei Unbekannte, die sich in einer Bar für einsame Herzen treffen, konnten einander nicht fremder sein.
»Okay«, sagte er schließlich, »du kannst New York nicht ausstehen.«
»Ich interessiere mich nicht für diese Stadt. Du tust das – und jagst herum wie der leibhaftige Horatio Alger.«
»Wer ist das? Nein, spielt keine Rolle. Er stammt aus der Arbeiterklasse und hat's geschafft. Hat er auch eine Frau aus den sogenannten besseren Kreisen?«
»Ich weiß nicht, wie die Geschichte endet.« Der Unterton seiner Stimme gefiel mir nicht. Er schien wütend und zügelte sich nur mühsam.
»Entschuldige, Shelley«, seine großen und zarten Hände

versuchten eine verständnisvolle Geste, »mir hat New York immer gefallen. Hier kann man was werden, hier kann man Geschäfte machen – das wirkt auf mich wie ein Adrenalin-Stoß – falls du begreifst.«
»Oder es vernebelt dir das Gehirn.« Jetzt war ich an der Reihe: »Ich komme mir vor wie das fünfte Rad an deinem Wagen. Ich schlage die Zeit tot mit Sinnlosigkeiten, renne in albernen Modehäusern herum, Saks, Bloomingdale, Gucci . . .«
»Das fünfte Rad saust nicht herum.«
»Nun gut, dann bin ich eins, das aus der Halterung gefallen ist und nicht weiß, wohin es rollen soll.«
»Dies ist nicht Cannes, Florenz oder Beirut für mich, Shelley. Ich habe hier zu tun. Ich wollte dich bei mir haben, du kanntest New York noch nicht und –«
»Ich weiß ja«, halb zerstreut streichelte ich seine Hand, »mußt du denn immer so hart arbeiten? Termine, Essen mit Geschäftsleuten, Verabredungen – wir haben doch alles, was wir wollen, Liebling.«
»Ich hab' dir mal ganz zu Anfang gesagt, daß ich eines Tages eine Million besitzen werde.« Angesichts dieser Erinnerung verjüngte er sich zusehends, sein Gesicht straffte sich, und seine Augen leuchteten.
»Und wie weit bist du damit?«
»Das steht gar nicht mehr zur Debatte. Ich könnte längst meine Traumvorstellung übertreffen. Ich habe eine gute Chance dazu. Die Kaufhauskette Schwarz ist dabei, mir einen Riesenauftrag zu geben. Das ist der Durchbruch, auf den ich immer gewartet habe.«
»Gut, dann wirst du Multimillionär, und danach ein Milliardär. Und was als nächstes?« Vielleicht klang das höhnisch, ich weiß nicht, jedenfalls wechselte er das Thema.
»Du hast dein Leben lang Geld gehabt. Du kapierst überhaupt nicht, was ich meine und was für einen Weg ich zurückgelegt habe.«
»O ja.« Er blickte bedrohlich. »Ich hab' dich geheiratet, als du ein armer Junge warst. Anfangs wohnten wir in Finch-

ley. Nebenbei bemerkt, deine Eltern kommen ja auch nicht gerade aus dem Getto.«
Ja, mein Vater hatte mir damals angeboten, uns finanziell unter die Arme zu greifen, aber ich hatte abgelehnt. Wenn David das herausgefunden hätte, wäre er an die Decke gegangen.
»Finchley, Herrgottnochmal, wenn das eine Armeleutegegend für dich ist –«
»Ja, für mich ja. Und ich hab' mich verdammt einsam gefühlt.«
Finchley! Vorher hatte ich nicht einmal eine Ahnung, daß so ein Viertel überhaupt existierte. Ich kannte niemanden dort. Meine Freunde lebten in Belgravia, in Knightsbridge, in South Kensington und unter einem Dutzend anderer guter Adressen. Überall, bloß nicht in Finchley, diese armselige Einöde mit ein paar Supermärkten, miesen Kneipen, Waschsalons und ungemütlichen Wohnblocks.
»Und jetzt lebst du in Hampstead«, er zögerte, dann rutschte es ihm heraus, »wenn wir nach New York ziehen würden – könnten wir uns ein Haus auf der Fifth Avenue leisten.«
»Welche Richtung?«
»Im besten Teil.« Er sagte das ganz ruhig, aber ich spürte, daß er mir am liebsten eine runtergehauen hätte.

Ja, ein einziges Mal hatte er mich geohrfeigt, im ersten Jahr unserer Ehe. Ich erinnere mich nicht mehr an den Anlaß, es muß eine Bagatelle gewesen sein. Ich war so überrascht, daß ich mich mit einem Kinnhaken revanchierte, der ihn tatsächlich umwarf. Hinterher behauptete er freilich, er habe nur beinahe das Gleichgewicht verloren.
»Und was ist mit den Kindern, David? Hier in New York gibt's doch nur Klippschulen.«
Mir lagen unzählige Einwände auf der Zunge, und wenn's denn darauf angekommen wäre, hätte ich mir noch eine Menge mehr ausdenken können. Ich reagierte unverzüglich, obwohl ich zunächst völlig überrascht davon war, daß

er sich mit einem solchen Umzug ernsthaft beschäftigte. Die Kontroverse wäre sicher mit Heftigkeit weitergegangen, aber Davids Gäste retteten uns. Wir lächelten sie an wie ein glückliches Liebespaar und ignorierten einander für den Rest des Abends.

Chapman war nicht zu bremsen, er charmierte, machte kleine Witze und flirtete, leider umsonst, denn ich brachte dafür nach diesem Monat innerer Leere einfach nicht die rechte Anteilnahme auf. Meine Gehirnzellen waren wie ausgetrocknet, und ich dachte mit dem letzten Rest meiner Konzentrationsfähigkeit nur an David, der ganz in der Nähe war, genauso wie diese Miss C. Schraft. Allein darauf mußte ich mich einstellen.

»Du verschwendest deine Geistesblitze, Chapman. Ich gehe schlafen. Allein.«

»Für dich ist mir nichts zu schade.«

Ich trank mein Glas aus und wünschte bloß, ich wäre an jenem Wochenende mit ihm etwas weniger einfallsreich gewesen.

»Es gibt in New York so schöne Mädchen, Chapman.«

Nein, so leicht steckte der nicht auf:

»Alles nicht meine Kragenweite.«

»Und wie steht's bei euch Sportsfreunden mit der Enthaltsamkeit vor dem großen Rennen?« Ich stand bereits und präparierte meinen rauschenden Abgang: »Denk daran, was dir nach dem letzten Mal passiert ist.«

»Weißt du nicht, daß ich alles an den Nagel gehängt habe?«

Diese Delle in seinem Selbstbewußtsein ließ seinen Schnurrbart gleich ein bißchen weniger keck aussehen.

»Ich interessiere mich nicht für den Sportteil.«

»Es stand auf den Titelseiten.«

»Die lese ich genausowenig.«

Ich entsann mich zwar dunkel, davon gehört zu haben, aber eine kleine kalte Dusche kann nie schaden.

Er küßte mir im Aufstehen flüchtig die Hand. »Ich habe hier einige Tage zu tun. Sicher wirst du mir ein andermal die Ge-

legenheit geben, dich zum Essen auszuführen – wenn dein Mann zu beschäftigt ist.«
»Falls deine Frau mitkommt.«
»Wir haben uns getrennt.« Sein Gesicht strahlte auf einmal, als habe er eine plötzliche Idee. Wahrscheinlich hatte sie schon die ganze letzte Stunde in ihm geschmort. »Wie wäre es, wenn wir ein Wochenende in Watkins Glen verbringen würden? Ich drehe dort ein paar Reklamen für ein Motorenöl.«
»Aber doch nicht zu dritt, Chapman. Gute Nacht!«
Er zögerte und ließ sich unentschlossen in seinen Sessel zurückfallen. Deswegen brauchte er seine Hoffnung für den Abend noch keineswegs zu begraben. Ich war nun für einige Tage abgeschrieben, aber sicher gab es für ihn andere Spuren zu verfolgen.
Von meinem hübschen Raum im zwölften Stock aus konnte ich den Park überblicken. Nach vielen Jahren stand ich das erste Mal allein in einem Hotelzimmer. Mir kam es so vor, als sei ich gealtert, während die Zeit stehengeblieben war. Immer noch hielt sie mich fest und verurteilte mich zur Unproduktivität: Haushalt, Kinder, Ehemann – alles hatte seine Spuren in mir hinterlassen. Selbst ein Chapman hätte ein besseres Los bedeutet.
Das Lichtermeer erstreckte sich, so weit man schauen konnte – der Park dazwischen wirkte wie ein dunkler Fleck. Droschken mit geduldigen Pferden davor und wartenden Kutschern säumten auch zu dieser Stunde die Straßenränder. Der Verkehr riß nicht ab, und diese verwünschten Polizeisirenen heulten immer noch in der Ferne.
Ich nahm meine Geldbörse und die Ansichtskarte aus meiner Handtasche. Irgend etwas mußte ich tun. So wählte ich ihre Telefonnummer, obwohl ich nicht wußte, wer antworten würde oder was ich hätte sagen sollen. Es klingelte mehr als zwanzigmal durch – niemand meldete sich. Ich legte den Hörer auf und ging zu Bett.
Erst spät am folgenden Morgen erwachte ich. Der Park sah wunderbar aus, nur die Umgebung wirkte eintönig. Ich

stellte mich ans Fenster und ließ die Sonne meinen Körper wärmen und umschmeicheln, was mein Vergnügen an dem Ausblick beträchtlich steigerte. Ich war dankbar für das Wetter, denn dieser Tag würde für mich entscheidend und wichtig werden.

Seit über zwei Monaten hatte ich keine Joga-Übungen mehr praktiziert. Für mehr als ein Jahr war das Teil eines täglichen Rituals gewesen – genauso wie das Ankleiden der Mädchen, Frühstück zubereiten, David den morgendlichen Begrüßungskuß geben, mich baden und anziehen. Vielleicht half es mir, mich ein bißchen zu sammeln wie ein Ritter, der sich mit seinem Panzer gürtet und für den Kampf rüstet. Nun kehrte ich zu diesem Brauch zurück.

Zwei Stunden später wählte ich so gesammelt wie möglich die bewußte Nummer. Wenn sie nun am anderen Ende der Leitung antwortete – nein, ich wollte den Gedanken nicht zu Ende denken. Es klingelte nur einmal.

»Hier spricht die Firma Ingersoll, guten Morgen.«

Du liebe Güte, was war das denn?

»Ich möchte mit Miss Schraft sprechen, bitte.« Für einen Augenblick stockte mein Atem. Was würde jetzt kommen?

»Tut mir leid, sie arbeitet nicht mehr für uns. Können wir Ihnen sonst behilflich sein? Ich kann Sie mit Miss Martin verbinden.«

»Nein, danke . . . sagen Sie bitte, was – für eine Firma sind Sie?«

»Ingersoll Inneneinrichtung und Dekoration.«

»Wissen Sie zufällig, wo ich Miss Schraft erreichen kann?« Ich zögerte: »Sie ist eine Bekannte, verstehen Sie?«

»Da weiß Miss Martin am besten Bescheid.«

Der Akzent von Miss Martin klang für mein ungeübtes Ohr irgendwie nach Südstaaten: »Sie ist jetzt selbständig. Third Avenue, Schrafts, sehr originell, nicht wahr?« Sie lachte, »wo hab' ich denn die Nummer? Ah, hier.«

Ich schrieb sie auf. »Dann ist sie gleichfalls – Dekorateurin?«

»Na, wir nennen das Innenarchitekt. Ich bin in ihre Position nachgerückt, nachdem sie vor ein paar Monaten ihren eigenen Laden aufgemacht hat.«

»Haben Sie vielen Dank.«

Ich rauchte eine Zigarette, setzte mich, stand wieder auf und schaute nachdenklich aus dem Fenster. Wie sollte ich Miss Schraft treffen? Ich würde ihr ja nicht auf die Nase binden können, wer ich war: die Verlassene, genausowenig wie ein Märchen von entfernten Bekannten oder der Freundin einer Freundin. Es gab überhaupt nur eine Möglichkeit: als wildfremde Person, die sich langsam mit ihr befreundet und die dann . . .

Gegen zwölf verließ ich das Hotel. Ich aß eine Kleinigkeit und schlenderte südlich am Park entlang. Ein Schild *Zu vermieten* an einem turmhohen Appartementhaus an der Ecke zur Siebenten Straße ließ mich anhalten und nach oben schauen. Diese Pracht aus Stahl, Glas und Beton entsprach kaum meinem Geschmack – für mich persönlich hätte ich ein älteres und nicht so teures Haus bevorzugt –, aber dieses wirkte durchaus beeindruckend.

Das Panorama aus dem dreißigsten Stockwerk war einfach großartig: nach Norden zu ein weiter Ausblick über das Parkgelände, südlich sah man direkt auf die Siebente Avenue hinab. Ich mietete ein Vierzimmerstudio zunächst für ein halbes Jahr.

Als ich drei Stunden später ins Hotel zurückkehrte, summte ich vor mich hin. Was für ein herrlicher Tag – dieser schimmernde blaue Himmel schien mich direkt ins Herz geschlossen zu haben. Ich fühlte mich wie ein Kind, das vor Stolz über einen gerissenen Einfall kaum an sich halten kann. Auch daß ich mich niemandem mitteilen konnte, dämpfte nicht meine Stimmung.

In der Halle erwartete mich eine Nachricht von Chapman: ein Dinner bei Wein und Kerzenschein, heute abend? Ich malte meine Antwort: Ja!

Die Empfangsdame nannte mir die Adresse eines Friseursalons, Louis de Soundso, und machte gleich einen Termin aus. Ich beschloß, die paar Schritte zu Fuß zu gehen, um in Ruhe meine Wünsche für eine neue Frisur überlegen zu können. Als ich mich prüfend in einem Schaufenster betrachtete, fiel mir auf, daß ich zu leicht zu erkennen war. Ich hatte meine Frisur in den letzten zehn Jahren kaum geändert, immer die gleiche Fasson, dieselbe Farbe und Länge. Ohne Zweifel besaß David ein paar Fotos von mir. Vermutlich hatte er Miss Schraft Bilder des armen Opfers gezeigt. Hier wollte ich kein Risiko eingehen.

Ich bummelte weiter und musterte die Frisuren der anderen Frauen. Als ich bei Louis de Soundso – der Salon lag im ersten Stock – im Sessel Platz nahm, hatte ich gleichwohl erst einen vagen Begriff von dem, was mir vorschwebte. Einerseits mußte ich so verändert wie möglich aussehen, andererseits tat es mir leid, mich von meinem vertrauten Äußeren zu verabschieden.

Die Prozedur, die ich im Spiegel in allen Einzelheiten verfolgte, dauerte zweieinhalb Stunden. »Blondes Haar steht Ihnen entschieden besser«, beschloß der Haarkünstler, »und genauso verhält es sich mit der neuen Länge. Natürlich müssen Sie jetzt alle vier Wochen von den Haarwurzeln her nachtönen.«

»Natürlich«, der Gedanke war mir nicht so angenehm.

Ich eilte zurück ins Plaza, hätte mich am liebsten versteckt und rannte schnurstracks vor den großen Spiegel im Bad. So sah ich also jetzt aus: eine Art Pagenschnitt, hinten ein bißchen länger, ein trotziges Gesicht von honigfarbenem Haar eingerahmt, die Augenbrauen auf schmale Striche reduziert – da hätte ich mir gleich auch noch eine neue Nase verpassen lassen können.

»Oh, was hab' ich da für Mist gebaut!«

Wütend kämmte ich das Haar auf mindestens ein halb Dutzend verschiedene Weisen um. Aber immer wieder fiel es in die gleiche Lage zurück.

Das Telefon klingelte. Chapman.

»Ich sitze unten. Darf ich auf einen Sprung zu dir raufkommen?«

»Bleib da. Bestell dir was zu trinken. Ich komme in fünfzehn Minuten runter.«
»Wir könnten bei dir essen.«
»Das wäre mir zu intim, Chapman.« Ich legte auf. Ja, das würde nun einer der üblichen Abende werden: sich Scaramouche mit dem Rücken zur Wand vom Leibe halten.
Ich zog ein einfaches Kostüm an, vielleicht nicht ganz das richtige für ein Abendessen im Restaurant, aber streng genug, um Chapmans Absichten auf ein Minimum zu dämpfen. Mit einem Dekolleté würde er sich womöglich einbilden, wir seien flugs wieder in Monte Carlo.
»Na, wie gefällt es dir?« Ich rutschte auf den Barhocker neben ihm. Chapman betrachtete mich aufmerksam. Ich lächelte verteidigungsbereit und bestellte einen Wodka. Er würde mein einziger Drink an diesem Abend bleiben.
»Du siehst umwerfend aus. Und – warum hast du das getan?«
»Ich wollte einen kleinen Wechsel.«
»Kleiner Wechsel ist verdammt das richtige Wort.«
Er musterte mein Haar. »Und das ist eine Perücke?«
»Nein. Wohin gehen wir zum Essen?«
»Ich weiß was Nettes in Greenwich Village, brandneu, noch 'n Geheimtip. Ist dein Mann – einverstanden? Ich meine mit der Frisur, nicht mit mir.«
»Beides würde ihm mißfallen.«
Chapman lächelte, tätschelte meine Hand und ließ seine gleich ganz darauf liegen. Ich zog sie wieder hervor.
»Tja, sich ein bißchen die Hörner abstoßen in einer großen Stadt, wie?«
»Nicht, was du denkst, Chapman.«
Ich leerte mein Glas und fühlte mich recht zufrieden. Wenn Chapman schon zweimal hinschauen mußte, würde eine Fremde, die allenfalls einen Schnappschuß besaß, mich schon wesentlich genauer studieren müssen, um mich wiederzuerkennen.
Das hübsche und überfüllte Restaurant trug nach der neuesten Modemasche in Amerika den recht ausgefallenen Na-

men EINEN ZU LANDE, ZWEI ZUR SEE – trotzdem trank ich, zu Chapmans Entrüstung, weder noch und begnügte mich mit Mineralwasser.
»Wo ist dein Göttergatte, Shelley?«
»Besucht Topeka. Das liegt in Kansas, glaube ich.«
»Hab' davon gehört.«
Er sagte das im Ton leichten Zweifels, verfolgte den Gedanken aber nicht weiter, sondern lauerte, wie vorhersehbar, auf den rechten Augenblick, sich mit Vehemenz auf das Thema zu stürzen, das ihn allein interessierte. Ich kam ihm zuvor.
»Warum hast du dich von deiner Frau getrennt, Chapman?«
Das Beef Wellington schmeckte ausgezeichnet – das Rezept würde ich mir merken müssen.
»Sie hat sich in jemand anderen verliebt.«
»Und du hast sie ziehen lassen?«
Er hielt mitten im Kauen inne und nickte.
»Nach wie vielen Jahren?«
»Zwanzig. Ich traf sie, als ich noch als Mechaniker in einer Garage arbeitete. Ich war damals verrückt darauf, mal ein paar Runden in Brands Hatch mit einem wirklich großen Wagen zu drehen.« Er fügte hinzu, bevor ich weiterfragen konnte: »Nur zwei Kinder, und beide sind auf dem College. Eigentlich hätten wir die nächsten zwanzig Jahre ruhig so weitermachen können.«
»Und warum habt ihr nicht?«
»Sie wollte fort.«
»Wollte sie wirklich? Weißt du das sicher?«
»Es war ein gemeinsamer Entschluß. Sie wollte gehen, ich ließ sie. Zwanzig Jahre!« Er schüttelte den Kopf wie ungläubig über die Streiche, die einem das Leben spielt. »Es war nicht leicht für sie mit mir, verstehst du? Ich hab' sie bewundert, sie ließ kein Rennen aus, kümmerte sich um alles und stoppte die Rundenzeiten. Wenn ich von der Strecke ihr Gesicht sah, konnte ich ihre nervöse Spannung erkennen. Wir sind ja beim Fahren beschäftigt – da mußt du aufpassen, du mußt mitrechnen. Aber für die Frauen ist es

grausam. Besonders, wenn sie miterleben müssen, wie ein anderer Fahrer auf der Piste dran glauben muß. Und dann die arme Witwe trösten.«
»Hast du deswegen aufgehört?«
»Ja«, er blickte nachdenklich in die Ferne, »wenigstens teilweise. Ich war nicht mehr auf der Siegerstraße.«
Autorennen waren für ihn wohl genauso wichtig wie sexuelle Potenz – vielleicht hatte damit die Zerstörung begonnen, die schließlich jede Zuneigung fortspülte. In all diesen Jahren hatte sie seinen Tod nicht gefürchtet – sie hatten beide damit gelebt. Daß sie nun ohne die Bedrohung von außen nicht mehr miteinander fertig wurden – genau das war wohl ihr Problem gewesen.
Plötzlich wirkte Chapman erschöpft und müde. Nein, er war nicht mehr auf neue Eroberungen aus, er hatte Angst vor dem Unbekannten. Er wollte Vergangenes zurückgewinnen und sich an die Tage in Monte Carlo erinnern, als er noch der verwöhnte Sieger war.
»Er hat dich verlassen, nicht wahr?«
»Wer?«
»Ich weiß seinen Namen nicht, Dick, Fred, Peter – dein Mann, Süße.«
»David. Und nenn mich um Gottes willen nicht Süße . . . Wie kommst du darauf?«
»Ich schau bei dir wie in einen Spiegel, und ich sehe mich selbst.«
»Und findest du dich attraktiv in dem erblondeten Hotelboy?« Nein, der Witz rührte nicht mal ein Lächeln in ihm.
»Es ist übrigens nur vorübergehend«, setzte ich hinzu, »ich bin ja aus auf weitere achtzehn Jahre mit ihm.«
»Will *er*?«
Ich preßte meine Knöchel so fest in mein Gesicht, daß meine Wangen schmerzten.
»Stell mir keine Fragen, die ich nicht beantworten kann, Chapman. Davon ist die ganze Welt voll. Frag mich was Einfacheres. Ich bin hierher gekommen, um ihn zurückzuholen.«

»So ein Glückspilz!« Er legte seine Serviette zusammen und winkte nach der Rechnung. »Laß uns ins Hotel zurückgehen.« Wir mußten noch warten, bis der Ober die Kreditkarte zurückbrachte. Die entscheidende Frage blieb ungestellt. Wir drängten uns durch die Leute zum Ausgang und erwischten mit einigem Glück ein leeres Taxi. Durch die Trennscheibe konnte uns der Fahrer nicht hören. »Heute nacht nicht, Chapman«, begann ich, als wir die Sechste Avenue entlangfuhren. »Ich hab' es neulich mit jemand anderem versucht, es geht einfach nicht.«

Er streichelte meine Hand, aber versuchte nicht, sie festzuhalten. Wir fühlten uns beide einsam und unendlich weit voneinander entfernt.

»Und wie ist sie? Ich meine den Vogel, mit dem er abgezwitschert ist?«

»Keine Ahnung. Morgen werde ich sie aufsuchen. Dann kann ich dir mehr erzählen.«

Fünftes Kapitel

»Guten Morgen. Hier bei Schrafts.«
»Kann ich mit Miss Schraft sprechen?«
»Selbst am Apparat.«
Ihre Stimme beunruhigte mich, sie klang angenehm, fröhlich und unternehmungslustig. Das würde die Sache schwierig machen. Mit Worten und Blicken mußte ich sie ja wenigstens einigermaßen dazu bringen, meine Freundin zu werden. Die Krallen durften nicht zum Vorschein kommen. Ich würde beide Gefühle sauber trennen und darauf achten müssen, daß sie sich nicht miteinander verhedderten. Wenn bloß ihre Stimme etwas unsympathischer gewesen wäre, beispielsweise in diesem nasalen amerikanischen Slang.
»Kann ich Ihnen irgendwie behilflich sein?«
Ich wußte auf einmal nicht, was ich sagen sollte. All das, worauf ich mich vorbereitet hatte, sogar mit einigen Spickzetteln, die vor mir auf dem Tisch lagen, war wie weggeblasen. Ich rang nicht so sehr um Atem als um Fassung.
»Ja–a.« Das kam viel zu laut heraus, ich dämpfte meinen Tonfall. »Ja. Ja, Sie können. Ich bin gerade nach New York gezogen, und ich hab' ein tolles Appartement am Central Park Süd aufgetan. Ein paar Freunde in Los Angeles haben mir von Ihnen erzählt und da . . .«
»Wer denn?«
»Die Morris. Die werden Sie vermutlich nicht persönlich kennen, aber sie haben Einrichtungen von Ihnen gesehen und sind ganz hingerissen von Ihrer Arbeit, Miss Schraft.«
»Sagen Sie einfach Candice.«
Ja, das half wirklich! Ein fürchterlicher Name, erinnerte an *Canaille*. Und klang in meinem Ohr auch so gekünstelt:

Candice – Kandis – Zucker. Eine erstklassige Assoziation: zuckersüß – und ein unverdaulicher Kotzbrocken!
»Was für ein wundervoller Name!« Ich ließ den Honigtopf erst mal stehen, später würde ich mich wieder bedienen. »Um es kurz zu machen, Candice, ich bin ganz versessen darauf, daß Sie mal einen Blick auf diese Pracht werfen und sie, vielleicht, falls Sie nicht völlig überlastet sind, einrichten.«
»Ja, ich hab' wirklich 'ne Menge um die Ohren, aber sicher möchte ich sie mal anschauen, Mrs. . . .?«
»Patricia«, ein Name, den ich mir immer gewünscht hatte. Samantha klang eigentlich noch besser. Miranda war Davids Idee, wohl nach einem Foto von einer Herzogin in *Harpers Bazaar*. »Patricia Middleton – und – Miss, bitte!«
Ja, weg mit der Bezeichnung Frau. Das war ich nun achtzehn Jahre lang gewesen. Mit der Veränderung meines Namens und meiner äußeren Erscheinung konnte ich mir weiß Gott auch das Vergnügen erlauben, den Familienstand zu korrigieren.
»Entschuldigen Sie einen Moment, Patricia.«
Sie hatte den Hörer hingelegt.
War David im Zimmer? Ich schloß meine Augen, um nachzudenken. Wenn er etwa auf einem Zusatzhörer mit in der Leitung war, würde er meine Stimme genau erkennen wie ich die seine. Ich spitzte meine Ohren. Nein, sie blätterte nur in einem Heft.
»Ende der Woche hätte ich vormittags Zeit . . .«
»Ach, geht's nicht ein bißchen früher, bitte? Ich hocke immer noch im Hotel, und ich möchte dort so bald wie möglich raus.«
»Ja –«, sie schwankte und fiel um, »vielleicht morgen früh. Ich muß das Projekt natürlich erst prüfen, bevor ich möglicherweise einen Auftrag annehme. Wollen wir uns bei Ihnen im Hotel treffen?«
»Nein, lieber an Ort und Stelle.« Ich gab ihr die Adresse.
»Sie sind Engländerin, nicht wahr?«
Ausgezeichnet! Ging es so weiter?

»Natürlich. Wie kommen Sie darauf?«
»Ich war ein paar Wochen in England, Anfang des Jahres –« (weiß ich doch, du dumme Kuh, weiß ich doch!) »– und ich liebe Ihre Heimat.«
»Schön zu hören«, ich biß mir auf die Zunge, aber da war's auch schon raus, »haben Sie irgendwas von drüben mitgebracht – hm – kleines Souvenir?«
»Klar, ich bin pausenlos in den Läden rumgebraust, Harrods, Marks, Selfridges –«, Kutchinsky hast du vergessen, Süße!
Sie würde weitergeschwärmt haben, aber ich kannte mich gut genug, um zu wissen, daß ich dann vermutlich mit einer bösen Bemerkung dazwischengefahren wäre. So viele Jahre eine vornehme Dame, und erst jetzt entdeckte ich die Boshaftigkeit von einem Dutzend Strichmädchen in mir!
»Morgen müssen Sie mir einfach alles erzählen, und das meine ich wörtlich. Aber jetzt will ich Schluß machen, Candice. Ciau!«
Mann, das war's. Ich saß zitternd, fast erschöpft da. Mir war, als sei ich einer tödlichen Krankheit entronnen und dies wären die Nachwehen. Die Uhr zeigte erst elf Uhr vormittags, aber ich mußte mich stärken. Freilich lagen mir die zwei Glas Wodka pur prompt im Magen wie Ziegelsteine. Ich hustete und setzte mich vorsichtig wieder hin. Erst langsam beruhigte ich mich, die Schmerzen ließen nach, und mein Kopf wurde allmählich wieder klar.
Ich hatte, um in der Terminologie von Vaters Memoiren zu bleiben, das Terrain geklärt und erste Feindberührung aufgenommen. Ich fühlte mich nicht allzu glücklich, seine militärischen Taktiken anwenden zu müssen. Wie die meisten Generale verlor er mehr Leute, als ein Geländegewinn aufwog. Und noch öfter war es dann auch der falsche Landstrich. Auf keinen Fall wollte ich Rückzugsgefechte liefern, gleichgültig, was das im militärischen Sinn bedeutete. Irgendwie klang es zu sehr nach Rückschlag. Aber was kam als nächste Operation? Abschirmung des Luftraums?
Ich beschloß, zu Hause um Rat zu fragen. Ich wußte zwar

ungefähr, was ich machen mußte, dennoch tat es auch gut, sich wie ein Kind trösten und bestätigen zu lassen. Am anderen Ende sprach Mutter.

»David hat sich nach dir erkundigt. Er klang ziemlich wütend.«

»Gut. Und was hast du gesagt?«

»Oh, die Wahrheit.«

»Mutter!«

»Daß du auf Jagd gefahren bist. Schon Erfolge?«

»Ein paar. Wie geht's den Kindern?«

»Ausgezeichnet, wenn man davon absieht, daß sie dich vermissen.«

»Grüße sie herzlich. Kann ich jetzt mit Vati sprechen?«

»Was willst du denn von ihm?«

»Bitte, hol ihn her, Mutter.«

Er brauchte eine lange Minute. Hatte er sich etwa auf dem Weg von seinem Arbeitszimmer zum Flur verlaufen? Rätselhaft, wie er es geschafft haben sollte, Singapur zu finden!

»Ich bin's, Vati, Silly.« Das war früher mein Spitzname gewesen, als ich meinen eigenen noch nicht richtig aussprechen konnte. Ich benutzte ihn auch später, wenn ich das Bedürfnis hatte, die Rolle des Kindes zu spielen.

»Ich bin inzwischen drüben. Ich brauche deine Hilfe. Was soll ich tun?«

»Hast du David getroffen?«

»Sollte ich deiner Meinung nach?«

»Nein.« Geduldig hörte ich mir die summenden Nebengeräusche der Transatlantikverbindung an. Er überlegte für mich. Ja, er würde mich nicht im Stich lassen.

»Vermutlich müßte der allererste Schritt darin bestehen, daß man das Terrain rekognosziert. Zu frühe Feindberührung kann erhebliche Verluste mit sich bringen, ganz abgesehen davon, daß man dann die eigenen Verbände zeitraubend umgruppieren muß. Der Überraschungseffekt wird und muß unsere stärkste Waffe sein. Was weißt du über den Gegner?«

»Sie heißt Candice Schraft.«
»Ziemlich mager, Silly. Solange du keine Aufklärungseinheiten losschicken kannst, mußt du diese Arbeit selbst tun.«
»Was sollte ich – rekognoszieren, Vati?«
»Alles, was möglich ist. Ihre Schwächen, ihre Stärken, ihre Kampfkraft und ihre Verteidigungsmöglichkeiten. Du mußt ihre Freunde aushorchen, ihre Feinde, kurzum, jede Person, die sie kennt. So daß du, wenn du sie stellst, in jeder Hinsicht für die Schlacht gerüstet bist.«
»Das wird die schwierigste Aufgabe sein.«
»Gewiß. Wenn ich deine Situation abwäge, würde ich empfehlen – ein blitzartiger Überfall, sobald du ihre Schwächen kennst. Hüte dich, die Schlacht in die Länge zu ziehen. Deine Nachschublinien sind viel zu lang, du befindest dich auf ihrem Territorium – und du könntest die Kriegsbeute verlieren! Noch etwas, Silly . . .«
»Ja, Vati?«
»Viel Glück!«
Aufklärung! Ich mußte mehr über Candice wissen. Oh, wie leicht ging mir ihr Name schon über die Lippen. Wenn ich bloß den Geheimdienst anheuern könnte – von ihm ließe ich die ganze Drecksarbeit verrichten. Die würden mir sogar melden, wann ihre Periode anfing und endete!

»Miss Martin, bitte.« Sie war meine erste Informantin gewesen, und da Untergebene gewöhnlich randvoll mit Klatsch gefüllt sind, und sie hoffentlich mit dem schlimmsten, rechnete ich auf Details. »Hier Miss Middleton, Patricia Middleton. Wir hatten gestern schon das Vergnügen . . .«
»Ich erkenne Ihre Stimme. Sie erkundigten sich nach Miss Schraft?«
»Genau, Miss Martin.«
»Besser Rikki . . .« Nur Amerikaner servieren ihre Vornamen, wie Handelsvertreter ihre Visitenkarten verteilen – immerhin ein einfacher Weg zu zwangslosem Kennenlernen und schnellem Abschied.
»Rikki? Dann nennen Sie mich Patricia. Ich habe nämlich

gerade ein Appartement gemietet. Aber wer richtet mir das ein? Darüber wollte ich mich mit Ihnen unterhalten.«
»Ich hab' viel zu tun, Patricia. Aber ich verspreche Ihnen: in der nächsten Woche. Wo ist es denn?«
»Central Park Süd, vier Zimmer im dreißigsten Stock.«
Aha, ich merkte ihre Reaktion auf die Nobeladresse! »Wenn ich für eine halbe Stunde zu Ihnen rüberkommen dürfte, damit Sie sehen, woran ich interessiert bin, dann wäre ich mit nächster Woche einverstanden.«
»Um halb eins hätte ich eine halbe Stunde frei.«
»Wunderbar.«
Ich legte rasch den Hörer auf. Meine Bedenken waren verflogen, ich fühlte mich in bester Laune. Als ich das Hotel verließ, spürte ich die zunehmende Hitze. Die Straßen flimmerten, als ich ein altes, verrottetes Taxi bestieg. Die Sitze waren verschwitzt, ich drückte mich in die äußerste Ecke und hielt meine Nase hoch wie ein Schäferhund, um dem Gestank zu entrinnen, doch vergeblich.

Die Temperaturen in New York schienen mir unerträglicher als damals in Kenya auf der Safari mit David. Die weite Landschaft dort milderte teilweise die Last der drückenden Hitze, und Davids Gegenwart verscheuchte meine Depressionen. Schon als Kind in seiner trübseligen Heimatstadt hatte er sich nach einer solchen Reise gesehnt. Das war sein spezieller Traum vom Luxus, nicht von Muße. In Afrika empfand ich ein geradezu überwältigendes Verlangen nach ihm. Es gab Zeiten, da ich ihn mehr liebte als sonst, wie hier, während er in dieser Beziehung beständiger blieb. Weder seine Naivität noch seine Energie hatten sich, seit wir uns kannten, geändert. Ich war die kulturbeleckte, zivilisierte, oft von blasiertem Weltschmerz erfüllte Intellektuelle, deren Einfluß auf ihn begrenzt blieb. Was er von mir lernen konnte, nahm er spielerisch auf wie ein Kind seine Lektion. Aber er belastete sich nicht damit.
Wie er sich in Kenya mit jungenhafter Begeisterung den Eindrücken von Land, Leuten und der Tierwelt hingab! Er kam

mit dem Häuptling auf seinem altertümlichen Thron genauso zurecht wie mit den weißen Plantagenbesitzern, die ihm, dem Kind der Arbeiterklasse, im Mutterland aus dem Weg gegangen wären. Er pirschte mit seiner riesigen Kameraausrüstung den Tieren nach – und nachts liebte er mich, als wäre es jenes erste Mal in dem verkommenen, alten Haus.

Das Taxi brauchte für die lächerlich kurze Strecke fast fünfzehn Minuten. Als ich das Gebäude betrat, war es, als ob man beim Schwimmen in einem zu warmen Fluß auf einmal in eine erfrischend kühle Strömung gerät.
Rikki Martin entpuppte sich als kleine brünette Person Anfang Zwanzig, hübsch auf eine lauernde Art, mit quicken grauen Augen und einem willigen, für ihr Gesicht fast zu breiten Mund. Sie hockte in einem winzigen Büro inmitten eines chaotischen Wirrwarrs von Skizzen, mexikanischen Masken, Zinngeschirr und Kupferstichen – man konnte all das Zeug um sie herum kaum mit einem Blick erfassen.
Miss Martin – nicht doch: Rikki für mich! – beugte sich lächelnd vor. Ich begann zu beschreiben, was mir für dieses Luftschloß hoch über dem Park der fremden Stadt vorschwebte. Ich mochte dafür einen Mietvertrag unterzeichnet und ein bißchen Geld investiert haben – aber schließlich würde doch alles ein luftiges Wolkenkuckucksheim bleiben.
»Das klingt, als könnten wir zusammenkommen, Patricia.«
»Gut, lassen Sie sich's durch den Kopf gehen. Wenn wir uns nächste Woche wiedersehen, können Sie mit der Arbeit beginnen. Ich war ja schon drauf und dran, mich an Miss Schraft zu wenden, aber dann dachte ich, ich sollte vielleicht doch lieber eine etablierte Firma wie die Ihre zu Rate ziehen.«
»Oh, ich freue mich, daß Sie das getan haben«, sie zögerte, »kennen Sie Candice gut?«
»Wir haben uns nie gesehen.«
Ein kurzer Anflug von Zufriedenheit huschte über ihr Gesicht, und sie nickte fast eine Spur zu eifrig. Ich war sicher,

daß ich eine Feindin von Candice aufgespürt hatte, eine, die mir bestimmt sehr von Nutzen sein könnte.

»Candice ist eine überaus begabte Person, ja, überaus begabt.« Sie zündete sich eine Zigarette an. »Aber sie ist auch ein bißchen *comme ci, comme ça* – falls Sie verstehen, was ich meine.«

»Ich fürchte nein.«

Ich beschloß, etwas offener zu werden. »Ich versuche ein paar winzige Kleinigkeiten über Candice herauszufinden – aus privaten Gründen.«

Rikki unterbrach einen Lungenzug und blies den Rauch von sich.

»Private Gründe?« Ihre Lider wurden schmal, und in ihren Augenwinkeln bildeten sich kleine Falten. »Zum Beispiel?«

Ich wollte sie ja benutzen, aber nicht einweihen.

»Was meinen Sie mit *comme ci, comme ça*?«

Sie zuckte die Achseln. Ihre Neugierde blieb unverändert wach, aber für einen Augenblick schien sie sie unterdrücken zu wollen.

»Rauf, runter, wie so ein verflixter Fahrstuhl. Einen Tag arbeitet sie großartig, am nächsten . . . alles Ausschuß. Und wer hatte das wohl immer auszubügeln?«

»Warum hat sie Ihre Firma verlassen?«

»Sie hat sie nicht – einfach verlassen. Aber es wäre falsch zu behaupten, man habe sie gefeuert. Sagen wir mal so: sie fiel Jack auf den Wecker.« Sie nahm meine erhobenen Augenbrauen zur Kenntnis. »Jack gehört der Laden. Die beiden kamen eben nie miteinander aus.«

»Und an wem lag das Ihrer Meinung nach? An Candice?«

»Dreimal dürfen Sie raten. Jack ist nämlich wirklich ein Schatz.«

Eine kleine Liebesgeschichte? Sie warf sich für diesen Jack ein bißchen zu sehr ins Zeug.

»Und warum hat er sie – gefeuert?«

»Na, sie hat einen ziemlich teuren Geschmack. Das ist nicht unbedingt ein Nachteil in unserer Branche, aber sie konnte eben keine Kompromisse machen. Und dann bildete sie sich immer ein, besser zu sein als Jack.« Sie beugte sich vor, um ihre Zigarette auszudrücken. Ein hinterlistiger Ausdruck kam kurz in ihre Augen. »Und natürlich die Probleme mit der Kundschaft.«

»Wie meinen Sie das?«

»Sie ließ sich immer wieder mit den Leuten ein – ich meine, mit den Männern. Sie sollten sich mal mit John Richmond unterhalten. Dem hat sie die Wohnung eingerichtet. Aber man weiß ja, daß sie mit ihm was hatte. Ich hab' mir damals gleich gedacht, daß sie ihn nur ausnehmen wollte. Und jetzt hat sie wohl einen anderen Dummen gefunden.«

Ich wurde rot und hätte beinah zur Verteidigung meines lieben Dummen angesetzt. Aber die Anwandlung verflog und ich wurde wieder kühl und ruhig.

»Da kamen Sie wohl nicht besonders gut mit ihr aus.«

»Sie machen mir Spaß. Candice war einfach – zu emotional. Den einen Tag ein Herz und eine Seele mit uns, am nächsten ließ sie die ganze Welt unter ihren schlechten Launen leiden. Wie zum Teufel kann man mit so jemandem anständig zusammenarbeiten?«

Ich erhob mich und streckte ihr meine Hand entgegen. Ich war entschlossen, mir diese Bekanntschaft ein bißchen zu erhalten – mochte sein, daß ich sie noch einmal brauchte.

»Können Sie mir die Telefonnummer von John Richmond geben?«

Sie blätterte in ihrem Buch und schrieb die Zahl auf einen Zettel. Aber sie gab ihn mir noch nicht, sondern hielt ihn in ein paar Zentimetern Abstand.

»Sie sagen keinen Ton über unser Zusammentreffen, nicht wahr?«

»Mit keiner Silbe, wenn Sie wollen.«

Ich bekam das Papier, dann begleitete sie mich zur Tür.

»Rikki, können Sie mal Erkundigungen über ihr neues Geschäft einziehen?«

»Klar, mach' ich, Patricia. Und wir bleiben in Verbindung. Ich würde gern wissen, was sich so tut.«

Aus einem Münzfernsprecher unten in der Halle rief ich John Richmond an.
»Mr. Richmond?« Ich flötete so verführerisch wie möglich.
»Ja.«
»Mein Name ist Susan Hudson. Sie kennen mich nicht, aber ich habe gehört, daß Ihnen eine Firma Ihre Wohnung so phantastisch eingerichtet hat. Es war doch wohl Schraft oder so ähnlich, nicht wahr? Ob ich sie mir mal anschauen dürfte?«
»Tja . . .«
»Ich überlege, ob ich Miss Schraft den Auftrag erteilen soll, mein eigenes Studio zu dekorieren. Und da möchte ich mir ein Urteil bilden, verstehen Sie?«
»Ich wäre entzückt«, der klang schon sehr glatt, »ich wohne Riverside Drive. Warum kommen Sie nicht einfach gleich her?«
Richmond war ein superleganter wohlhabender Mittvierziger, der seine leicht schwindende Jugendlichkeit unter einem teuren Seidenhemd, maßgeschneiderten Hosen und künstlicher Bräune glänzend zu verbergen verstand. Als Liebhaber neigte er sicher zu Schweiß und feuchten Händen. Daß dieses Flittchen ausgerechnet nach einem solchen Kerl meinen David haben durfte, fand ich geschmacklos.
»Ganz herzlichen Dank, Mr. Richmond. Ich bin ja so angetan von Candices Raumauffassung und Stil, wirklich, ich würde sie auch gern meine Wohnung machen lassen.«
Er trat einen Schritt zur Seite und heftete seine Blicke auf mich, von oben bis unten. Sie tatschten mich ab wie Finger.
»Wer von ihr schwärmt, ist in diesem Haus immer willkommen.«
Der Salon, mit Blick auf das glitzernde Band des Hudson-Flusses, war in meinen Lieblingsfarben gehalten, beige und braun. Das gefiel mir, verdammt noch mal. Ich hatte gehofft, ja, mir eingebildet, daß die Canaille auf Plastik, Neonlampen, Stahlrohrmöbel und puffroten Farben stehen würde. Aber sie hatte Richmonds Geld gut angelegt. Die Wände mit ihren chinesischen Lackfarben sahen entzük-

kend aus und harmonierten mit den Möbeln aus Teak. Die Polstergarnituren bildeten reizvolle Gegensätze zu den weizenfarbenen Teppichen. Das war auf fast erschreckende Weise dem ähnlich, was ich selbst getan haben würde.

»Sie ist wahrhaftig begabt.«

»Finde ich auch.«

Seine Begeisterung für sie schmolz sichtlich dahin, als er seine Augen über meinen Busen spazieren führte.

»Möchten Sie sich noch weiter umschauen . . .«, ein rascher Blick strich über meine Finger ohne Trauring, ». . . Miss – Hudson?«

»Danke ja.«

Das Speisezimmer: ein schimmernder Eßtisch aus kanadischer Eiche mit samtgepolsterten Stühlen. Ich berührte das Buffet – das hätte mir auch gefallen. Die Küche war vollautomatisiert. Richmond ging rasch über den Flur, öffnete eine weitere Tür und lud mich zum Eintreten ein. Ich ahnte das Schlafzimmer und zögerte auf der Schwelle. Candice bevorzugte Holz genauso wie ich. Kommode und Bett waren in dunklen, warmen Farben gehalten. Nur der Spiegel über dem Bett behagte mir weniger. Ich kehrte zurück auf die Diele. Er folgte mir in den Wohnraum, ohne die Schlafzimmertür hinter sich zu schließen.

»Darf ich Ihnen etwas anbieten?«

»Ja, danke. Wodka.«

Er schenkte ein, während ich auf und ab ging, um mich umzusehen. Dann hielt ich inne und drehte mich um.

»Wie ist Candice eigentlich?«

Das war möglicherweise eine Spur zu direkt.

»Sehr, sehr gescheit. Scharf wie ein Messer und überaus lustig. Die versteht es, einen zum Lachen zu bringen. Will sagen: mich.«

Na, er würde sie doch nicht wohl ausschließlich in der Maskerade eines Clowns sehen wollen. Ich nahm mein Glas entgegen, setzte mich in den Sessel, er sich gegenüber auf das Sofa.

»Und sie war überaus – einfallsreich.« Er lächelte bedeu-

tungsvoll. Wie primitiv doch Männer sind. Kitzle sie in der Achselhöhle, und sie bilden sich ein, du hättest eine neue Methode entdeckt, um sie high zu machen.
»Kennen Sie sie schon lange?«
»Für einen Monat waren wir ziemlich eng befreundet. Leider konnte ich sie nur diese kurze Zeit – ertragen.«
Man sah ihm an der Nasenspitze an, daß man ihm nur ein bißchen um den Bart gehen mußte, um mit Wonne weitere indiskrete Einzelheiten aus ihm hervorzulocken.
»Ertragen? Ich denke, sie ist ein liebenswertes Mädchen?«
»Ist sie, aber sie hat ein paar merkwürdige Gewohnheiten, ich würde fast sagen: einen Adoptierungsfimmel – für Katzen, Hunde, Menschen, würde mich nicht wundern, sogar für Spinnen. Ihre Bude in West Village kam mir vor wie eine Kreuzung von Trampelpfaden im Urwald. Und sie hat mich für all ihre zwei- und vierbeinigen Geschöpfe eingespannt.«
»Klingt lustig.«
»Nicht, wenn's zu weit geht. Es war wohl ihre umweltfreundliche Phase. Jetzt strickt sie vermutlich eine andere Masche.«
»Wahrscheinlich.« Ich durchmaß den Raum und schaute aus dem Fenster: »Ist sie temperamentvoll?«
»Sehr. Wenn sie glücklich ist, kann sie zauberhaft sein – da lebt man richtig auf.« Die Erinnerung färbte seine Stimme überraschend auf moll. »Aber ihre Tiefs sind unerträglich.«
»Trinkt sie, wenn sie down ist?« Ich kam zurück und setzte mich ein bißchen weiter ab.

»Nein. Aber sie ist auf beunruhigende Weise von Stimmungen abhängig. Das geht fast bis zur Selbstzerstörung – ein totaler Verlust an Selbstvertrauen.« Er zuckte mit den Achseln. »Ich konnte einfach nicht ertragen, was in solchen Phasen aus ihr herauskam.«
Ihre Launen eingeschlossen, wie ich mir vorstellte, und ich erinnerte mich an Rikkis Anmerkungen.
»Manche Frauen neigen zu Affären, gerade wenn sie depressiv sind.«

»Bei Candice wußte man nie, woran man war. Manchmal hatte ich den Verdacht, sie trifft sich mit jemand anderem. Aber beweisen konnte ich das nie. Es hat mich gestört, muß ich zugeben.«
»Und wo hat sie in solchen Situationen Zuflucht gesucht?«
»Bei ihrem Vater. Sie haßt ihre Mutter und betet ihren Vater an.« Sein Lachen klang ungemütlich. »Die beiden sind mehr als innige Freunde. Sie hat ihn oft genug von hier aus angerufen, wenn sie ihre Tour hatte. Und das klang, als spreche sie mit ihrem Liebhaber. Wenn ich ihre Mutter wäre ...«
Ich sah das nicht so bedenklich. Wir alle brauchen unsere Helden.
»Haben Sie ihn mal gesehen?«
»Einmal. Er ist Professor in Washington. Ich mochte ihn nicht besonders, was wohl auf Gegenseitigkeit beruhte. Vielleicht erinnerte ich ihn zu sehr an irgendeinen anderen Kerl, mit dem sie Schwierigkeiten hatte.«
»Schwierigkeiten?« Ich lehnte mich gespannt und aufmerksam vor.
»Na, das hat sie mir nicht erzählt. Ich denke, da war sie etwa zwanzig – irgend so eine katastrophale Beziehung, die sie sich da eingebrockt hatte.«
»Sie wissen nicht, was sie getan hat?«
»Nein«, er stand auf und rückte entschlossen in meine Nähe, »was verschwenden wir unsere Zeit und reden über sie? Sie sind fremd hier in New York. Ich könnte Ihnen allerlei Attraktionen zeigen.«
»Wie lieb von Ihnen.« Vermutlich im nächsten Zimmer!
»Wir könnten zusammen essen gehen. Ich logiere im Waldorf.«
»Na, das ist doch toll.«
Wir erhoben uns, er kippte mein noch halbvolles Glas. Ich wagte einen letzten Versuch: »Ich hab' mir schon gedacht, daß bei ihr hinter allem irgendeine schlimme Sache von früher dahinterstecken würde.«
»Na, Sie machen mir Spaß.« Er schnappte sich meinen Arm, als sei er sein Eigentum. »Ein ganzes Jahr lang rannte sie zu

einem Psychiater. Und zu meiner Zeit war es ein Guru. Die Sache hat sie umgehauen, ihr Selbstvertrauen, alles, Sie verstehen?«

»Ja, ich verstehe. Arme Candice.«

Er öffnete die Etagentür und ließ mich hinaus.

»Man sieht sich – sagen wir: um sieben?«

»Prima. Und Sie vergessen nicht: im Waldorf.«

Auf der Taxifahrt zum Flughafen La Guardia kauerte ich mich in die Polster und holte tief Luft. Der Mut und die Entschlossenheit, die mich kurzerhand zu dieser Reise nach Washington ermuntert hatten, schienen verflogen. Da hatte ich mir in meiner Einbildung eine wunderbar verachtenswerte Figur zurechtgemodelt und war allzu blind meiner eigenen Phantasie aufgesessen. Wie hatte ich nur Davids Geschmack so unterschätzen können! Er hatte einst mich gewählt – mit weniger konnte er sich doch kaum abgeben. Mindestens mußte es gleichwertig, wenn nicht gar besser sein. Und was ich bislang oberflächlich erfahren hatte, klang gar nicht so negativ.

Ich konnte mir die beiden Hand in Hand vorstellen, Partner in einem vielversprechenden Geschäftsimperium, das sie Stufe um Stufe zum Erfolg führten. Mich hatte man abgehängt, weil ich unfähig war, mit seinen ungestümen Schritten mitzuhalten. Man sagt oft, im Augenblick des Todes laufe das ganze Leben wie ein Film in Sekunden noch einmal vor einem ab – ich glaube eher: in Momenten der Verzweiflung. Es sah so aus, als sei ich in eine Sackgasse geraten, obwohl ich mich krampfhaft mühte, das Bewußtsein der Nutzlosigkeit zu unterdrücken.

Auf dem kurzen Flug döste ich vor mich hin. Als Jägerin in der Weltgeschichte herumzusausen war kaum ideal für eine Frau, die nichts so sehr verabscheute, als allein zu reisen. Mein plötzliches Einzelgängerdasein grub mir schmerzhafte Wundmale ins Gesicht.

Washington gefiel mir. Die weitläufigen Grünanlagen der Stadt erinnerten mich, im Gegensatz zu New York, lebhaft an London. Ich spürte einen kleinen Anflug von Heimweh. Im Vorbeifahren erkannte ich die vertrauten Wahrzeichen, wenn ich sie bisher auch nur auf Bildern gesehen hatte. Das Taxi setzte mich vor dem Verwaltungsgebäude der Universität ab, wo man mir den Weg zu Dr. Schrafts Fakultät zeigte, quer über den Campus, auf dessen Rasenflächen die jungen Leute herumlungerten. Der Professor schwirrte irgendwo im Haus herum, so erlaubte mir seine Sekretärin, eine dicke Negerin, auf ihn zu warten. Offenbar wußte sie mich nicht recht einzuordnen – zur Universität schien ich nicht zu gehören. Sie tat hilfreich, als sie mich in sein Arbeitszimmer führte, einen komfortablen, getäfelten Raum – zwischen der Fensterfront auf der einen Seite eine mächtige Bücherwand, auf der anderen ein riesiges schwarzes Brett, auf das wahllos Merkzettel, Zeitpläne und Notizen geheftet waren. Ich nahm Platz auf dem Besucherstuhl vor dem mit Papieren und Büchern überhäuften Schreibtisch, ein nicht unsympathisches Chaos. Die Sekretärin lief noch geschäftig auf und ab, bevor sie hinausging und die Tür einen Spaltbreit offen ließ.

Ich war so rasch geradewegs in seinem Arbeitszimmer gelandet, daß ich noch keine Zeit gefunden hatte, darüber nachzudenken, was ich ihm sagen sollte. Nun befiel mich leichte Panik. Ich schaute hierhin und dorthin, um einen Blick auf die Buchtitel zu werfen – dabei mußte ich meinen Hals verrenken, bis es weh tat; und ihn anschließend wieder in die normale Lage zu bringen, schmerzte genauso.

Auf dem Schreibtisch entdeckte ich in einer Ablage ein von einem Gummiband zusammengehaltenes Manuskript. Ich las die Überschrift und mußte lächeln: STUDIEN ZUM EXISTENTIALISMUS BEI SHELLEY – von Eric Schraft. Und daneben eine Leiste von Fotos in einem Silberrahmen.

Ich schielte durch die angelehnte Tür zu der Sekretärin, deren Kopf halb hinter einem Aktenschrank verborgen war. Dann rutschte ich mit dem Stuhl vorsichtig näher an den Schreibtisch. Auf dem großen Farbfoto stand ein Mann zusammen mit vier Frauen vor einem Haus, die eine offensichtlich seine Frau und die anderen vermutlich seine Töchter. Alle sahen blond und kräftig aus. Welche war *meine*? Ich hörte, wie sich die Außentür öffnete, und dann eine kurze geflüsterte Konversation. Als Eric Schraft eintrat, saß ich längst wieder in gebührendem Abstand.

Er erwies sich als ein stattlicher, energischer Mann, geschäftig, aber auch empfänglich für die Fremde. Sein schmaler grauer Kinnbart wirkte arg stutzerhaft, und beim Reden schloß er manchmal die Augen zu lange, eine Affektiertheit, die mich leicht abstieß.

»Mein Name ist Pauline Bell.« Oh, wie glatt mir nun nach einem allzu langen Dasein in Ehrbarkeit die Lügen über die Lippen gingen!

Er nickte und schaute mich prüfend an. Man ahnte seine Marotten, seine Auszeichnungen, seine Titel. Möglicherweise war er sogar ein gutaussehender Mann – wenn nicht dieser lächerliche Bart so gestört hätte.

»Ich bin gerade auf der Durchreise in Washington, und Professor Yeats . . .« Yeats? Wie kam ich denn zu diesem Namen? Stand der nicht auf einem der Gedichtbände, die bei Charles herumlagen? ». . . vom Allerseelen Institut – schlug mir vor, ich sollte Sie besuchen. Ich kenne hier niemanden und – ich bin all die Besichtigungen ein bißchen leid.«

»Yeats?« Er klopfte an seine Zähne, aber vorsichtig, um die Prothese nicht zu erschüttern.

»Alfred. Ich glaube, Sie kennen sich von einem Seminar, oder wo sich Professoren sonst noch treffen können. Er ist ein Verehrer von Ihnen, so ein langer Großer, schmales Gesicht mit buschigen Augenbrauen.« Ich beschrieb meinen Vater abzüglich der grauen Haare.

»Ja. Ja, wie geht's ihm denn?«

»Nicht gut. Die Gicht – macht ihm zu schaffen.« Eine typische Altmännerkrankheit, von der ich vermutete, daß sie amerikanische Professoren genauso heimsucht wie englische Generale. Schade, daß kein irisches Blut in meinen Adern rollte – ich würde meine Erfindungen noch poetischer garnieren können. Statt dessen mußte ich mich mit dem eher

Räuberischen in der Veranlagung meiner normannischen und sächsischen Vorfahren begnügen. Einige Minuten lang unterhielten wir uns über Yeats, Alfred, eine Kunstfigur aus meinem Vater mit ein paar Teilen von David sowie von meinen diversen Onkeln. Meine Augen jedoch irrten immer wieder zu der Fotografie. Welche war Candice?

»Was für ein bezauberndes Familienfoto!«

Er holte es und reichte es mir. Der stolze Vater in ihm würde auf Wunsch vermutlich sogar die Brieftasche geöffnet haben, um mir den Anblick der Produkte seiner Lenden zu ermöglichen.

»Und Sie, haben Sie Kinder?« fragte er mich.

»Eins, einen Jungen«, ich betrachtete das Bild aus der Nähe, »im Moment lebe ich getrennt.«

»Leider habe ich nur Töchter. Aber natürlich liebe ich sie alle. Die beiden rechts sind verheiratet, die auf der linken Seite –«, er zögerte und dämpfte seine Stimme, »Candice ist noch ledig.«

Leider war das Format arg klein. Ich konnte nur ein fohlenhaftes, blondes Mädchen erkennen, halb verborgen im Schatten. Aber ihre Brüste, im Halbprofil, waren nicht unansehnlich.

»Sie ist die hübscheste!« Das Kompliment sickerte mir giftig und bitter durch die Zähne.

»Erzählen Sie es bloß nicht den anderen beiden, aber ich denke, Sie haben recht. Candy und ich stehen einander sehr nahe. Vielleicht, weil sie die jüngste war und ich sie allein aufziehen mußte. Meine Frau starb nach ihrer Geburt.«

Folglich hatte Candy die Last doppelter Liebe zu ertragen: einmal als Kind, zum anderen für ihre tote Mutter.

»Natürlich habe ich mich wieder verheiratet. Das ist meine zweite Frau, Eileen.«

»Dachte ich's doch, weil sie sich kaum ähnlich sehen. Und kommen sie miteinander aus?«

Mir sollte auf keinen Fall das gleiche passieren: ein anderer Mann und Davids Kinder. Oder, noch schlimmer: eine andere Frau mit meinen. Ich schwor mir, ihnen nicht nur aus Egoismus jeden Elterntausch zu ersparen.

»Oh, gut. Es hat natürlich eine Zeit gedauert, bis sich Candice an sie angepaßt hatte, nachdem ich zehn Jahre Vater und Mutter in einer Person war. Ich fürchte, ich habe sie schrecklich verwöhnt, aber sie hat sich zu einer wunderbaren Frau entwickelt. Sie sollten sie mal treffen, wenn Sie nach New York zurückkehren.«

»Ich bin zwar dort nur auf der Durchreise, aber ich werde es versuchen.« Natürlich werde ich nicht. Ich war ja schon ganz durcheinander mit meinen Namen. Unmöglich, dort als Pauline Bell aufzukreuzen!

Der erste Schwachpunkt trat deutlich für mich zutage: ein Sohn braucht seinen Vater zur Nachahmung, eine Tochter die Mutter; sie würde mehr von dem Mann als der Frau in sich haben, und genau das war eine fast tödliche Schwäche.

»Das wäre sehr schade. Sie ist eine so tüchtige Frau, verstehen Sie? Sie hat sich gerade selbständig gemacht, und ich weiß, sie wird sich durchsetzen, bis sie ganz oben ist. Ich fragte sie einmal . . .«, er konnte vor Vergnügen kaum an sich halten – für mich war es todtraurig, ». . . wann sie die erste Million zusammenhaben würde. Mit Dreißig, das waren ihre Worte. Jetzt ist sie fünfundzwanzig. Oh, sie hat sich schon als Kind vor keiner Herausforderung gefürchtet. Anstatt wie die anderen Mädchen mit Puppen zu spielen, trieb sie sich auf dem Sportplatz herum, Handball, Fußball – und sie war fast außer sich, wenn sie verlor.«

Muß ich mir merken! Schlechte Verlierer sind äußerst verwundbar.

»Ja, das geht heute vielen Mädchen ähnlich.«

»In der Tat. Sie würde alles tun, um zu gewinnen – schon als Kind war sie so. Im Lauf der Zeit hat sie natürlich gelernt, sich ein bißchen anzugleichen, wie alle Frauen. Und von Stund' an standen die Jungen fast Schlange vor unserem Haus, um sich mit ihr zu verabreden.«

Der väterliche Stolz überlagerte deutlich die typischen Wünsche des alternden Mannes, durch fremde Jugend und

Schönheit die eigene zurückzugewinnen – eine männliche Eigenart, die ich wohl nie ganz begreifen werde.

»Ich bin überrascht, daß sie noch nicht verheiratet ist.«

Er überlegte, schaute auf das Foto und sagte dann:

»Sie war.«

»Oh!«

Von einer Ehe hatte Richmond keinen Ton gesagt.

»Sie ist geschieden.«

»Ich kann mir denken, daß die Ehe mit einem älteren Mann Probleme aufwirft.«

»Er war nicht älter.« Diesmal schaute er nicht auf das Bild, er studierte *mich*.

»Ich wollte sagen: viele Frauen heiraten ältere Männer.«

»Ihr Mann war jünger als sie. Es war eine sehr übereilte Heirat. Und die Ehe dauerte auch nicht länger als sechs Wochen. Deswegen kann ich sie beim besten Willen nicht als verheiratet ansehen. Joey war kein Mann, nur ein kleiner Junge, ein sehr netter Junge, und hoffnungslos in sie verliebt. Doch ich weiß, daß sie nichts für ihn empfunden hat.«

»Und warum hat sie ihn dann geheiratet?«

Er wandte sich ab. Mir war, als ob er leicht zitterte. Nachdem er sich wieder gefaßt hatte, schienen seine Falten tiefer und die Augen verhüllt, wie um Tränen zu verbergen. Auch ich fühlte mich schmerzhaft berührt und blickte zu Boden. Meine Nägel gruben sich tief in meine Hände. Als sie sich wieder lösten, blieben halbmondähnliche Eindrücke.

»Sie wird gehofft haben, ihn mit der Zeit wiederlieben zu können. So was kommt manchmal vor.«

»Nein, sie hat nichts erwartet. Da war ein anderes schmerzliches Ereignis vorangegangen.«

»Entschuldigen Sie, wenn ich . . .«

Er schwieg unvermittelt, und für einige Augenblicke fürchtete ich schon, mein fast inquisitorisches Fragen sei zu offen und zu direkt gewesen.

»Sie ist ein Mädchen – ja, gewiß inzwischen eine Frau, aber für mich wird sie nie ganz erwachsen sein – kurzum, sie ist ein impulsiver Mensch, der oft etwas tut, bevor er sich's überlegt.«

»Sind wir nicht alle manchmal so?«

»Candice leider zu oft. Ich glaube, sie wünscht sich ganz verzweifelt, geliebt zu werden und zu lieben. Aber die Männer, die sie bisher kannte, haben sie immer nur niedergedrückt.«

Am liebsten hätte er wohl selbst den Schutzengel für Candice gespielt. Aber wie alle Eltern konnte er nur hilflos zuschauen.

»Hat sie derzeit irgendeine ernsthafte Beziehung?«

»Ja, mit einem Engländer. Es ist wohl wieder so eine impulsive Sache. Sie möchte, daß es etwas Dauerhaftes wird, aber vermutlich hängt das von ihm ab. Er hat seine Frau verlassen, und das sind nicht die besten Voraussetzungen. Ich hab' ihr das deutlich gesagt, aber sie ist zu glücklich, um auf mich zu hören.«

»Solche Geschichten können sehr kurz sein.«

»Weiß ich.« Er schaute auf seine Uhr und erhob sich unvermittelt. »Entschuldigen Sie, ich muß ja auf eine Konferenz.«

»Und ich hab' noch einige Besichtigungen vor.« Er brachte mich zur Tür. »Diese Beziehung zu dem Engländer – geben sie ihr eine echte Chance?«

»Möglich.«

»Und Sie wollen, daß sie ihn heiratet?«

»Ich glaube nicht, daß das für sie aktuell ist. Man stürzt sich nicht leicht in eine zweite Ehe, und sie will ihn wohl erstmal etwas besser kennenlernen. Naja, heutzutage wollen doch immer weniger junge Leute gleich heiraten.«

»Aber würden Sie ihr zuraten, wenn sie Sie fragen würde?« Wir hatten die Korridortür erreicht, und ich hielt aus Aberglauben die Klinke mit der ganzen Hand umfaßt.

»Nein, ich glaube nein. Mir wäre ein etwas jüngerer Mann lieber, ohne all diese Komplikationen.« Er streckte mir seine Hand entgegen. »Falls Sie wieder mal hier sind, müssen Sie mich anrufen und zu Hause besuchen.«

»Schrecklich gern.«

Ich spürte, wie er mir nachsah, als ich die Treppe mit steifem Rücken hinabging.

Ihr Bild wurde schärfer, es gewann Konturen und zeigte langsam einen Menschen aus Fleisch und Blut. Ich meinte, es mit meinen Händen greifen zu können. Bevor ich mich morgen mit ihr traf, würde ich in Ruhe nachdenken müssen.

Sechstes Kapitel

Was für ein düsterer Tag! Die Wolken warfen dunkle Schatten über den Park. Ein Vorzeichen? Fast verzagt bereitete ich mich auf die große Begegnung vor. Das morgendliche Ritual, erst baden, dann die Gymnastikübungen und schließlich das Ankleiden, half ein bißchen, meine Nerven zu beruhigen. Als ich meine Augenbrauen nachzeichnete, schrillte das Telefon. Ein Strich ging daneben, weit in die Stirn hinein. Ich verharrte fast eine Minute vor dem Spiegel und hoffte, daß das nicht Candice war, die unser Treffen verschieben wollte. Dafür würde ich die Nervenkraft nicht aufbringen. Es mußte jetzt sein oder nie!

Ich war vorbereitet und fertig, gespannt wie eine Feder bis zum Anschlagpunkt.

»J-a-a?«

»Chapman«, und schmetterte seinen Namen fröhlich wie ein Angriffssignal zur Schlacht. »He, du klingst so entfernt.«

»Was willst du?«

»Mich mit dir zum Lunch verabreden, Shelley. Ich weiß da was Nettes in . . .«

»Danke, Chapman, ich kann nicht.«

»Dann zum Abendessen.« Er war hartnäckig wie in einem Rennen, das um jeden Preis gewonnen werden muß. »Ich möchte mit dir reden.«

»Na gut, einverstanden.« Obwohl ich ernstlich bezweifelte, daß ich nach diesem Vormittag überhaupt noch die Kondition für ein Schwätzchen mit ihm aufbringen würde.

Ein frischer Wind ließ mein gelb-braunes Kopftuch flattern, zerrte am Rocksaum und umschmeichelte meine Schenkel. Für eine Taxifahrt war die Entfernung zu kurz, aber als ich das Hochhaus erreichte, fühlte ich mich einigermaßen zer-

zaust. Der Portier öffnete, und ich informierte ihn, daß ich in fünfzehn Minuten meine Dekorateurin erwartete – nein, ich korrigierte mich: Innenarchitektin.
Ich brauchte noch einen Aufschub – um zu überlegen, umherzugehen und mich zu sammeln. Es war überraschend hell und luftig in der Wohnung, solange weder Vorhänge noch Möbel die Lichtverhältnisse beeinträchtigten. Ich machte mich im Badezimmer etwas zurecht, wobei ich für Augenblicke das Gefühl hatte, mich erbrechen zu müssen. Ich setzte mich auf die Toilette und massierte behutsam meinen Magen, um die rebellierenden Nerven zu beruhigen, bis der Anfall abgeklungen war. Dann zwang ich mich, diese Oase der Ruhe zu verlassen und elastisch federnd umherzuwandern. Ich mußte dieser Frau meine Rolle vorspielen, die der albernen, exaltierten stinkreichen Ziege mit schlechtem Geschmack. Dabei – was für eine Ironie! –, wenn jede einzeln von uns diese Räume nach eigenem Gusto einrichten würde, wäre das Ergebnis fast übereinstimmend gleich.
Das Summen der Sprechanlage schlug durch bis in die tiefsten Tiefen meines Magens. Ich geriet in Panik und konnte den Hörer nicht finden. Als es zum zweitenmal summte, entdeckte ich endlich den Apparat in der Küche.
»Ja?« Das Krächzen war sicher kaum zu verstehen. »*Bitte*?«
»Eine Miss Schraft für Sie.«
»Schicken Sie sie herauf.«
Ich kehrte zum Fenster zurück, aber ich sah kaum die Straße unter mir. Außerhalb dieser Wände existierte die Welt nicht mehr. Wie lange war es her, seit ich zum erstenmal von ihr gehört hatte? Wochen, Monate, Jahre? Es dünkte mich wie ein lebenslanger Alptraum.
Ich fummelte meine Sonnenbrille aus der Handtasche und setzte sie auf. Aber das sah albern aus bei diesem dunklen Wetter. Also nahm ich sie ab. Doch falls sie mich nun erkannte und sich schnurstracks entfernte? Folglich pflanzte ich sie wieder auf meine Nase. Nein, es sah immer noch blöd aus. Ich beförderte sie zurück in die Tasche, endgültig.

Da war sie. Als der Ton der Klingel verhallt war, marschierte ich lächelnd zur Tür. Wie hatte Vater gesagt? In der Schlacht hat man keine Zeit mehr für Angst. Sie überfällt einen nur vorher und nachher. Und der Tag lag ja schon längst hinter mir – also auf ins Gefecht!

»Hallo, ich bin . . .«, schon umfaßte meine Hand die ihre, zog sie hinein – und da hatte ich doch weiß Gott meinen verdammten Namen vergessen! Es kam mir vor, als hätte ich irgend etwas wie ›Sh - sh – sh – p – Patricia‹ gehört, doch sie schien nichts bemerkt zu haben. »Patricia! Ja, ich bin sehr froh, daß Sie die Zeit erübrigen konnten, mal einen Blick in mein Reich zu werfen.«

»Himmel, ich bin viel zu spät dran, nicht? Entschuldigen Sie.«

Sie ließ ihre Tasche fallen, bückte sich, hob sie wieder auf und redete in einer Tour weiter: »Dieser dämliche Trottel von einem Taxifahrer kutschiert mich Central Park *West*, und ich merke es erst, als wir schon auf der Sechsundsiebzigsten sind. Ich wollte mein Make-up ein bißchen aufpolieren, aber tun Sie das mal in einem New Yorker Taxi! Schauen Sie bloß –« Sie tupfte über die verschmierten Lippen. »Wo ist das Bad?«

Ich zeigte es ihr, und schon klappte die Tür hinter ihr zu. Das tat gut. Ihr aufgeregter Ausbruch hatte mich beinahe stammeln lassen. Ich ging wieder ans Fenster – der Ausblick machte mich ein bißchen ruhiger. Die ersten Eindrücke verarbeiten. Eins stand fest: ein Mann würde sie wohl als hübsch einstufen, diesen vollen Mund küssen und ihr langes, kühles blondes Haar streicheln wollen. Ihre Haut war glatt und jugendlich fest, aber ihre blauen und eine Spur zu weit auseinanderstehenden Augen schienen eine arg oberflächliche Lebenseinstellung widerzuspiegeln. Flüchtig in der Liebe – flüchtig im Schmerz! Behutsame Vorsichtigkeit war da doch kein bißchen erkennbar! Und eine Schönheit würde die auch nie werden, vielmehr immer das Hübschchen bleiben, bald verknittert, voller Falten und nur unter dicker Schminke für den Rest des Lebens konserviert.

»Was für ein phantastisches Panorama!«
Sie war geräuschlos hinter mich getreten, perfekt zurechtgemacht und bedeutend ruhiger als zuvor.
»Ja, wirklich.«
»Ich hab' einen Freund drüben in Waterside Plaza, im siebenunddreißigsten Stock. Eines Abends hat es geschüttet, ein richtiger Gewitterregen, und Paul beschloß, sich den Elementen hinzugeben. Also ausgezogen und ab auf den Balkon . . .«, sie lachte laut, und ich sah ihre Grübchen. Ich mußte lächeln, denn sie schien glücklich. ». . . und ruft laut: ›He, Regen, Sturm und Windgebraus – nehmt mich in eure Arme auf!‹ . . . und die Tür schlägt zu, sperrt ihn aus – er für zwei Stunden gefangen. Ja, wenn ich so was hätte – ich glaube, ich würde etwas Ähnliches anstellen. Sie können sich glücklich schätzen – das ist doch noch Raum und Weite!«
»Danke Ihnen.«
Wir wandten uns der Wohnung zu, geschäftsmäßig studierte sie die Räume, schlug ihren Notizblock auf und kramte in ihrem Beutel nach einem Schreibutensil. Es dauerte eine geschlagene Minute, bis sie einen abgekauten Bleistift zutage gefördert hatte.
»Und wo wohnen Sie?«
»Ecke Erste und Vierundfünfzigste. Und vorher lange im Village, in einem Dachatelier. Aber dort wurde es mir dann einfach zu eng. Als ich mein Geschäft anfing, dachte ich: Bei der Gelegenheit kannst du auch gleich umziehen. Natürlich ist die Lage nicht so gut wie hier. Dies würde in London wohl Belgravia entsprechen.«
Gottlob sagte sie nicht Hampstead! Während wir von Zimmer zu Zimmer weiterzogen, fragte ich mich, was zum Teufel David mit all dem Geld angestellt haben mochte. Sie besaß es ganz offensichtlich nicht, wenigstens nicht den vollen Betrag, andernfalls würde sie in einer Gegend wohnen wie dieser.
Es war übrigens genau die Art Wohnung, die auch David gefallen hätte, speziell hier in New York.
»Oh, ich bin sicher, Sie werden sich verbessern.« Wir be-

fanden uns nun in dem großen Schlafzimmer. »Ich habe schon eine Menge von Ihnen gehört . . .«, sie lächelte und spitzte ihre Ohren für ein schmeichelhaftes Kompliment, ». . . und wie gut Sie sind. Ich weiß, daß Sie hier prima Arbeit leisten werden.«

»Warum machen Sie es nicht selbst, Patricia?«

Sie sah mich einen Augenblick lang an. Nein, ich war sicher, sie erkannte mich bis jetzt tatsächlich nicht. Mein Magen verkrampfte sich, ich war aufs schlimmste gefaßt, aber die Prüfung ging noch einmal vorüber.

»Ich hab' leider einfach nicht die Zeit. Ich muß in ein oder zwei Wochen nach London zurück, und solche Sachen kann man nicht übers Knie brechen, wenn sie gut werden sollen. Ich hab' das Gefühl, daß bei Ihnen alles gut aufgehoben ist, weil Sie es genauso machen werden, wie ich es täte.«

Wir brauchten eine halbe Stunde für eine erste oberflächliche Inspektion. Sie skizzierte Räume und notierte Maße, und wir plauderten wie zwei alte Bekannte über Teppiche, Gardinen, Sessel und Schlafzimmermöbel. Ihre Auffassung entsprach mehr oder minder meiner eigenen. Ich beschloß, jenen Part meiner Rolle zu streichen, der mir einen ordinären Geschmack zugewiesen hätte.

»Warum essen wir nicht einfach zusammen zu Mittag?«

Ja, es war an der Zeit, die Offensive der Blumen zu intensivieren. Ich dachte an ein bestimmtes Restaurant, teuer, eindrucksvoll und ruhig genug, um ihr in Muße zuhören zu können.

Als wir die Cafeteria im Sherry-Netherland betraten, waren wir beide tüchtig durchgeschwitzt. Die Wolken über der Stadt preßten die Hitze förmlich nach unten, und der Wind war längst zu schwach, um noch Kühlung zu spenden.

Leicht erfrischt und entspannt nahmen wir an einem Fenstertisch mit Blick auf die Fifth Avenue Platz. Ich lächelte Candice an, sie lächelte zurück, und wir steckten die Köpfe zusammen, um etwas zu essen und zu trinken auszusuchen.

Schließlich beugte ich mich vor und blickte sie treuherzig an, als sei sie meine beste Freundin.

»Erzählen Sie von Ihrer Reise nach England.«
»Es war mit die glücklichste Zeit meines Lebens«, sie nippte an ihrem Martini-Cocktail, »ehrlich, ich kann mich auf Einzelheiten fast gar nicht besinnen, bei dem Wirbel – einkaufen, Theater, Verabredungen zum Essen . . .«
»Natürlich.« Und die Zeit mit David, meine Süße!
»Genau dasselbe, was auch ich in London mache. Einkaufsbummel, ins Theater gehen – ich komme nicht mehr allzu häufig dorthin, seitdem ich mich in Bristol vergraben habe. Waren Sie auf diesem Trip nur in England oder . . .?«
»Ich bin noch für eine Woche nach Djerba geflogen. Wissen Sie, wo das liegt?«
»Keine Ahnung.«
»Eine Insel vor der tunesischen Küste, wundervoll, nur Sand und Meer. Gott sei Dank bin ich mit einem Freund gereist. Trotzdem benehmen sich die arabischen Jungs, besonders am Strand, einer Frau gegenüber wie die Papagallis. Und wenn sie auch noch weiß ist – ich könnte mich dort nie allein aufhalten. Ich würde todsicher im Harem irgendeines geilen Scheichs landen.«
Ich lachte und sandte heimlich ein Stoßgebet zu Allah, mir nur diesen einen Wunsch zu erfüllen.
»Ich bin nie im Orient gewesen, Candice. Dies ist überhaupt die erste größere Reise für mich.«
Ich brauchte mich nicht zu beeilen – die würde langsam von ganz allein mit allem herausrücken, was ich wissen mußte. Ja, sie machte es mir ziemlich einfach, sie kennenzulernen: ein freundliches Mädchen – Frau konnte ich sie beim besten Willen nicht nennen –, teilweise sicher, weil sie ein Geschäft erwartete, aber teilweise auch aus dem echten Wunsch nach Freundschaft. Beim Essen – kaltes Huhn und Chablis für mich, Pfeffersteak und Burgunder für sie – plauderte sie über ihre Schwestern, Charlotte und Emily nach den beiden Dichterschwestern Brontë, und Candice nach Candida. So, ihre zwei Schwäger konnte sie nicht ausstehen. Sie zog ein Gesicht und kräuselte ihre Nase in niedliche Falten.

»Verstehe beim besten Willen nicht, wie sie solche Männer heiraten konnten!«
»Jedes Töpfchen findet sein Deckelchen, das wissen Sie doch.«
»Ja, schon, aber Charly und Emmy stammen aus dem gleichen Stall wie ich. Ich hätte gedacht, sie wären mir ein bißchen ähnlich – oder sie hätten wenigstens probiert, sich interessantere Männer auszusuchen. Ich wünsche mir einen aufregenden Mann, und einen, für den ich aufregend bin, eine richtige Beziehung, nicht bloß stumme Übereinstimmung.«
Zum Teufel mit ihrem guten Geschmack! Natürlich gab es keine bessere Wahl als David. Unter dem Tisch ballte ich meine Fäuste. Ich schaute verstohlen nach unten und merkte, daß ich den Teelöffel total verbogen hatte. Ich versuchte, ihn wieder gerade zu bekommen, aber ich brachte die Kraft nicht mehr auf, auch nachdem ich meine Hände auf meinem Schoß ausgeruht hatte. So ließ ich ihn fallen und schob ihn mit dem Fuß weit von mir. Weder meinen Augen noch meinem Lächeln ließ ich das geringste anmerken.
Um ihre unterhaltsamen Geschichten ein bißchen zu erwidern, erzählte ich von unseren Debütantinnen-Bällen im Grosvenor-Hotel, von den Champagner-Partys auf den Rasen von Cambridge und von unseren Bootstouren auf der Themse, bei denen wir nicht selten ins Wasser gefallen waren. Wie albern sich das anhörte! Ich dankte dem Himmel für einen Menschen wie David. Ich zweifelte nicht daran, daß ich bei meinem ausgedehnten Kreis reicher Freunde eines Tages genauso geendet wäre wie sie.
»Ein wundervoller Lunch«, ich trank meinen Kaffee aus und winkte nach der Rechnung, »ich kann mich nicht erinnern, mich jemals so gut unterhalten zu haben. Ich weiß, wir werden gute Freundinnen.«
»Ja, ich hoffe auch.«
»Ganz bestimmt. Treffen wir uns am Montag in dem Appartement?«
»Bis dahin habe ich die ersten Entwürfe fertig.«

Ich kuschelte mich tief in die Badewanne und hoffte, daß das warme Wasser langsam meine Rückenschmerzen lindern würde. Dabei ertappte ich mich bei dem Gedanken: verdammt, ich könnte dieses kleine Biest gern haben.

Siebtes Kapitel

Im Lichterglanz der Kronleuchter in der Empfangshalle sah Chapman fast provozierend gut und elegant aus. Ich erinnerte mich – sogar im Bett brachte dieser Mann es fertig, den gewissen Pfiff seiner Frisur und seines Schnurrbartes zu bewahren, ganz zu schweigen von seinem Brustkasten, auf dem die Haare fast ein gepflegtes Muster bildeten. David hingegen sah in dieser Hinsicht eher etwas kümmerlich aus.
»Ich habe keinen Appetit, Chapman. Schon ein einziges Salatblatt würde mich krankmachen.«
»So einfach entlasse ich dich nicht aus unserer Verabredung. Komm mit.«
Er ging voran, ich folgte ihm hinaus in den warmen Sommerabend und zu der Reihe wartender Kutschen. Ich wollte allein sein, aber zugleich wünschte ich mir auch wieder irgendeine Ablenkung, um mich von meiner Hetzjagd zu erholen, selbst wenn es nur seine Gegenwart war. Chapman hätte den erstbesten Wagen genommen, ich suchte mir einen hübscheren aus mit einem großen Apfelschimmel davor und einem Mädchen auf dem Bock.
»Kleine Fahrt durch den Park?« Das Mädchen blickte fragend auf Chapman, als das Pferd anzog.
»Nicht zu dieser Nachtzeit, Schätzchen.«
Wir fuhren am Central Park entlang. New York war sicher nicht der geeignete Platz für eine Spazierfahrt mit Pferd und Wagen, aber irgendwie fühlte ich mich von dem sanften Schaukeln und dem gleichmäßigen Klappern der Hufe belebt. Wie schön, so angenehm langsam und fast herrschaftlich zwischen den Autos und den Menschen dahinzurollen.
»Bevor du anfängst, die Antwort lautet nein.«

»Abwarten, Shelley, andere Leute ausreden lassen«, er überspielte seine Unsicherheit, »schau mal, ich habe nicht die Absicht, hier die Arie ›Wir einsamen Herzen‹ abzusingen.«
»Gestern hast du es ganz schön versucht.«
»Abgesehen davon, daß es einen Dreck genützt hat«, er bedachte mich mit einem aufmunternden Grinsen, »warum zum Teufel bist du hinter diesem Dings her . . . Tom . . .?«
»David.«
»Also David. Er hat dich sitzenlassen wegen dieses Flittchens. Wie zum Henker willst du es überhaupt anstellen, ihn dir wiederzuholen?«
»Weiß ich nicht.«
»Hast du sie getroffen?«
Ich nickte bloß. Über sie reden wollte ich jetzt nicht.
»Na, wie ist sie? Hübsch, dumm, smart? Schieß los.«
»Hübsch und smart.«
»Eine harte Nuß, diese Kombination. Wenn sie wenigstens dumm wäre.«
»Dann wäre David nicht mit ihr abgehauen.«
Mein blöder Stolz ließ Chapman die Brauen heben. »Also okay, er hat dich wegen eines smarten Mädchens sitzenlassen.« Er nahm meine Hand, und für einen Augenblick, beeindruckt von der Wirkung seiner Worte, überließ ich sie ihm. »Laß ihn sausen.« Ich schüttelte eigensinnig meinen Kopf.
»Du kannst ihn doch nicht für immer festbinden. Du mußt dein eigenes Leben führen, und du hast die Kinder.«
»Die sind kein Ersatz für die Nächte, die kleinen Lieblinge.« Ich meinte das natürlich nicht in sexueller Beziehung, sondern umfassender – mit den Berührungen, Gefühlen, ja all der Wärme bloßen Beieinanderseins.
»Es war seine Entscheidung, und dich hat er nicht gefragt.« In seinen Augen sah ich schon so etwas Ähnliches wie einen Heiratsantrag aufblitzen. »Genau wie es mir mit Betty ergangen ist. Wir bilden uns ein, daß Gott unser Geschick lenkt oder sonstwer – und, wenn wir uns stark fühlen, daß

wir es selbst tun. Alles Quatsch. Es wird immer und ewig von anderen Leuten entschieden, von Liebhabern, Ehefrauen, Kindern, Eltern – von wem immer wir abhängig sind. Er hat dich aufs Abstellgleis geschoben, Shelley, und es gibt keine Möglichkeit mehr, ihn auf seiner Strecke einzuholen.«

»Ich bin keine Lokomotive.«

Wie mir all diese Wahrheiten zum Halse heraushingen – Wahrheiten nach Hausmacherart, fremde Wahrheiten, praktische oder unpraktische Wahrheiten! Ich war hier, um meine Entscheidungsschlacht zu schlagen und nicht, um demütig zu kapitulieren, weil irgendein Idiot von Ehemann mit irgendeinem dämlichen Flittchen durchgebrannt war.

»Wie du es drehst und wendest, Shelley. Praktisch bist du in dieser Situation.«

»Gott sei Dank war ich nie praktisch, Chapman.«

Wenn ich das gewesen wäre, hätte ich David nie geheiratet, niemals diese Stadt aufgesucht und mich nie an eine vollkommen fremde Frau herangemacht, ja wäre auch Chapman nie begegnet. Die Vorstellungskraft sogenannter praktischer Leute mündet immer in einem Blinddarm.

»Warum plötzlich dieses brennende Interesse an meinem Wohlergehen? Ich meine abgesehen von . . .«

Er schaute mich ernst an. Ich hatte das ungewisse Gefühl, daß Chapman jetzt zu irgendeiner Eröffnung ansetzen würde, die anzuhören ich wenig Verlangen spürte.

»Warum glaubst du wohl, daß ich mich so gut an dich erinnere?« Ich hoffte, meine abwehrende Haltung würde ihn abschrecken, aber nein. »Das war doch nicht, weil du gut im Bett warst, Shelley. Ich habe weiß Gott genügend Frauen gehabt. Wenn du Rennfahrer bist, springen sie dir aufs Kissen wie Lemminge, die sich vom Felsen ins Meer fallen lassen. Du bist keine von denen gewesen. Du wärst zu mir gekommen, selbst wenn ich nur als Fahrer des Hotelbusses vor dir gestanden hätte, weil du mich höchstpersönlich wolltest und nicht irgendeinen Weltmeister. Als du Schluß

mit mir gemacht hattest, war es für dich aus und vorbei, und ich war der Esel, der hinter dir hergelaufen ist.« Nun auf einmal im wohligen Schwung großer Bekenntnisse fühlte er sich anlehnungsbedürftig und rückte ganz nahe heran. »Was schätzt du, wie viele Frauen hab' ich gehabt?«
»Eine? Oder zwei?«
»Ich will nicht angeben . . .«
»Oh, wirklich nicht?«
»Keine Spur. Schau mal, diese zwei Tage zusammen mit dir – einfach Spitze! Ich meine nicht von wegen Sex, obwohl – du bist Klasse, aber ich fühlte mich einfach – glücklich.«
»Freut mich.«
»Wenn du geblieben wärst, Shelley, ich hätte dich geliebt.« Da war's also heraus trotz all meiner Vorsicht. Der Pfeil der Liebe, der sich bekanntlich zwischen der dritten und vierten Rippe einbohrt, völlig schmerzlos, nur ein winziger Anflug von Panik. O Gott, wie sehr sehnen wir uns alle danach, geliebt zu werden und zu lieben. Wie anfällig sind wir für solche Worte, für das höchstmögliche Kompliment, das sie bedeuten, für diesen Segen von oben, für das verflixte Mirakel, das wir niemals erwarten, bis es uns erwischt hat; und dann wird es rasch zur Last, die zu ertragen wir uns kaum zutrauen.
»Ach, du bist albern.«
»Ich meine es todernst. Aber du hältst lieber zu David, nicht wahr? Er sei dein Schutz, bis daß der Tod euch scheidet. Ganz brutal und hart: Er ist geschieden, Süße, von hinnen nämlich!«
»Für eine Zeitlang.« Wir fuhren nun auf der Park Avenue. Ich beugte mich hinaus, um den Pan-American-Wolkenkratzer anzuschauen, der sich über die Straße spreizte wie ein häßlicher Koloß.
»Warst du noch Jungfrau, als du ihn geheiratet hast?«
»Nein.« Ich hatte kein Bedürfnis, ihm zu erzählen, daß ich es aber gewesen war, als wir uns das erste Mal liebten. »Laß uns das Thema wechseln.«
»Du bist sauer auf mich, sauer auf David, weil du weißt, daß

er eine andere Frau liebt, und auf dich selbst, weil du glaubst, daß du einen anderen Mann lieben könntest! Herrgottnochmal, du stehst auf dem Abstellgleis. Dein David ist in die andere Richtung abgezwitschert. Anstatt diese Tatsachen zu akzeptieren, dir einen neuen Ehemann zu suchen, meinetwegen auch überhaupt einen anderen Mann, rennst du um die halbe Welt diesem . . .«, ihm lag schon ein rüder Ausdruck auf der Zunge, aber meine angespannten Kinnmuskeln warnten ihn, ». . . diesem Burschen nach.«

Er musterte mich erneut, als ich mich nun weit zurücklehnte. Ich zeigte keine Reaktion und dennoch . . . Diese unerwartete Möglichkeit des Abweichens von meinem vorhergeplanten Schicksal brachte mich aus der Fassung. Ich hatte so etwas nicht erwartet. Gewiß, in mancher Beziehung zweifelte ich an seinen Liebesbeteuerungen – dennoch brachte dieses federleicht wiegende Versprechen die labilen Waagschalen in mir unmerklich ins Schwanken. Noch war es kaum wahrnehmbar, aber ich fühlte, wie sich das Gewicht meiner Liebe zu David verschob. Vielleicht lag er, gerade jetzt, neben Candice im Bett.

»Warum hat Betty dich verlassen?«

»Vermutlich war sie es satt, auf meinen Tod zu warten. Dann, als ich die Rennen aufgab, fühlte sie wohl, daß ihr ein Mühlstein abgenommen war. Keine von diesen Frauen möchte ihren Mann verlassen, solange er noch fährt, verstehst du?«

Ich verstand nicht. »Deswegen hast du sie gehen lassen?«

»Ich konnte sie nicht mehr halten. Es war aus. Das große Warten war Teil unserer Liebe gewesen. Und ohne das – tja . . .«

»Aber du verlorst deine Rennen.«

»Das ist die große Aus-Fahne in jedem Fall. Es ist dann zu Ende, wenn du aufhörst, gewinnen zu wollen.«

Ich lag damals im Sand, im Bikini, mit Sonnenbrille, eingecremt – in der einen Hand eine Büchse Orangensaft, in der

anderen Marcel Proust, das Buch halb geöffnet, zwischen den Seiten steckte das Telegramm BIN AUFGEHALTEN HERZLICHST DAVID – und da sah ich Chapman. Zwei Tage waren seit meiner Ankunft vergangen, ich war erst halbwegs braun – um mich gänzlich grillen zu lassen, brauchte ich ohnehin noch eine zusätzliche Woche, und ich fühlte mich unruhig in der Hitze am Meer. Monaco während des Rennens ist ein Spektakel, auf das man weiß Gott verzichten kann. Ich haßte Autos und Menschenmassen.
Chapman in seinen tadellos gebügelten Strandhosen, mit dem sorgfältig gepflegten Haar und seinem fabelhaft schlanken Körper, stand einen Meter entfernt. Wenn er nicht gerade herunterschaute oder doch wenigstens flüchtige Blicke warf, heuchelte er Desinteresse.
»Falls Sie mich anquatschen wollen, tun Sie's besser gleich.«
Ich klappte den Proust mit einer gewissen Erleichterung zu und blinzelte gegen die Sonne zu ihm hinauf.
»Ah, britisch?«
»Nein, Hottentottin«, ich schloß meine Augen, vielleicht in der Hoffnung, er würde verschwinden. Der Sand bewegte sich neben mir, er hatte sich niedergelassen.
»Genau wie ich. Ich meine, aus England . . . gestatten: Chapman Miles.«
»Reizend.«
Mehr Sand als vorher geriet in Bewegung, nun streckte er sich neben mir aus. Ich bedauerte meinen impulsiven Einfall, aber er steckte schon sein Territorium ab.
»Erlauben Sie mal, Sie waren es doch, die mich gebeten hat, Sie anzuquatschen.«
»Nur in einem Hitzekoller.«
»Na gut, aber ich bleibe trotzdem hier.«
Erst herrschte verlegenes Schweigen, doch dann, leicht resignierend, ermutigte ich ihn zu einer verkrampften Konversation.
»Ich mache Rennen.«
»Dafür sind Sie doch viel zu groß.«
»Was zum Teufel hat Körpergröße mit Autofahren zu tun?«

»Ach so, ich dachte, Sie meinen Pferderennen – zu groß für einen Jockey. Leider kann ich Autos nicht ausstehen. Ich finde, wir überschätzen ihre Bedeutung. Wenn Sie ein Jokkey wären – könnten wir uns wenigstens über Pferde unterhalten.«
»Ich bin Chapman Miles.« Er sagte das beiläufig, der Name schien zwischen geschlossenen Lippen hervorzukommen.
»Gewiß, muß mißlich sein, mit so einem Namen rumlaufen zu müssen.« Seine Ankündigung übte keine Wirkung auf mich aus. Vielleicht wollte er nur meinen Namen herauskriegen, aber ich hatte keine Lust, ihn zu verraten.
»Chapman Miles, Weltmeister der letzten Saison. Aber ich schätze, daß Sie, wenn Sie keine Autos mögen, von solchen Dingen keine Ahnung haben.«
»Getroffen.« Ich schaute aufs Meer, auf das mit weißen Schaumkronen und unzähligen Segeln bedeckte Wasser.
»Ich heiße Shelley.«
Rennfahrer war ein neues Stichwort in meinem Vokabular, und ich fühlte mich verdrießlich über Davids Abwesenheit. Wir hatten nur einmal im Jahr Zeit für einen kurzen Urlaub ohne Kinder, und ich vermißte ihn.
Chapman und ich aßen zusammen zu Mittag. Ich war fest entschlossen, ihn zu gegebener Zeit eiskalt abfahren zu lassen, und erlaubte ihm deswegen, meine Knie, dann meine Hände und schließlich meine Arme abzugrabschen, ja, mir tief in die Augen zu schauen. Natürlich geschah das nicht alles auf einmal, zwischendurch mußte er seine Testrunden drehen. Das schreckliche Donnern der Motoren veranlaßte mich zum Rückzug in die Ruhe meines Hotelzimmers. Um Punkt sechs kreuzte er dort auf, nach Auspuffgas riechend, mit einer Flasche Champagner bewaffnet.
Für mich war es nicht mehr als eine Liebelei für zwei Tage ohne Anspruch auf ein Wiedersehen. Ich hatte mich einfach fallenlassen, wenigstens körperlich. Sicher ist es nicht schwer, sich einem Fremden ganz hinzugeben, aber dann muß man ihm auch deutlich zu verstehen geben, daß er immer ein Fremder bleiben wird. Jetzt präsentierte er seine so-

genannte Liebe, die über Jahre zu meiner Überraschung in ihm fortgekeimt hatte. Wie unangenehm!
Die Kutsche hielt vor dem Hotel, und ich folgte ihm wortlos. Er hatte ein Steinchen ins Wasser geworfen und alles Wesentliche gesagt, nun erwartete er, daß die Kreise mich erreichten.
Seine Erwartungen spürte ich im gleichen Augenblick, als wir die Empfangshalle betraten. Ich küßte ihn fest auf die Wangen in Gegenwart von einem halben Dutzend Hotelgästen und schlüpfte in den Aufzug: »Gute Nacht, Chapman.«

Die Stille und das Wartenmüssen bereiteten mir die meiste Angst. Vater hatte mir das ganz richtig prophezeit. Da lagen fünf Tage vor mir, einhundertundzwanzig Stunden, und sie weigerten sich manchmal regelrecht voranzurücken.
Ich versuchte, die Zeit irgendwie totzuschlagen, und tigerte Straße um Straße in der Affenhitze herum, nur um mich für die Nächte zu ermüden. Ich fuhr nach Manhattan, zur Freiheitsstatue, hierhin und dorthin, ich ließ kaum ein Museum aus und rannte ins Kino und ins Theater, um dem Warten zu entrinnen, um Chapman zu entgehen und, natürlich, dem Telefon. Magisch zog es immer wieder meine Aufmerksamkeit auf sich; jeden Morgen beim Aufstehen tasteten meine Finger über den Apparat. Wenn ich den Hörer abnehmen und eine Nummer wählen würde, konnte es nur ihre Wohnung sein, um wie ein stummes Aufnahmegerät Davids Antwort zu erwarten: Hallo?
Immer wieder dachte ich an sie. Was für eine Ironie, daß ich, ohne Freunde in dieser Stadt, mich allein Candice anvertrauen konnte. In mein Bemühen, ihre Freundin zu spielen, schlich sich sacht und fast im Unterbewußtsein der Wunsch, ihre Freundin zu sein. Und doch mußte ich sie ja hassen, um alles im Gleichgewicht zu halten. Ich zwang mich, wütende Worte leise vor mich hin zu murmeln und mich künstlich in Rage zu bringen. Wer mich beobachtet hätte, würde sich amüsiert haben – über meinen zwischen Kälte und Leiden-

schaft hin- und herschwankenden Gesichtsausdruck, über meine Lippen, die unentwegt ihren Namen wiederholten und den seinen flüsterten – wo ich auch ging und stand und saß. Ich sah all die Liebespaare, und aus irgendeinem dunklen Grund fielen mir immer wieder solche auf, die Händchen hielten. New York wimmelte von ihnen, und sie alle schienen meine Einsamkeit zu verhöhnen.

Manchmal blieb ich im Bett und schaute zu ganz ungewöhnlichen Stunden das Fernsehprogramm an – dann ertappte ich mich dabei, wie ich an Chapman dachte. Ich mochte ihm weder glauben noch ihm seine sogenannte Liebe abnehmen – und doch konnte ich seine Worte nicht aus meinem Kopf verbannen, weil sie mir ein bißchen über meine Demütigung hinweghalfen.

Früh am Montagmorgen rief ich bei ihr an und hörte David mit »Hallo?« antworten. Ich lag stumm im Bett, hielt den Hörer mit der Hand verdeckt und wartete, wie er dieses einzige wundervolle Wort wiederholte, bis er auflegte.

Drei Stunden später, sorgfältig gekleidet und zurechtgemacht, mit erneuertem Gelöbnis, mit Schlagfertigkeit und Witz gewappnet, telefonierte ich Candice in ihrer Firma an. Es galt ja, weiter um sie zu werben.

Wir trafen in dem leeren Appartement zusammen, diesmal fast Freundinnen. Sie kam mit einem riesigen Skizzenblock. Als wir oben auf dem Fensterbrett balancierten und unsere Köpfe sich auf dem engen Raum fast berührten – um ihre Einfälle für die Raumgestaltung aus dieser Perspektive zu prüfen –, ja, da bewunderte ich sie, mein Gott, war sie gut, phantasievoll und originell.

Sie ließ unvermittelt den Block auf ihren Schoß sinken.

»Sie finden, daß ich erschöpft aussehe?«

»Nicht unbedingt.«

»Doch. Ich konnte die ganze Nacht kein Auge zutun. Frankie war fort – mein Kater. Er ist der einzige Überlebende aus meiner alten Wohnung. Die anderen Tiere mußte ich fortgeben, aber er ist bei mir seit seiner Geburt. Um ein Uhr nachts war er auf einmal verschwunden. Wir haben überall

nachgesehen, in den Schränken, Schubladen, überall. Ich bin sogar auf die Straße gelaufen und hab' nach ihm gerufen. Ich dachte schon, er wäre aus dem Fenster gesprungen.«
»Katzen kommen gewöhnlich allein ganz gut zurecht.«
»Frankie ist wie ich. Wir fallen beide manchmal vom Teppich. Ich hab' die ganze Nacht geweint. Und wissen Sie, wo das Biest war? Auf der Gardinenstange. Na, der hat was zu hören gekriegt.«
Ich blätterte in ihrem Block, denn vermutlich würde sie weiter über Frankie reden.
»Sie sind einfach fabelhaft!« sagte ich.
»Danke schön.«
Eine kleine Falte erschien zwischen ihren Augen. »Ich wollte, andere Leute würden das auch kapieren. Ich warte noch darauf, entdeckt zu werden.« Sie schob das Fenster hoch und breitete ihre Arme weit aus: »Entdecke mich, Welt!« Sie blieb einen Augenblick lang so stehen, dann ließ sie die Arme fallen. Sie lächelte kurz und scheu: »Keine Antwort!«
»Ich werde es all meinen Freunden in New York weitersagen.«
»Wie lieb von Ihnen.«
Sie drehte sich um zu mir, und ehe ich's mich versah, spürte ich ihren Kuß auf meiner Wange. Es war eine so sanfte, unschuldige Geste, doch sie brannte wie Feuer.
»Sie sollten erstmal abwarten. Noch habe ich nichts gemacht.«
Später öffnete ich meine Tasche und gab ihr fünfhundert Dollar.
»Da sollte ich Ihnen besser eine Quittung schreiben.« Feierlich füllte sie einen Zettel aus, unterzeichnete mit einem weiten Schnörkel und reichte ihn mir mit einem Lächeln. »Jetzt kann ich mir endlich einige richtige Geschäftsformulare drucken lassen – CANDICE SCHRAFT INC.«
»Das genügt mir.«
»Sagen Sie, wenn Sie jetzt nichts vorhaben – warum kommen Sie nicht mit mir in meinen Gymnastikclub? Heute

wandle ich auf dem Trimm-dich-Pfad, morgen ist mein Meditationstag und Donnerstag Gruppentherapie. Die lasse ich aber künftig sausen.«
»Schrecklich gern«, es gelang mir, diese Antwort rasch einzuschieben, als sie Atem holte.
Das Taxi quälte sich langsam durch die Fifth Avenue. Als wir an dem Kaufhaus Saks vorbeifuhren, rutschte sie vom Sitz auf den Boden des Wagens. »Immer wenn ich an dieser Ecke vorbeikomme, erwarte ich, daß mich der Blitz trifft. Entweder vom Himmel, weil ich seit Jahren nicht mehr in der Kirche war, oder Saks schleudert ihn auf mich mit einem Donnerschlag. Denen schulde ich nämlich eine ganz schöne Stange Geld.«
»Da tippe ich eher auf Saks. Zumindest haben die bessere Computer als der liebe Gott.«
Das Taxi stoppte vor dem Gymnastikclub auf der Vierundvierzigsten.
»Ich hab' keinen Trainingsanzug.«
»Sie können einen von mir nehmen«, sie schaute mich von oben bis unten an, »wir sind fast gleich groß. Und, ehrlich, ich freue mich so, daß Sie mitgekommen sind.«
»Genau wie ich.« Sie zählte das Wechselgeld sorgfältig nach, gab dem Fahrer ein Trinkgeld und stieg aus.
»Leben Sie hier in New York allein, abgesehen von Frankie?«
»O nein«, das klang so überglücklich, als sie nun den Club betrat, »ich wohne mit meinem Geliebten zusammen.«
Ich folgte ihr in den Empfangsraum, der mit seinen verchromten Pflanzenkübeln und Liegesesseln das Flair eines teuren Schönheitssalons ausstrahlte. Candice schrieb mich in die Liste, und ich gab ihr fünf Dollar.
»Ich habe ein Foto von ihm.«
»Würde ich schrecklich gern mal sehen.«
Ich mußte ihren Block halten, als sie in ihrem Beutel kramte, um ein Fototäschchen mit Schnappschüssen hervorzuholen. Mir wurde heiß und kalt.
»Da. Das ist David.« Sie gab mir die ganze Plastiktasche.

Der stolze Klang ihrer Stimme – denn ich vermied, ihr ins Gesicht zu blicken – hätte mein eigener sein können: »Er ist Engländer.«

»Oh, sieht man ihm gar nicht an.« Ich senkte meinen Kopf und starrte auf das Farbfoto meines Ehemannes. Wenn sie meine Blicke gesehen hätte, würde sie die Bitterkeit dieses Wiedererkennens bemerkt haben. »Obwohl man heutzutage den Unterschied kaum noch spürt. Aber ich hätte ihn für einen Amerikaner gehalten.«

»Zu mir ist er immer echt englisch«, und versuchte, einen Blick auf die Fotografie zu werfen, die ich eng an mich hielt. Auf dem Bild stand sie neben ihm, einer den Arm um die Taille des anderen. Im Hintergrund erkannte ich eine kleine Gastwirtschaft am Ufer der Themse.

»Ein energisches Gesicht, finden Sie nicht auch?«

»Er ist einfach ein Goldschatz.«

Im Umkleideraum mit seinen rosa tapezierten und wohltuend feminin wirkenden Wänden saßen vier nicht sehr appetitliche Frauen mittleren Alters vor der langen Spiegelgalerie, um ihr Make-up wieder aufzufrischen. Was sie brauchten, war eher ein Wunder als sportliche Übungen. Andere saßen in kleinen Kabinen, nur ein oder zwei waren so jung wie Candice.

»Wie haben Sie ihn kennengelernt?«

»Wir trafen uns in New York voriges Jahr.« Sie nahm die Bilder, schaute sie noch einmal verzückt an und tat sie dann zurück. »Er war da, um ein Geschäft für seine Spielzeugfirma abzuschließen; ein Freund machte uns miteinander bekannt. Das sag' ich Ihnen: der kann wirklich eine Frau umwerfen. Und er wollte mich – wild entschlossen.«

»Das Foto sieht aus, als sei es in London aufgenommen.«

Würde mein Gesicht zerspringen, wenn ich lächelte?

Sie legte meine Handtasche zusammen mit ihrer ins Schließfach und gab mir ihren schwarzen Turnanzug. Unsere Umkleidekabinen lagen nebeneinander, so daß wir die Unterhaltung fortsetzen konnten. Als ich mich auszog, konnte ich ihre Kleider rascheln hören.

»Wir sind in Verbindung geblieben, und als ich nach London kam, habe ich ihn besucht. Wir verbrachten zwei wunderbare Wochen miteinander.« Sie hielt einen Augenblick lang inne, hoffentlich pochte ihr schlechtes Gewissen. »Natürlich nicht die ganze Zeit.«
»Warum denn nicht?«
»Er ist verheiratet.«
»Ohhh!« Eine spaltenfüllende Bemerkung voller Mitgefühl, Verständnis und Mitleid – kein Zweifel, ich hatte das Talent für solch ungeahnte Ausdrucksstärke von meiner Mutter geerbt, obwohl ich die komplette Skala ihrer Nuancierungen noch nicht beherrschte. Aber Übung macht den Meister. »Haben Sie das von Anfang an gewußt?«
»Ja, und er erzählte mir auch, daß er sehr glücklich mit ihr sei.«
Freude und Verwirrung über diese Bemerkung betäubten und entmutigten mich. Gut, er war glücklich, und ich war erfüllt; aber was will denn ein Mann mehr als das? Hatte er mich sitzenlassen, weil er mit mir zu glücklich war? War so was denn möglich? Oder hatte sich zwischen dem Zeitpunkt, da er ihr das eingestand, und dem, als er mich verließ, sein Glücklichsein spurlos verflüchtigt?
»Das klingt aber seltsam, daß er sie verlassen haben soll, wenn er glücklich war.«
Meine Stimme klang mir so fremd, daß es mir vorkam, als hörte ich ein Echo. Mit ›sie‹ meinte ich mich. Merkwürdig, daß ich so von mir sprechen konnte, anstatt mir selbst die Frage in der richtigen Form zu wiederholen: Warum hat er *mich* verlassen?
»Natürlich war das beim ersten Mal. Als ich nach London kam, hatten sich eben die Umstände geändert.«
Und wie lange war diese ›die Umstände ändernde‹ Zeitspanne? Ein Jahr? Neun Monate? Da kann sich das ganze Universum verändern. Und doch vermochte ich diesen Wandel nirgendwo zu entdecken, so sehr ich auch zurückdachte und wieder vorwärts, hin und her überlegte und mein Gehirn zermarterte. Es mußte passiert sein, ohne daß

ich irgend etwas gemerkt hatte. Sie würde wohl den Grund kennen, aber ich fürchtete mich vor allzu genauem Wissen. Ich wollte es wenigstens so lange von mir fernhalten, bis ich meiner Fassung wieder sicher war.

Wir verließen unsere Kabinen im gleichen Moment.

»Haben Sie sie jemals getroffen?« Diese Frage mußte jetzt fallen, obwohl ich die Antwort längst kannte.

Candice sah mich groß an: »Ja, in gewisser Weise.« Ein Lächeln deutete sich an, und ihre makellosen Zähne glänzten im Licht: »Ich kenne sie sehr gut – von einem Bild!«

Achtes Kapitel

Das Herz bleibt stehen, es stockt der Atem, dein Leib wird unerträglich schwer – ich sah ihre immer größer werdenden Augen, die auf einmal ihr ganzes wachsames, ja berechnendes Gesicht beherrschten; ich empfand plötzlich Angst vor ihr und Verzweiflung für mich selbst. Sie wußte also vom ersten Augenblick an Bescheid, und ich, völlig in Anspruch genommen von meiner eigenen Schlauheit, war nur darauf bedacht, sie zu jagen. Aber eingekreist hatte sie mich und eiskalt auf diesen Moment gewartet. Wie lautete die Stelle in Vaters Memoiren: ›Ich blies zur Attacke, aber die Kerle waren längst über alle Berge‹? Er konnte sich glücklich schätzen – doch ich war umzingelt.

»Oh«, ich hörte mich, kurz und süß.

Sie lachte und warf ihr Haar zurück. »Sie ist reizend, aber – wie soll ich es beschreiben?«

Ich griff nach dem ›sie‹ und hielt es mit all meiner Nervenkraft fest.

»Wieso? Ist sie – ich meine die Fotografie – so undeutlich?«

»Aber es ist doch kein Foto. David besitzt ein Gemälde, ein sehr kleines –«, und sie zeigte das Format mit ihren Händen, mein Selbstporträt, vielleicht ein Fuß im Quadrat. Aus schierer Erleichterung begann ich, lauthals zu lachen. Sie schaute mich verwirrt an, und ich schüttelte meinen Kopf, als ob ich an einen Witz gedacht hätte.

». . . in Öl gemalt. Es ist wirklich nichts Besonderes, ein schwacher van-Gogh-Abklatsch. Vermutlich hat sie es während ihrer Collegezeit produziert. Ich sagte David: Nur gut, daß sie bei dir unter die Haube gekommen ist. Als Malerin hätte sie es nie geschafft.«

»Hängt es im Schlafzimmer?« Meine Erleichterung drehte mich wie im Kreis, trug mich auf Flügeln und ließ mich hö-

her und höher schweben, bis ich sie aus Wolkenfernen ganz weit unten in der Tiefe stehen sah.
Ein ärgerliches Schnauben von ihr zauberte mich sogar noch weiter nach oben.
»Er wollte es tun«, sagte sie.
David wollte es tun!
»Ich hab' ihm klargemacht, es wäre besser, das Opus ganz unten in seinem Koffer zu verschließen. Ja, wenn's wenigstens ein gutes Gemälde wäre, dann könnte es mir egal sein – na, nicht ganz. Aber es ist schauerlich.«
Mein Grinsen muß ziemlich albern ausgesehen haben. Sie hätte mein Bild gräßlich nennen können und mich einen Ausbund an Häßlichkeit, und doch würde ich gelächelt haben. David hielt immer noch zu mir, ja wollte die Erinnerung an mich als junges Mädchen zurückrufen.
Der Gymnastiksaal war weitläufig, luftig und viel zu hell. Da stöhnten Frauen und Männer um die Wette, schwitzten und mühten ihre Körper an den verschiedenartigsten Turngeräten ab. Die Männer wirkten allesamt ein bißchen schlanker und besser in Form als die Frauen, die sich dafür mit mehr Eifer ins Zeug legten. Candice und ich bestiegen zwei Trimm-Räder und fingen an zu treten.
»War David . . .« um Himmels willen – *hat* sie überhaupt seinen Namen erwähnt? ». . . Ihr erster Geliebter?«
»Nein.« Meine Pause hatte sie überhaupt nicht bemerkt. Sie seufzte tief, das mochte die körperliche Anstrengung sein.
»Mit Zwanzig habe ich mich ganz wahnsinnig verliebt – der Kerl war achtundvierzig. Ja, ich scheine ein Faible für reifere Männer zu haben. Ich kam frisch vom College nach New York, wo ich ihn in meinem Job kennenlernte. Er war Direktor der Firma, Finanzmakler mit fünf Büros an der Börse; ach, er hatte einfach alles, wovon ein Mädchen in dem Alter träumt – war gutaussehend, flott, reich und ein hinreißender Liebhaber. Da gab's nur einen dunklen Punkt, er war schon verheiratet.«
»Auch das scheint eine Gewohnheit bei Ihnen zu sein.«
»Klar, so bin ich eben. Erwische todsicher den Falschen.

Aber David ist was anderes.«
Sie stemmte sich verbissen in die Pedale, als wolle sie einen verborgenen Schmerz, von dem sie hoffte, daß er nie zutage treten möge, mit aller Macht verdrängen. Ich hatte alle Mühe mitzuhalten.
»Also Bob, so hieß er, und ich taten uns zusammen. Das war dieses Appartement auf der Achtundfünfzigsten. Er half mir und brachte ein paar von seinen Sachen mit – hm, also ein paar Anzüge, Schuhe. Jedenfalls genug, um mich in Verzückung zu halten. Zweimal die Woche gingen wir abends groß aus; ein paarmal flogen wir übers Wochenende nach Acapulco oder Florida . . . es war himmlisch. Mein Gott, was war ich in ihn verliebt!«
Sie hielt die Augen geschlossen. Ich schaute diskret fort, wie man es tut, wenn man sich den intimen Geständnissen eines anderen nicht durch direkte Blicke aufdrängen will. Ich sah auf der gegenüberliegenden Seite des Saals einen dicken Mann vor einem Spiegel auf einer Laufbandmaschine endlos weiterrennen, und doch kam er nicht von der Stelle.
»Patricia, haben Sie schon jemals einen Mann so sehr geliebt, daß es weh tat?«
»Ja.«
»Früher hab' ich nie gewußt, wie das ist. Als er immer seltener Zeit für mich hatte, wurde es ganz schlimm. Wir mußten uns ja ein paar Jahre lang ständig irgendwie verabreden – komisches Wort in diesem Zusammenhang –, bis er vom Heiraten redete. Das war alles, was ich wollte. Und als das Thema ausgesprochen war, fing ich vermutlich damit an, meine Ansprüche zu stellen. Ich wollte ihn jeden Tag sehen. Natürlich konnte er nicht. Er hatte eine Frau und vier Kinder in Westchester – aber wir liefen allen Problemen fort und reisten auf irgendeine paradiesische Insel. Und auf einmal ging das los – ich weiß nicht mehr wann und wie – aus zweimal die Woche wurde einmal, und dann nur noch alle vierzehn Tage. Ich wurde langsam verrückt, und so geschah es, daß ich eine Riesendummheit anstellte.«
Sie unterbrach die Strampelei mit ihren jagenden Kopfbe-

wegungen und sog mit offenem Mund gierig Luft ein. Ihre schlanken, aber kräftigen Beine hielten inne. Feiner Schweiß, fast wie Tränen, perlte über ihr von der Anstrengung hochrotes Gesicht, ihre Brustwarzen zeichneten sich deutlich unter dem Trikot ab und ließen den festen und hohen Busen ahnen. Ja, sie war hübsch auf eine rührende Weise.

»Eine Riesendummheit?« Ich stieg ab, und sie folgte mir. Der Geruch ihres verschwitzten Körpers und ihres Parfüms vermischten sich auf verwirrende Weise.

»Ich hab' mich von ihm – schwanger machen lassen.« Sie lachte leise, fast hart. »Mein Vater hat mir gesagt: Wenn du gewinnen willst – mußt du alles riskieren, sogar eine Torheit. Und dies war sicher der Gipfel. Aber mir fiel nichts anderes ein, um ihn zu halten.«

»Oh, das tut mir leid.«

»Zum Teufel, sich schwängern zu lassen, war der einfachste Teil der Sache.«

Sie fing nun an mit ihrer Bodengymnastik. Ich stellte mich ihr gegenüber und machte die Armbewegungen zu den Zehen hin im gleichen Rhythmus wie sie.

»Er verhielt sich wie ein perfekter Gentleman, kam zu mir in die Wohnung, gab mir einen Umschlag voll Bargeld – Küßchen auf die Wange, versteht sich – und entließ mich zu meiner Abtreibung. Ich hab' ihn nie wiedergesehen.«

»Schuft!«

»Ja, aber ich kann's ihm eigentlich kaum verübeln. Ich war ja alt genug, um auf mich selbst aufzupassen.« Sie absolvierte zwölf Rumpfbeugen – Gott sei Dank konnte ich mithalten. Dann setzte sie sich mit geschlossenen Beinen zu Boden und streckte die Arme aus.

»Halten Sie meine Fußgelenke fest?«

Ich nickte und schaute ihr zu, wie sie den ganzen Körper vor und zurück bewegte, gleichmäßig, fast mühelos.

»Der einzige Mensch, auf den ich mich wirklich verlassen konnte, war mein Vater. Er hat sich prima verhalten. Ich glaube, die Geschichte hat ihn genauso getroffen wie mich.

Meiner Stiefmutter konnte ich es nicht sagen – wir vertragen uns nicht so besonders gut. Er brachte mich in die Klinik, er wartete auf mich, und er hat mich für einige Tage betreut. Er wäre gern länger geblieben oder hätte mich am liebsten mit nach Hause genommen. Aber ich spielte das tapfere Mädchen und hab' es nicht zugelassen. Hätte ich nur.«
»Und Sie haben nichts sonst angestellt – etwas wirklich Törichtes?«
»Na, schauen Sie nicht so besorgt drein. Nein, wirklich nichts in der Richtung, die Sie meinen.«
Nun hielt sie meine Sprunggelenke und zählte mit, wie ich mich beugte und streckte, wobei ich ihr Pensum freilich nicht ganz erreichte.
»Dann kam dieser Bursche, den ich von der Schule her kannte. Er war einfach lieb zu mir. So ein typisch amerikanischer Junge, wenn Sie verstehen, was ich meine: der von nebenan. Wir fingen an, miteinander zu gehen und – ich weiß selbst nicht – ich mochte, daß er mich mochte, nach alledem, was mir passiert war. Standesamt. Punkt.«
»Oje.«
»Ich weiß«, sie betrachtete mich kritisch, »wenn ich Ihr Alter erreicht habe, hoffe ich, daß mein Körper auch noch so gut im Schuß ist wie Ihrer.«
»Danke, Candice. Und – ich glaube, ich hab' jetzt genug.«
Ich schnappte nach Luft. Ihr Gesicht sah plötzlich älter aus, reifer. Nein, sie war ganz sicher nicht das raffinierte kleine Biest, das ich vorher in ihr vermutet hatte. Vielmehr hatte sie für ihre Gefühle einen hohen Preis bezahlt. Ich wünschte mir, daß sie diesmal nicht noch tiefer fallen möge. Ich wünschte mir, sie wäre irgend jemand anderes – meinetwegen eine von diesen Frauen gegenüber.
»Und wie lange hat es gedauert?«
»Ein paar Wochen . . . Ich hab' ihn sehr verletzt durch das, was ich ihm antun mußte, aber ich konnte nicht in einer Ehe mit ihm leben. Ich hab's auch gar nicht erst versucht. Man kann nicht immer an andere Leute denken, nicht wahr?«
»Nein.«

»Kleine Schwimmrunde gefällig? Ich tummele mich sonst eine halbe Stunde im Wasser. Das ist die beste Übung.« Ich fühlte mich wieder bei Kräften und verließ mit ihr den Turnsaal, der mich an meine Schulzeit erinnerte.
»Ich weiß nicht so recht. Aber lassen Sie sich nicht abhalten. Mir täte jetzt die Sauna gut – falls es hier eine gibt.« Ich wollte allein sein, um etwas Abstand zu gewinnen.
»Okay, ich komme mit.«
Wie traurige Vögel hockten bereits drei schwitzende Frauen mit klatschnassen Handtüchern um den Lenden auf den Holzbänken.
»Weiß David über alles Bescheid?«
»Nicht ganz. Ich hab' ihm von Bob erzählt, aber noch nicht von der Abtreibung und von der Ehegeschichte. Werd' ich später tun.«
Ich wog diese wertvolle Information sorgfältig ab. Es ist niemals klug, seinem Geliebten die Vergangenheit zu verschweigen, und wenn sie noch so trivial ist. Und dies war alles andere als eine Bagatelle.
»Finden Sie, ich sollte es ihm sagen?«
»Schwer zu entscheiden – da ich ihn ja nicht kenne. Aber vermutlich sollten Sie.«
David mußte es erfahren, aber nicht von mir. Jemand anderes würde das tun müssen. Aber wenn nicht Candice selbst – wer sonst? In der brütenden Hitze fiel mir niemand ein.
»Ich bin überrascht, daß Sie wegen dieser Geschichten nicht zu einem Psychiater gegangen sind. Hätte ich jedenfalls getan.«
»Bin ich ja, eine Zeitlang, bis ich Pete fand.«
»Das ist doch nicht ein anderer Kater, oder?«
Sie stieß mich vor Lachen in die Hüften. Wie geschmeidig ihre Haut war, und so heiß.
»Nein, mein Seelenmasseur – ein Hellseher. Wir haben die gleiche Wellenlänge. Ich schwöre Ihnen, Patricia, er kennt mich in- und auswendig. Er hat mir erklärt, warum ich so unsicher gegenüber Frauen bin – weil ich nie eine Mutter gehabt habe. Und er sagt auch, ich sei sehr ehrgeizig, und

ich werde Erfolg haben. Wirklich . . .«, sie schaute mich an und wischte sich den Schweiß von der Stirn, ». . . er hat mir vorigen Monat vorhergesagt, ich würde eine Beziehung zu einer Frau haben – oh, nichts Sexuelles . . .«, sie kicherte.
Ich mußte lächeln: »Eine gute Beziehung?«
»Pete war sich nicht ganz im klaren darüber. Er sah es ein bißchen verschwommen vor sich . . . so mit dem Gefühl, es könnte gut werden. Er war es auch, der mir alles über David vorhersagte, und wie wir uns finden würden, lange bevor es wirklich passierte.«
»Hat er sich geäußert, ob es lange dauern wird?«
»O ja, für immer.« Sie strahlte mich erwartungsvoll an. »Ich rede pausenlos nur über mich selbst. Ich muß Sie zu Tode langweilen.«
»Aber nicht doch, ich finde Sie faszinierend. Bei mir gibt's keine interessante Seelenforschung – nicht mal einen Liebhaber, jedenfalls momentan.«
»Ich weiß nicht einmal, ob Sie verheiratet sind.«
»War! Ich lebe getrennt. Ich fand heraus, daß mein Mann . . .« Na, denk nach, Shelley, laß dir was einfallen! ». . . hm . . . daß er andersrum war. Oder wie man hier sagt: schwul war.«
»Haben Sie das denn nicht gemerkt, als Sie ihn geheiratet haben? Ich hätte das.«
»Nicht bei einem Engländer.«
Von einem Mann anstatt von einer Frau gehörnt zu werden, ist heutzutage vermutlich ein ganz gewöhnliches Vorkommnis. Der bekannte Kleiderschrank von einst hat Drehtüren bekommen. Ich versuchte, mir den Augenblick der Entdeckung durch Patricia Middleton vorzustellen – wie sie ihn über dem niedlichen Hintern eines hübschen Jungen ertappt. Möglicherweise kommt sie soeben vom Supermarkt zurück, die Plastiktüten voll Gemüse, und findet die beiden, wie sie gerade ins Kissen beißen. Dieser Schock! Hysterische Schreie! Laute Anklagen der Untreue!

»Ich schöpfte Verdacht, als er eines Tages nach *Aramis* duftete. Sonst benutzte er immer *Monsieur Lanvin*.«
»So ein Zufall«, sie klatschte vor Vergnügen in die Hände, »dasselbe Rasierwasser, das auch David verwendet.«
»Tatsächlich?« Ich mußte lachen. »Nicht als ob ich sie *in flagranti* erwischt hätte. Wir diskutierten alles ziemlich diskret – er gestand seine Neigung zu Männern, und ich antwortete ›Oh‹. Das war's.«
Ich seufzte. Wie anstrengend, bei dieser Hitze von über vierzig Grad eine Geschichte auszubrüten und sich nicht in Widersprüche zu verwickeln! Hoffentlich würde Candice endlich genug haben.
Sie hatte. Völlig naßgeschwitzt begaben wir uns in die Duschräume. Sie lieh mir eine Haube, und das kalte, harte Wasser ließ uns verstummen. Ich brauchte Ruhe.
Sie lag nun ausgestreckt, offen und schutzlos für meinen Eingriff da. Wenn ich könnte, würde ich es so schmerzlos machen wie möglich, aber ich wußte nicht wie. Ich wußte ja noch nicht einmal, wie ich meine Kenntnisse würde anwenden können. Auf jeden Fall brauchte ich mehr Zeit, mehr Geduld.
Abgetrocknet und in unsere Badetücher gehüllt, marschierten wir Schulter an Schulter in die Umkleidekabinen.
»Wann haben Sie gemerkt, daß David der Mann war, den Sie begehrten?«
»Nach seinem Aufenthalt in New York. Er ist ein so starker und doch auch zartfühlender Mann, selbstsicher – und wissen Sie, er ist einer der wenigen aufrichtigen Männer, die ich getroffen habe. Als ich mir etwas Geld zusammengespart hatte, wagte ich den Flug nach London, und die erste Person, die ich anrief, war er.«
Und so stieg sie ohne jede Vorwarnung aus den Wolken hinab, um wie ein Vampir mein Herzblut zu trinken!
»Fühlen Sie nie Gewissensbisse?« Ein fast mittelalterliches Wort, viel stärker als ›Schuld‹, das Verbrechen meint und nicht Leidenschaft. »Weil Sie in seine Ehe eingebrochen sind?«

»Ich denke, in seiner Ehe klappte es nicht mehr. Ich bin sehr glücklich mit ihm. Ja, vielleicht sollte ich manchmal an Shelley denken, aber sie war nicht sein Typ, verstehen Sie?«
»Oh?« Ich mußte all meine Ungeduld unterdrücken, um nicht gleich nach dem Grund zu fragen. Aber ich war hier mitten in einer Denkaufgabe. Ich als die Fremde hinsichtlich dieser Person Shelley mußte meine Informationen Stück für Stück sammeln, bis zur tödlichen Wahrheit hin. Nein, ich empfand keinen Schmerz, nur eine ruhige, fast verrückte Objektivität.
»Wie lange sind David und Shelley verheiratet?«
»Achtzehn Jahre.«
Aus ihrem Mund klang das so leichthin wie achtzehn Tage oder Stunden. Es bedeutete ihr nichts. Meine Vergangenheit war nicht die ihre; sie konnte gleichgültig gegenüber dieser armen Frau namens Shelley sein – die sich die Haare in einem Vorstadthaus in Hampstead zerraufte, ihren Gatten mit verzweifeltem Flehen überschüttete und die feile Dirne verfluchte, die ihn ihr gestohlen hatte.
»Ich habe viel über sie nachgedacht und versucht, so gut ich konnte, mir ein Bild von ihr zu machen. Schließlich bin ich zu dem Ergebnis gekommen, daß ich sie nicht sonderlich leiden kann.«
Wir nahmen nebeneinander in zwei Sesseln vor den grell erleuchteten Spiegeln Platz. Etwas gedämpfteres Licht wäre mir angenehmer gewesen. Als ich Candices Gesicht, noch ohne Make-up, im Spiegel sah, fühlte ich mich plötzlich wie eine alte Schachtel. Wie jene andere Frau im Hintergrund, die weit nach vorn geneigt ihre Augenlider malte – und niemand spürte den Schmerz, der meine ganze Brust erfüllte.
»Wollen Sie mal probieren? Meine Nummer eins.«
Sie gab mir ihr Parfüm, ich sprühte ein wenig auf mein Handgelenk und sog den Duft ein. Sehr dezent. *L'Air du Temps*, frisch, und zu jugendlich für mich.
»Toll. Und – warum mögen Sie sie nicht? Ich meine Shelley.«
So hätte ein Kind gefragt. Sie konnte ja nur mit dem erwi-

dern, wie David mich sah. Ich schien endlos auf die Antwort warten zu müssen, während sie die Stirn runzelte und versuchte, mich auf eine einzige Eigenschaft zu reduzieren wie eine Schwarzweiß-Fotografie oder eine Wachspuppe. Sehnsüchtig wünschte ich mir, unter dem schützenden Bogen einer stillen Kirche zu knien.

»Sie ist – arrogant.«

Diese Zusammenfassung auf ein einziges Wort ließ meinen Atem stocken. Ich zerrte an meiner Halskette, so daß die Schließe zerbrach. »Was für ein Pech«, sagte sie, aber sie nickte gleichzeitig, als sei sie tief befriedigt über diese Charakterisierung der Fremden.

Ich und arrogant? Der Spiegel, den uns andere Menschen vorhalten, zeigt uns selten so, wie wir uns selbst gern sehen möchten.

»Ist das eine Bezeichnung von David für diese – Shelley?«

»Nein, mein Eindruck. Er spricht über sie irgendwie – tja, ehrfürchtig. Ich denke, er kommt nicht darüber hinweg, daß er sie für besser hält als sich selbst. Sie ist, glaube ich, adlig, eine Generalstochter, kann einen Monet und einen Manet auseinanderhalten –«, sie blies geringschätzig durch die Nase, » – als ob das zum Teufel nicht jeder könnte. – Sie verehrt Artur Rubenstein und solchen Kulturkram. Er redet von ihr, als sei sie eine gottverfluchte Göttin. Ich hab' ihm gesagt, er spinnt. Und: du hast doch mit ihr geschlafen oder nicht? Wie kannst du so was Saublödes denken, wenn sie vor dir auf dem Rücken lag?«

Das Erlebnis in jener Ruine in den Slums von London vor mehr als achtzehn Jahren hätte eigentlich die Illusion von einer Göttin verschwinden lassen müssen. Und dennoch glauben wir an unsere Idole, um allzu rasch zu vergessen, daß wir selbst einst ihre Schöpfer waren.

»Was für ein unverbesserlicher Narr!«

»Genau dasselbe habe ich auch gesagt.«

»Warum um Himmels willen hat er sie geheiratet?«

»David ist ehrgeizig, und sie besaß genau das, was er wollte, Stil und Klasse.«

»Hat er sie geliebt?«
Und hatte ich ihn achtzehn Jahre lang, und jetzt bald neunzehn, geliebt, nur um durch eine Fremde entdecken zu müssen, daß nichts mehr übriggeblieben war?
Sie zuckte ausweichend mit den Schultern.
»Schwer zu sagen. Ich glaube schon. Manchmal scheint er sie geliebt zu haben, und dann wieder . . .«
Mehr brauchte ich nicht zu wissen. ›Manchmal‹ ist das höchste, was man an Liebe erwarten darf, die ja niemals gleichmäßig bleibt. Kein Mensch ist so stark, daß er die gleiche Energie Tag für Tag, Monat für Monat und Jahr für Jahr aufbringen kann. Auch ich kannte dieses ›manchmal‹, wenn ich tagelang, ja, wochenlang kaum etwas für ihn empfinden konnte; dann gewann eine gleichgültige Ruhe die Oberhand zwischen uns und ich verschloß mich in resigniertes Einsiedlertum. Doch dann konnte eine Bewegung, ein Wort, ein einziger Blick die Liebe wieder erwecken. Candice würde das kaum verstehen. Wenn man sich noch mitten in der Leidenschaft befindet, ist man unfähig, das Ende in der Ferne zu sehen.
»Und wie steht's mit Ihnen – um diesen Stil, diese Klasse, das, was er, nach Ihren eigenen Worten, erwartet?« Ich war mit meinem Gesicht fertig und schaute ihr zu, wie sie vorsichtig ihre Wimpern bürstete. »Ich habe nicht soviel wie sie. Auf gewisse Weise – ja . . .«, sie beobachtete mich, ». . . ähnelt sie vielleicht Ihnen ein bißchen. Sie sind der Typ von Frau, wie ich mir Shelley vorstelle, obwohl Sie natürlich tausendmal netter sind. Ich glaube, sie ist ziemlich zurückhaltend – ein Snob, ja, das ist es.«
»Obwohl sie David geheiratet hat?«
»Trotzdem. Sie wird sich in ihn verliebt haben, damals – aber vergessen Sie nicht, er ist ganz schön reich geworden. Wenn er Arbeiter geblieben wäre, hätte die Ehe nicht lange gehalten.«
»Aber war er nicht . . .« Halt, ich weiß ja noch gar nichts über Shelley! ». . . ich meine, waren sie nicht am Anfang ziemlich arm?«

»Sie wußte ja, daß sie es nicht bleiben würden.«
»Das klingt aus Ihrem Mund, als sei sie berechnend.«
»Ist sie auch.«
»Dann muß sie eine schreckliche Person sein«, wir standen gemeinsam auf und gingen hinaus. »Hat er sie deswegen verlassen?«
Das sollte wirklich meine letzte Frage über diese beiden Fremden, David und Shelley, sein, denn Candice schaute mich schon sehr nachdenklich an.
»Teilweise, obwohl es schwer zu sagen ist. Ich stelle mir vor, er suchte eine neue Herausforderung. Und da wollte sie nicht mitziehen, sicher und wohlbehütet in ihrem kleinen Häuschen. Bei mir weiß David, daß es immerfort eine Bewährung sein wird. Ich hab' keine Lust, ein dummes kleines Heimchen am Herd zu werden wie sie.«
Also arrogant, berechnend und langweilig – so war Shelley, wenn man Candice glauben wollte. Ich schwieg niedergeschlagen. Das alles zusammen genügte weiß Gott, um jeden Mann aus einer Ehe zu treiben. Und dann Candice, gesund und hübsch, voller Liebe und Lebenslust, als die Alternative. Ich hätte ihm mehr geben können, aber sogar jetzt wußte ich nicht, wie ich fähig sein sollte, mich zwischen ihm, den drei Kindern und mir selbst zu teilen. Diese Kraft konnte doch keine Frau auf der Welt aufbringen.
»Sie sind so nachdenklich, Patricia.«
»Ich hab' mir überlegt, wie romantisch Ihre Geschichte klingt. Warum hat er sich eigentlich in Sie verliebt?«
»Wegen meiner schmalen Wangen, hat er gesagt.« Sie drehte sich lachend zu mir hin, damit ich sie betrachten konnte. Sie waren schmaler als meine.
»Er sagte, er hat noch nie zuvor einen so niedlichen Vogel gesehen mit so knusperigen Knochen. Anfangs hab' ich gedacht, mit knusprig meint er so was wie schnuckelig, daß er mich am liebsten auffressen möchte oder so. Bis ich gemerkt habe, daß er meine Wangenknochen gemeint hat.«
»Oh.«

»Ja, wenn man als Frau solche Komplimente zu hören bekommt – und dann hat er noch erklärt, ich brauchte einfach jemanden, der auf mich aufpaßt. Na, da konnte ich doch an nichts anderes mehr denken, als: auf nach London und hol ihn dir.«

»Und er fühlte sich geschmeichelt?«

»Klar.«

Ich war mit meiner Kraft restlos am Ende, ja, ich fühlte, wie sich das Messer in der Wunde umdrehte, um mich auszuweiden wie ein erlegtes Tier.

»Ich muß mein Halsband reparieren lassen, Candice, deswegen. . .«

»Da sollten Sie sich an Anne wenden, meine beste Freundin.«

Sie schrieb den Namen auf einen Zettel und gab ihn mir. »Sie hat einen fabelhaften kleinen Schmuckladen auf der Fünfundachtzigsten. Und vergessen Sie nicht zu sagen, daß ich Sie geschickt habe.«

»Werde ich tun.«

Sie hielt unvermittelt und schaute mir ins Gesicht. Wir waren inmitten der Menschenmassen auf dem Bürgersteig vielleicht einen halben Meter voneinander entfernt. Ich ahnte eine neue Vertraulichkeit, ermunterte sie mit einem Lächeln und hoffte nur, daß – wenn Shelley abermals einen Schlag abbekam – ich den interessierten, erwartungsvollen Gesichtsausdruck würde beibehalten können.

»Am Anfang war ich nicht sicher, ob ich Sie leiden konnte«, sagte sie, »ich dachte: eine von diesen reichen Tuçken, die mir in meinem Job immer über den Weg laufen und die ich nicht ausstehen kann. Einen Haufen Geld, aber sonst Fehlanzeige. Da mußt du ganz schön springen: gewiß, gnä' Frau, und, nein, gnä' Frau; und was die sich dann aussuchen . . .«

Sie schüttelte sich vor Lachen, und ich lachte mit. Ja, gefühlsmäßig war sie mir jetzt unbedingt ergeben.

»Aber Sie sind sehr nett. Und ich weiß, Sie sind wirklich an mir interessiert.«

»Gewiß bin ich das, sogar sehr. Als ich Sie wiedersah, wußte ich, daß wir bestimmt Freundinnen werden würden.«
»Ich glaube, wir sind es schon, Patricia.« Sie trat ein paar Schritte zurück. »Warum kommen Sie nicht einfach mit, um David kennenzulernen? Sein Büro liegt direkt neben meinem.« Sie nahm mich am Arm und zog mich sacht, während ich wie angewurzelt stehenbleiben wollte. »Ich bin sicher, Sie werden ihn mögen.«
»Tu ich bereits . . .«, ich befreite mich vorsichtig aus ihrem Griff, ». . . nach allem, was Sie mir bisher erzählt haben. Um vier habe ich eine Verabredung, aber ich würde mich unbändig freuen, ihn zu sehen. Lassen Sie uns einen netten Abend zu viert verbringen, sobald Sie die Wohnung eingerichtet haben.«
»Darf man wissen – haben Sie jemanden hier in New York?«
»Mehr oder weniger.«
»Ich wünschte, ich besäße manchmal Ihr sicheres Auftreten.«
»Aber ob das zu Ihnen passen würde, Candice?« Ich würde mich abschminken müssen, bevor es zu schmerzhaft geworden wäre. »Alles Fassade, glauben Sie mir.«

Die angebliche Verabredung – war mit mir selbst, in meinem Hotelzimmer. Ich saß am Fenster mit den Beinen auf der Klimaanlage, starrte wieder einmal hinaus auf den Central Park und fühlte mich bis zum Hals von dem Schutt ihrer Eröffnungen begraben, unfähig, mich daraus zu befreien. Damals vor achtzehn Jahren in dem traurigen Zimmer hatte ich natürlich gewisse Überlegungen angestellt. Bis dahin war es für mich bei den paar Verehrern mit den üblichen Annäherungsversuchen geblieben – ich wußte mich ihrer zu erwehren, vermutlich mit meiner Arroganz, nach der Terminologie von Candice. David hatte mich in jener Nacht genommen, wie ich genommen werden mußte – von einem Stärkeren. Denken wir nicht alle, ob wir allein sind oder nicht, wie wir unsere Zukunft gestalten wollen? Ich war zuversichtlich, daß David mit Vierzig all das erreicht haben würde, was er sich wünschte. Hätte er keinen Erfolg gehabt, wäre unsere Ehe kaum von Bestand geblieben – nicht aus Geldmangel, sondern wegen seines Bewußtseins, versagt zu haben.

Ich war Hausfrau, und ich hatte die Rolle freiwillig gewählt, sie war mir nicht aufgezwungen worden. Ich betrachtete mich auch nie als das As der Familie – als weiblichen Modigliani oder Chagall, ich kannte meine Grenzen. In den ersten beiden Ehejahren arbeitete ich als Illustratorin in einem Verlag und entwarf Schutzumschläge für Bücher und melodramatische Titelbilder für zweitrangige Novitäten.

Auf die Dauer hätte diese Tätigkeit freilich all meine Illusionen gründlich zerstört. Statt dessen übte ich mich, von dem Ritual täglicher Berufsarbeit ohnehin nie überzeugt, ziemlich glücklich in der Kunst, Ehefrau und Mutter zu sein, und wuchs in das Abenteuer von Ehe und Familie hinein. Charles, Miranda und Samantha sollten einmal genauso starke und selbstsichere Menschen werden wie David und ich. Mehr wollte ich nicht.

Um sieben Uhr läutete das Telefon. Was für eine Erleichterung, die mich von weiterem Dahinbrüten befreite – diesmal war ich glücklich, Chapmans Stimme zu hören.

Um halb acht schickte er mir Blumen, einen Riesenstrauß Flieder. Empfänglich für romantische Gesten, verwandte ich längere Zeit als üblich, um mich auf unser Abendessen vorzubereiten. Die Blumen hellten meine Stimmung auf. Ich summte vor mich hin, sang und tanzte zwischen Badezimmer und Frisiertisch hin und her. Es war Jahrzehnte her, daß mir jemand den Hof gemacht hatte, und obwohl ich es eigentlich nicht wollte, gab es mir doch neues Selbstvertrauen.

»Chapman?« Ich umarmte ihn und gab ihm einen kleinen Kuß ein bißchen oberhalb seiner Lippen. Er wollte einen Kuß auf den Mund, aber ich reagierte schneller.

»Wie reizend!« Seine Hand ruhte auf meiner Hüfte, und sein Gesicht drückte leichte Überraschung aus. »Woher der plötzliche Stimmungswandel?«

»Mir ist danach zumute.« Ich schob seinen Drink zu ihm hin.
»Trink aus. Ich möchte irgendwohin hoch über der Stadt.«
»Ich könnte einen Flug im Hubschrauber arrangieren.«
»Gibt's dort eine Bar?«
»Das gerade nicht.«
»Dann heben wir uns das für später auf. Erst ein paar Drinks, um mich in höhere Sphären schweben zu lassen.«
»Und warum ist dir so zumute?« Wir gingen Arm in Arm an dem leise plätschernden Springbrunnen im Palmgarten des Hotels vorbei.
»Nun hör schon auf, meine gute Laune zu sezieren, als sei ich ein Frosch. Wir wollen uns einfach amüsieren.«
»Wie Liebende?«
»Die sich nie vorher getroffen haben.«
»Oder die sich schon einmal vor Jahr und Tag begegnet sind?«
»Vielleicht, Chapman, ich weiß nicht.«
»Und der eine wird dann wieder aus den Wolken hinabgeschubst?«
»Irgend jemand tut das immer, Chapman«, ich spürte, wie er meinen Arm fester an sich drückte, »aber vielleicht passiert es ja gar nicht. Wohin willst du mich entführen?«
»Besorgt?«
»Nicht solange es hoch genug ist und – natürlich – es dort etwas zu trinken gibt.«
Aus den Fenstern der Regenbogen-Bar auf der Spitze des Wolkenkratzers sah man nichts als ein vom Sonnenuntergang rosa gefärbtes Nebelmeer. Es wallte und waberte wie Giftgas um die gläserne Kugel, in der wir saßen.
»Umweltverschmutzung!«
Ich hatte mir soviel vom Anblick Manhattans versprochen, von seiner Lichterflut und den vom Verkehr pulsenden Straßenzügen.
»Können wir nicht die Plätze tauschen? Das wollte ich nicht gerade sehen?«
Nun saß ich ihm und der Wand gegenüber. Er nahm meine

Hand und ich entzog sie ihm nicht. Ich wollte nicht gerade Monaco wieder beschwören, wohl aber mich daran erinnern lassen, wie es war, eine Liebende zu sein und umschwärmt, begehrt und zärtlich berührt zu werden, ja, zu flirten.

»Du siehst gut aus heute abend.« Nur seine Ex-Ehefrau würde wissen, wie er nach Jahren der Ehe sonst am Abend ausschaute.

»Wie immer. Ich möchte zu gern wissen, wieviele Frauen dir dieses Kompliment schon gemacht haben.«

»Keine einzige so wie du.« Er preßte seine Lippen auf die Innenseite meiner Hand. Nur ein bißchen daneben auf dem Gelenk hätte er den Duft von Candices Parfüm riechen können.

»Vielleicht haben mir andere Frauen so etwas gesagt – aber ich habe nicht allzuviel dabei empfunden. Du siehst so wunderschön aus, Shelley, wie eine Frau, die liebt. Ich hoffe, es stimmt.«

»So war ich immer. Und wie oft hast du geliebt? Kannst du es noch zählen?«

»Ja.« Ich wartete auf seine Antwort, als wir unsere Drinks bestellten. Ein hübscher Platz hier oben, nicht gerade weltberühmt, außer wegen der nicht vorhandenen Aussicht. Ich fühlte mich der Zeit entrückt und fast friedlich. Auf dem Hilton über dem Nil oder auf dem Europaturm in Rotterdam war es vermutlich nicht viel anders, vielleicht sogar mit dem gleichen Typ von Kellner.

»Ich erinnere mich nur an drei Male, die ich als Liebe bezeichnen könnte«, sagte Chapman, »Betty war meine Langzeitliebe. Und dann gab es zwei kurze Leidenschaften. Monique, eine französische Malerin, und . . .«, er nickte in meine Richtung.

»War das mit Monique ähnlich wie mit mir? Ich meine – ein Wochenenderlebnis?«

»Es dauerte viereinhalb Monate. Ihretwegen verließ ich sogar Betty.«

Er schaute über meine Schulter, als käme sie da leibhaftig

aus dem Nebel. Schwer zu sagen, welche Entscheidung er bedauerte: seine Frau verlassen zu haben oder zu ihr zurückgekehrt zu sein.

»Monique machte gerade eine Bildserie für ein großes französisches Magazin, als wir uns auf dem Nürburgring kennenlernten. Ich damals auf dem zweiten Platz hinter Jimmy Clark in der Weltmeisterschaftswertung. Er gewann und hatte es damit geschafft. Monique war zierlich, mit einem sehr zarten französischen Gesicht. Es fing an wie ein kleines Abenteuer für eine Nacht, aber dann . . . mein Gott! Es war Paradies und Hölle in einem. Es gibt vermutlich genauso viele Arten zu lieben wie zu sterben. Betty war die beruhigende, stille Liebe – Monique wie ein Sprung ins Feuer. Wenn wir uns nicht liebten, stritten wir. Sie tobte vor Eifersucht auf meine Autos und meine Frau, ich auf ihre Arbeit und ihre verflossenen Liebhaber. Und immerzu dieses Verlangen nach einander – ich konnte nicht genug kriegen von ihr. Nach dem Rennen in Le Mans beschloß ich, mit ihr zusammenzuleben. Tödlich! Ich wußte, daß es nicht von Dauer sein könnte, und so war's denn auch.«

»Was hat Betty gemacht, als du sie verlassen hast?«

»Saß da und wartete.« Seine Worte klangen irgendwie enttäuscht. »Als wäre ich einfach bei einem neuen Rennen. Als ich zurückkam, schwelte die Geschichte mit Monique noch einen Monat lang weiter, aber dann waren wir beide ausgebrannt. Betty sagte bloß: Na, hoffentlich hast du's jetzt ausgeschwitzt, oder eine ähnliche Plattheit. Ich hätte sie beinahe abermals verlassen.«

»Und warum? Was hattest du denn von ihr erwartet? Blut und Tränen?«

»Gebraucht zu werden. Daß ich ihr gefehlt habe.«

»Und was wäre ich gewesen? Eine zweite Monique?«

»Das werden wir wohl nie wissen, oder?« Seine Finger spielten mit meiner Hand und brachten es fertig, meinen Pulsschlag etwas zu beschleunigen. »Es sei denn, du änderst deine Absichten.«

Ich beobachtete ihn über den Rand meines Glases, wie er

mich anschaute. Immer noch streichelte er zärtlich meine Hand und murmelte etwas über meine Schönheit. Ich schnurrte.
»Und was ist mit dir?« Er versuchte, seinen Sessel näher heranzuschieben, aber der Tisch war zu kurz, und wir saßen zu tief. »Wenn wir mal diesen David aus dem Spiel lassen.« Sein ›David‹ klang immer leicht spöttisch. Ich nahm mir vor, es nicht als Beleidigung anzusehen.
»Also, da gab es dich . . .«
»Ach, erzähl doch nichts, Shelley«, er arbeitete sich an meinem Unterarm ein bißchen aufwärts, bis ich ihn außerhalb seiner Reichweite brachte.
»Ich war doch nur ein kleines Abenteuer für dich. Ich meine Liebe zu jemand anderem als deinem Ehemann . . .«
»Und was ist daran so schlimm, wenn man nur seinen eigenen Mann liebt? Bei dir klingt es fast, als sei das etwas Negatives.«
»Dann vergiß meine Frage.«
Wie sich das anhörte: als sei ich schon tot. Und darüber mein Grabstein: Hier liegt Shelley, die nur einen Mann liebte. Armes Kind. Ein paar Liebesaffären, sagen wir mal ein halbes Dutzend, eine schöne runde Zahl, hätten eine richtige Frau aus mir gemacht. Unglücklicherweise spürte ich, wie leicht es ihm fiel, mich minderwertig fühlen zu lassen. Eine kleine Bettaffäre war also nicht genug. Nur eine dämonische Liebesgeschichte konnte ihn befriedigen.
»Na gut. Er hieß – Sean.«

Ein Dichter von schmächtiger Gestalt, der sich der Verwandtschaft mit Dylan Thomas und Brendan Behan rühmte – über die Whiskyflasche. Seine Poesie war anmaßend, obwohl ich ihn damals an jenem Wochenende für genial hielt. Ganz sicher war ich nicht in ihn verliebt, ja, vermutlich war es sogar übertrieben zu behaupten, ich hätte ihn gemocht. Wir trafen uns in einem Landhaus in Cheshire auf einer Wochenendeinladung. David hielt sich geschäftlich in Japan auf, und ich hatte meine Kinder bei mir.

Sean war eine schillernde Figur mit seiner Weste aus Samt, dem lockigen Haar und seinem goldenen Ohrring. Der Schnurrbart hing leicht verwelkt herunter, aber er lächelte fortwährend und wie verwirrt. Die Kinder wichen mir den ganzen Tag nicht von der Seite, doch das schreckte ihn kaum ab, denn ich war die einzige Frau ohne männlichen Begleiter. Er flirtete mit mir über ihre Köpfe hinweg, streichelte sie, wenn sie seinen Worten allzuviel Aufmerksamkeit schenkten, und bot sogar Charles, damals zehn, ein Bier an.
Sein neuester Gedichtband war recht wohlwollend rezensiert worden, vermutlich wegen der Neigung der Kritiker, gelegentlich auch mal ›Entdeckungen‹ zu präsentieren. Das hatte ihm eine Lesung in einer der obskuren Nachtprogramme des dritten Fernsehens eingebracht.
Während des Abendessens, mit einem Dutzend Whiskys und Bieren im Bauch, flüsterte er mir in seinem gälischen Akzent wilde Komplimente über die irische Schönheit meiner Augen, meiner Lippen und meines Haares zu. Er entdeckte Flüsse, Sterne und Regenbogen in mir, bis ich mich schon selbst wie eine poetische Landkarte fühlte. Ich brachte es nicht übers Herz, ihm zu sagen, daß all diese Ergüsse völlig überflüssig waren, denn ich hatte mich schon längst entschieden, mich von ihm verführen zu lassen. Seine Worte klangen ungestüm und waren sicher auch ganz hübsch verlogen.
Um Mitternacht betrat er mein Zimmer. Er trug eine rote Hausrobe aus Seide, die ihm bis zu den Knien reichte, und in der Hand ein Glas Brandy. Er würde sogar im Grab noch die Finger um ein imaginäres Glas gebogen halten! Oh, und seine Vorspiele! Er stellte das Glas vorsichtig ab, kniete nieder, küßte meine Hände, dann meine nackte Schulter und erst zum Schluß meine Lippen. Er hörte nicht eine Sekunde auf, etwas zu flüstern, aber ich konnte kaum ein Wort verstehen. Seine Küsse schmeckten nach Zahnpasta und Fusel. Endlich öffnete er feierlich seinen Mantel: er hatte den Körperbau eines Kindes, das Bäuchlein eines Mannes und – eine Erektion wie Prometheus.

»Du bist ein wunderschönes Mädchen, wunderschön!«
Er schlug die Bettdecke auf – noch ein Schluck zur Stärkung und einen letzten zum Abgewöhnen –, dann lag er neben mir. Ein paar Küsse, er rutschte auf mich, fing an in wilder Leidenschaft, seufzte plötzlich tief, legte seine Hand auf meine Schulter und lastete auf einmal schwer auf meinem Körper. Ich verharrte immer noch erwartungsvoll.
»Sean!« Ich streichelte seinen Kopf. Er rührte sich nicht, er schnarchte.
Wie in seinem dichterischen Schaffen so auch in der Liebe ein fragmentarischer Mensch!

Ich brach in lautes Gelächter aus.
»Was ist denn los?«
»Nur ein lustiger Gedanke – an eine vermutlich recht romantische Beziehung. Er war ein Dichter und ein so schöner Mann! Damals dachte ich: wie Lord Byron. Er pflegte mir seine Sonette zu widmen – albern und kindisch, aber wundervoll. Die Geschichte dauerte – fast ein halbes Jahr. Wir liebten uns in seinem schicken Atelier in Notting Hill. Er wollte mit mir durchbrennen, aber ich konnte doch meine Kinder nicht im Stich lassen. Deswegen . . .«, ich zuckte mit den Achseln so ausdrucksvoll und bedauernd wie möglich. Eine Frau betrat gerade die Bar und verwirrte mich: eine richtige Schönheit in einer umwerfend eleganten Seidenbluse. »Wo mag sie die gekauft haben?«
Chapman drehte sich nach ihr um und musterte mehr die Trägerin als das Kleidungsstück, bevor er sich wieder mir widmete.
»Es ist überraschend, wie schnell wir all diese Dinge vergessen. Ich dachte, der Schmerz um Monique und Betty würde ewig dauern. Keine Spur. Ich wüßte gern, warum.«
»Überlebensinstinkt.« Mir würde es nach einer gewissen Zeit genauso ergehen – ob mit oder ohne einen anderen Mann. »Gibt es hier nicht irgendwo einen noch höheren Aussichtspunkt?«
Wir erreichten den Landeplatz am Fluß ein paar Minuten,

bevor der Hubschrauber startete. Er hob so plötzlich ab, daß ich vor Angst aufschrie. Mein Vergnügen an dieser Art Abenteuer des Fliegens erlosch auf der Stelle. Als ich nach der Landung meine Hand fortzuziehen versuchte, ignorierte Chapman meine Bemühungen. Ich gab auf und trottete demütig an seiner Seite zu dem Restaurant, das er ausgesucht hatte.

»Betty hätte nicht so einen Wirbel veranstaltet.« Hinter seinem Lächeln wurde ein leichter Anflug von Ärger spürbar.

»David weiß, daß ich immer schreie, und ich habe keine Lust, meine Gewohnheiten deinetwegen zu ändern. Ich hasse diese kleinen Flugzeuge.«

»Betty flog gewöhnlich selbst, wenn ich nach einem Rennen zu abgespannt war. Ich besitze eine Piper, weil man sich so am schnellsten in Europa bewegen kann. Wollte sagen: besaß.«

»Gut und schön. David hatte es nicht so eilig, genausowenig wie ich. Ich kann gerade ein bißchen Autofahren, wenn man mir dabei nicht reinredet.«

»Ich kann's nicht ausstehen, wenn mich jemand anderes fährt.«

Er kaute nachdenklich auf seinem Fleisch herum, als hätte er mich zwischen den Zähnen. Dachte er über die Zukunftsaussichten mit einer Frau nach, die schreit? »Vermutlich liegt das an meinem Beruf. Ich brauche das Steuer zwischen meinen Händen, wenigstens bin ich das gewöhnt. Nachdem ich mit dem Rennen aufgehört habe, mag sich das vielleicht ein bißchen ändern.«

»Fehlt es dir sehr?«

»Mein Gott ja.« Die Falten um seinen Mund vertieften sich. Ich wünschte mir, ihn zu streicheln, sanft diese Linien zu berühren und sie mit magischer Kraft verschwinden zu machen. »Ich hab' fünfundzwanzig Jahre damit verbracht. Und gleichgültig ob als Sieger oder Verlierer – es gibt nichts Vergleichbares auf Erden. Wenn du fährst, spürst du das Leben so hautnah – nicht den Tod. Und genauso ist es au-

ßerhalb der Piste. Alles, was du machst, tust du so ungeheuer intensiv – einfach unvergleichlich.«
»Ich habe mein Leben nie so verbracht. Das können wohl nur wenige. Kinder, Haus, Ehemann – wenn du dich da zu stark hineinkniest, kann's wohl nur mit einem Nervenzusammenbruch enden. Ich stelle es mir vor wie eine Gebirgstour – ab und an ein hoher Gipfel mit viel glücklicher Liebe, dann eine tiefe Schlucht, Traurigkeit – aber meistens ein gleichförmiges Plateau aus Morgenzeitungen und Gutenachtküssen.«
Es widerstrebte mir, mich für die Ruhe und Einseitigkeit meines Lebens zu entschuldigen – ich hatte ja nie etwas anderes gewollt. Vielleicht war das ein Fehler: der Mangel an Ehrgeiz.
»Betty hat mich immer begleitet. Sie liebte die Rennen, obwohl sie es haßte, daß ich fuhr. Frankreich, Deutschland, Spanien, Südafrika, Amerika – als die Kinder groß genug waren, brauchten wir uns um sie nicht mehr zu kümmern. Ich glaube, am Ende verstand sie von Formelrennwagen genausoviel wie ich.«
»Ist es ihr nicht manchmal zuviel geworden, immer mit dir unterwegs? Ich hätte eines Tages die Nase voll gehabt.«
»Da gab es all die anderen Rennfahrerfrauen.«
»Das ist kein Ausgleich.«
»Sie kannten einander und hielten zusammen.«
»Während du gefahren und fremdgegangen bist?«
Er lachte genauso, wie er vermutlich in Gegenwart Bettys gelacht hatte. »Es ließ sie gleichgültig. Jeder wußte, daß uns all die Miezen, die sich auf der Rennstrecke um uns scharten, piepegal waren.«
»Ich bezweifle, daß ihr das immer so piepegal war.«
So erging es mir bei Davids Seitensprüngen, obwohl ich versucht hatte, mich damit abzufinden. Irgendwo lauert immer ein Flittchen darauf, sich das zu schnappen, was dir gehört. Und der schmeichelnden Verlockung eines verlangenden fremden Körpers zu widerstehen ist von einem Mann anscheinend zuviel verlangt.

»Mag sein, aber das ist ja nun alles Vergangenheit.« Ein sanfter Druck seiner Hand sollte darauf hinweisen, daß ich die Zukunft sein könnte. »Du wirst mich nach Watkins Glen begleiten, nicht wahr? Bitte, Shelley!«
»Ich werd's mir überlegen.«
»Das ist erstmal genug.« Und er lächelte glücklich darüber, daß ich nicht gleich kategorisch abgelehnt hatte.
Es war kühl und wunderbar harmonisch. Wir hielten uns bei den Händen, wanderten langsam umher und blieben manchmal vor den Schaufenstern stehen. David und Candice und die Kinder waren ganz fern, wie in einer anderen Welt. Ich war Chapmans Fremde wie damals, und ich wollte es für immer bleiben. Zu schnell erreichten wir das Hotel. Ich hätte längere Bedenkzeit gebraucht, obwohl ich wußte, daß wir beide dasselbe wollten. Der Fahrstuhl hielt zunächst auf meinem Stockwerk. Chapman stieg mit aus. Allein standen wir auf dem langen, stillen Flur. Chapman sagte kein Wort. Er drehte mich herum, nahm mein Gesicht zwischen seine Hände und küßte mich auf den Mund.
»Ich liebe dich sehr, Shelley.«
»Ich weiß.«
»Vergiß David. Heirate mich.«
Unfähig, mehr zu tun, erwiderte ich seinen Kuß. Ich wollte ihm eigentlich allerlei sagen oder erklären – aber da war kein Weg und keine Zeit, so schnell einen Pfad durch den wilden Dschungel meiner Gedanken zu schlagen. Heute nacht würde es ja nicht bei einem Abenteuer bleiben, sondern ich würde mir seine geflüsterten Liebesgeständnisse anhören müssen – ja, ihnen vielleicht sogar Glauben schenken. Und jedes Wort wäre ein Hebel, um die trennende Lücke zwischen David und mir zu vergrößern.
»Warum nicht?« Er versuchte, seine Ungeduld zu zügeln, indem er mich auf meine Ohren küßte, während seine Finger den Verschluß meines BH erkundeten. »Ich liebe dich . . .«
»Bitte, sag so etwas nicht noch einmal, Chapman, bitte.«

Ich entzog mich ihm und ging weiter. Seine Hand hielt ich fest.
»Ich meine es so.«
»Weiß ich, und mir bedeutet es etwas. Und zwar wirklich.«
Ich ahnte, daß jene Zukunft, die ich so abgezirkelt und genau vor mir zu sehen glaubte, bevor ich dieses Mal mit Chapman zusammengetroffen war, sich im gleichen Augenblick in nichts auflösen konnte, da ich ihrer habhaft würde.
»Und vergiß nicht – David.«
»Ach, steck dir doch deinen David an den Hut.«
Wenn er bloß wüßte, wie gern ich das tun würde.
»Er ist mein Mann.«
Wir standen vor meiner Tür. Er nahm den Schlüssel und schob ihn ins Schloß. »Wir sind ja nicht die beiden Fremden in Monaco, oder?«
»Nein. Und es ist mein Fehler.« Ich drückte die Tür mit meinem Rücken auf, drehte mich um und sah die schon zurückgeschlagene Bettdecke. »Ich wollte einen romantischen Abend, danach stand mein Sinn. Laß mir Zeit, Chapman.«
»Ich werde es nie wieder erwähnen – bis du soweit bist, es hören zu können.« Er spähte über meine Schulter. »Darf man eintreten?«
»Gute Nacht, Chapman. Und hab' Dank.«
Er zögerte, dann küßte er mich, erst zart, dann leidenschaftlich. Als ich seinen Kuß erwiderte, brach er unvermittelt ab: »Gute Nacht.« Und damit ging er.
»Verdammt!«
Ich schloß die Tür und sperrte damit die Verwirrung aus, die mich schwanken ließ zwischen dem Wunsch nach Liebe und bloßem Verlangen – und verbannte zugleich die Zuneigung eines anderen Mannes, der nur eine Handspanne weit entfernt gewesen war.
Ich wollte den in meinem Kopf herumwirbelnden Phantasien von David und mir und Chapman entrinnen. Sie züngelten schlangenhaft aus meinen Gedanken empor und schienen leibhaftig nach meiner Kehle zu greifen. Ich folgte

meinem Ritual, meiner einzigen Abwehrmöglichkeit: langsam zog ich mich aus, hängte das Kleid in den Schrank, stellte meine Schuhe ins Fach, breitete die Strumpfhose über die Stuhllehne und hakte den BH auf.
Zum erstenmal seit Wochen entschied ich mich für ein strenges und keusches Baumwollnachthemd, gewissermaßen mein Büßergewand. Ich trödelte mit dem Abschminken, spielte mit den Töpfchen und Cremetuben herum wie ein kleines Mädchen bei seinen ersten Probierversuchen. Um zwei Uhr nachts war ich endlich fertig. Entschlossen schlug ich ein Buch auf, setzte mich aufrecht ins Bett und versuchte zu lesen. Ich las eine Seite und merkte, daß ich nichts vom Inhalt verstanden hatte. Ich las noch einmal und abermals, und um halb drei fühlte ich mich schließlich müde genug. Ich lag ruhig da mit geschlossenen Augen und unterdrücktem Atem. Meine Hände bewegten sich zaghaft über meinen Körper und streichelten ihn. Es war, als ob mich ein Fremder berührte, zart, fest und erfahren – David, der mich einst das Lieben gelehrt hatte? Oder war es Chapman, der da schattenhaft am Rand meines Bettes zu stehen schien? Ich schluckte tief und sank unmerklich in Schlaf.

Neuntes Kapitel

Der Sonnenschein weckte mich. Ich fühlte mich träge und gelassen wie ein Kind, das eine lange Krankheit hinter sich hat. Minutenlang blieb ich ganz ruhig und wie zerschmolzen liegen, ohne daß sich ein Muskel oder Nerv meines Körpers rührte. Der Wecker klingelte, aber er störte nicht meine Stimmung. Langsam setzte ich mich auf und suchte dieses wohlige Gefühl so lange wie möglich festzuhalten. Aber es ließ nach, als ich angezogen und fertig war für den Tag, und es schwand vollends, als ich in die feuchte Hitze hinaustrat.

Ich hatte beschlossen, die kurze Strecke bis zu Rikkis Büro zu Fuß zurückzulegen, doch schon auf der Siebenundfünfzigsten Straße klebte mir das Kleid auf dem schwitzenden Rücken, und mein Make-up begann zu zerfließen. So nahm ich für den Rest des Weges ein Taxi.

Ich mußte geschlagene zehn Minuten auf Rikki warten, die in einer Besprechung war. Unruhig rutschte ich in dem engen Büro hin und her. Wenn sie doch nur endlich auftauchte!

»Hallo, *Shelley*!«

»Hallo, Rik . . .«

Zu spät! Ich hatte mich schon umgedreht und geantwortet. Sie stand mit einem breiten Grinsen mitten in der Tür. Ich ließ mich in den Sessel fallen. Sie schloß die Tür eine Spur zu sorgfältig hinter sich.

»Na, nun gucken Sie doch nicht so konsterniert. Ich werde es schon niemandem verraten.« Sie setzte sich mir gegenüber, zündete eine Zigarette an und nahm den überfüllten Aschenbecher in die Hand: »Ist unser Geheimnis, nicht wahr?«

»Wie sind Sie darauf gekommen?« Dieses Biest!

»Zwei und zwei macht . . .? Sie sind interessiert an Candice, und Candice hat einen englischen Freund, der zufälligerweise seine Frau, Shelley, und drei Kinder verlassen hat.« Sie freute sich so königlich über ihre Schlauheit, daß sich ihr Gesicht geradezu verzog. »Der Rest war nicht schwer zu erraten. Ich vermute, Sie spekulieren auf meine Hilfe?«
Arme Candice, wußte sie eigentlich, was für eine unerbittliche Feindin sie in Rikki besaß? Und ebenso: bedauernswerte Shelley, denn ich zweifelte nicht daran, daß diese Frau sich genausogut als meine Feindin entpuppen konnte. Es war nur eine Sache von Minuten, bis ich erkannte, wie gefährlich sie war. Es zeigte sich, daß Candice und ich noch mehr gemeinsam hatten.
»Ja.« Ich brauche deine Hilfe, verdammt nochmal.
»Na, eins kann ich Ihnen schon auf alle Fälle erzählen. Candices Laden steht vor der Pleite. Sie hat keinen Pfennig mehr und ist auf Ihren Auftrag absolut angewiesen, der . . .«, Rikki hob ihren Kopf und musterte mich, ». . . der vermutlich recht stattlich ist.«
»Nicht der Rede wert.« Ich spürte die Richtung, aus der die Gefahr kam, sah aber keine Verteidigungsmöglichkeit. »Und was wird sie Ihrer Meinung nach tun?«
»Betteln, borgen oder probieren, diesen Job wiederzukriegen. Obwohl das aussichtslos ist.«
»Da ist noch etwas . . .«, ich zögerte. Wenn ich den Raum hätte verlassen können, ohne diese Frage zu stellen, würde ich geschwiegen haben. Aber auf wessen Hilfe konnte ich sonst rechnen?
»Kennen Sie jemanden mit Namen Bob? Er und Candice waren vor Jahren liiert.«
»Und ob ich Bescheid weiß.« Sie lehnte sich zurück. Der Rauch, den sie von sich blies, verhüllte kaum ihr Lächeln. »Aber zunächst würde ich gern ein kleines Geschäft besprechen.«
»Bitte.«
»Mir liegt allerhand an Ihrem Auftrag.«

Pferd gesetzt. Er kam hierher, um einen wirklich großen Abschluß zu machen, aber . . .«, sie zeigte mit dem Daumen nach unten.
»Und was fängt er jetzt an?« Oh, du geliebter Pechvogel! Zum Glück fressen Engländer solche Mißerfolge in sich hinein, bei denen die Japaner feierlich zum Schwert greifen.
»Das gleiche wie ich. Er quält sich. Er versucht, Kapital in London aufzutreiben, aber da gibt es irgendeine Verzögerung oder so etwas. Pleite sein ist nicht besonders positiv für eine Beziehung – aber vermutlich haben Sie von solchen Dingen kaum eine Ahnung.« Sie sah mich traurig an.
»Ein bißchen schon.« Ich wich ihren Augen aus, so gut ich es vermochte, und ging in dem leeren Raum auf und ab, doch er bot keinen Schutz, keine Säule oder Wand, hinter der ich mich hätte verstecken können, nur nackte Mauern, Fußböden und die Decke. Ich warf einen Blick zur Küche, bevor ich an ihre Seite neben dem Fenster zurückkehrte.
»Ich kann mir Sie, Patricia, beim besten Willen nicht arm vorstellen. Sie waren bestimmt reich Ihr ganzes Leben lang. Sie strahlen das einfach aus, und deswegen sind Sie auch so sicher.«
»Geld hilft einem dabei, gewiß. Aber auch Sie sind doch nie richtig arm gewesen.« Warum erinnerst du dich nicht an deinen Professorenvater?
»Ich hatte nie viel Geld. Mein Vater denkt, ich würde eines Tages eine Million verdienen. Himmel, wenn er eine Ahnung hätte, wie schief er damit liegt. Und ich wollte ihn stolz auf mich machen!« Ihre Augen glänzten. »Und David auch.«
Das letzte ganz offensichtlich ein nachträglicher Einfall. In erster Linie wollte sie ihrem Vater gefallen.
»Ich bin überzeugt, eines Tages wird es Ihnen gelingen. Sie sind doch noch fast ein Kind.«
»Eines Tages könnte ich genausogut schon tot sein.«
Ein teuflisch wohltuender Gedanke! »Jeder von uns könnte, aber ich hoffe, daß es damit noch etwas Zeit hat.«
Im Fenster spiegelte sich ihr Gesicht, und ich konnte sehen,

wie sie mich prüfend betrachtete. Dieser Blick war mir von meinen Kindern her allzu vertraut: nicht hinterlistig, aber voll schlauer Berechnung. Ich wurde von ihr abtaxiert, ob dies wohl der rechte Augenblick sei, mich um etwas zu bitten.

»Patricia!« Sie wählte sorgfältig jedes einzelne Wort und schaute mich aufmerksam an, während die Bewegungen ihrer ineinander verschränkten Finger deutlich das Anliegen vorwegnahmen. »Ich weiß, Sie tun soviel für mich. Ich überlege mir die ganze Zeit, ob Sie nicht Lust hätten – etwas in meine Firma zu investieren. Sie wissen, wie gut ich bin. Und von mir weiß ich, daß ich es schaffen könnte, wenn ich nur ein bißchen mehr Zeit hätte.«

»Da bin ich sicher.« Der Ehrgeiz stand ihr auf die Wangen geschrieben! Ich tat, als ob ich nachdächte. »So zehntausend Dollar könnte ich auftreiben.« Die Münzen waren meine letzte Trumpfkarte. Wenn die ausgespielt war, würde mir nichts mehr bleiben. »Und was ist mit ihm?«

Ihre Kehle lag ungeschützt vor meinen Zähnen – ich brauchte nur zuzuschnappen. Aber langsam! Auch mir fehlte noch Zeit, eine Woche, nicht bloß zwei Tage.

»Falls ich Ihnen das Geld gebe, würden Sie ihm die Hälfte überlassen?«

»Aber nein. Wieso? Wenn *er* das Darlehen bekäme, würde er es für sich verwenden und von mir getrennte Kasse erwarten. Unsere Beziehung beruht auf völliger Gleichberechtigung.«

»Wie schön.«

Ich kannte David besser. Darauf würde er nie eingehen und sie eher verlassen, als von ihr irgend etwas anzunehmen, auch nicht von mir, nicht einmal von seinen eigenen Eltern.

»Wie rasch wären Sie in der Lage, diese Investition zu realisieren?«

»In ein oder zwei Tagen. Ich muß nur meinen Vermögensberater in London informieren.«

»Oh, Patricia, ich danke Ihnen so sehr! Ich schwöre, Sie werden das nie bereuen.«

»Ganz bestimmt nicht.«
Sie sprang auf mich zu und erdrückte mich fast in ihren Armen, ich fühlte mich von ihrem Parfüm, von ihrer Wärme und von ihrer Kraft umdrängt. Und ich mußte die Umarmung erwidern.
Dann bückte sie sich, um ihre Tasche aufzunehmen. Sie sah glücklich und frohgestimmt wie ein Kind aus, das auf der Stelle davonrennen und seine Begeisterung der ganzen Welt mitteilen möchte. Das helle Licht im Hintergrund gab ihrem Haar einen sanften, fast herbstlichen Glanz.
»Candice!«
»Ja?«
»Ich bin . . . ich möchte . . .«
»Sie sehen auf einmal so traurig aus.«
»Ach, nichts.«

Das Hotelzimmer kam mir vor wie ein Käfig. Ich tigerte barfuß von einer Ecke in die andere. Meine Zähne waren begierig, zuzubeißen. Ein scharfes Zuschlagen, dann würde es vorbeisein. Und doch fühlte ich mich gleichzeitig hundeelend. Das Problem war zu einfach – und gleichwohl fast unlösbar.
Würde ich alles, was ich besaß, Candice geben, und sie hätte Erfolg, wäre das ein Ende ihrer Beziehung zu David. Ihr Erfolg angesichts seines Fehlschlages würde ihn dazu bringen, sie zu verlassen. Und dann würde er nicht unbedingt zu mir zurückkehren. Doch wohin sonst konnte er gehen? Und falls er erst einmal herausgefunden hätte, wem Candice das Geld verdankte – und das war unvermeidlich, denn die angebliche Patricia konnte seine Nachforschungen kaum heil überstehen –, würde er für mich nur noch Haß empfinden, und das nicht nur für ein paar Tage oder auch für ein Jahr – nein, sein Unmut über meinen Verrat würde einen unüberbrückbaren Graben zwischen uns aufreißen. Wenn ich hingegen ihm die Münzen gab, wie er von mir gefordert hatte, könnte er sein Geschäft zu Ende bringen. Sein Erfolg jedoch bedeutete meine einsame Rückreise nach Hause. Ich hielt

sein Schicksal in meinen Händen und weiß Gott, ich wollte es nicht.
Irgendwann gegen Abend erschien Chapman. Ich gab ihm ein Glas und saß still da, gefangen in der Zwangsjacke meiner Sorgen. Er sprach auf mich ein, ich hörte ihm kaum zu. Er berührte und küßte meine Hand, aber ich spürte ihn nicht. Schließlich schüttelte er mich.
»Es ist ja, als wäre ich überhaupt nicht da, als wäre ich Luft.«
»Nicht böse sein, Chapman.« Verweint und müde gestand ich ihm alles.
»Du liebst diesen Schuft ja wirklich. Ich würde ihm die Zähne einschlagen und ihr das Geld hinwerfen.«
»Ich kann nicht.« Ich jammerte wie ein antikes Klageweib, das den Tod eines Kindes betrauert.
»Dann laß ihn damit selig werden.« Sein Ärger offenbarte völliges Unverständnis für meinen Schmerz.
»Und er wird nie wieder zu mir zurückkommen.«
»Arme Shelley«, er nahm mein Gesicht in seine Hände und küßte mich auf die Nase, »ich wünschte, ich wäre so glücklich dran wie er.« Dann marschierte er zur Tür und lächelte wie ein Filmheld beim traurig-tapferen Abgang: »Ich reise nach Watkins Glen. Falls du deine Meinung noch ändern solltest . . .« Ich antwortete nicht. Es war wie ein Vorschlag, ihn auf den Mond zu begleiten, während ich auf dem Grund des Meeres gefesselt lag.
»Und wie wär's mit einem Abendessen morgen nacht – zum Abschied?«
»Ich bin auf eine Party eingeladen. Wenn ich nicht gehe . . .«
Ich hörte, wie die Tür ins Schloß fiel. Da hockte ich abermals allein in meinem Elend, ja, es schien mich unter seiner Last zu erdrücken. Und nichts konnte mich vor einer neuen schrecklichen Nacht erretten. Es kam näher, umzingelte mich und trennte mich von der ganzen Welt. Das erprobte Ritual der Vorbereitungen fürs Schlafengehen versagte diesmal restlos seine Wirkung, bevor ich noch die Hälfte

meines Make-ups entfernt hatte. In einem unglücklichen, wilden Wutanfall schmetterte ich die Fläschchen auf den Frisiertisch. Dann kauerte ich mich vor den Fernseher und schüttete Wodka in mich hinein, als sei es Wasser. Fred Astaire und Ginger Rogers verschwammen vor meinen Augen – nach einer verdämmerten halben Stunde tanzten sie noch immer Wange an Wange, und ich wunderte mich, wie die Zeit dazwischen vergangen war.

Um vier Uhr früh rief ich meine Mutter an. Bevor ich zwei Worte sagen konnte, schleppte sie die Kinder ans Telefon, die von ihren kleinen Abenteuern übersprudelten, ohne mein Schlucken zu bemerken. Ich hatte den Zeitunterschied vergessen. In England war es ja schon früher Vormittag. Als Mutter sich wieder meldete, erzählte ich ihr alles und fragte:

»Soll ich es ihr geben?«

»Bist du verrückt? Ihr auch noch gutes Geld hinterherwerfen?«

»Aber wenn er die Münzen hat, kommt er nie zurück.«

»Weg mit Schaden! Er hätte dich nicht sitzenlassen sollen. Und überhaupt, du hättest ihn nie heira . . .«

»Mutter!«

Sie zeigte manchmal die Feinfühligkeit eines Nilpferdes. Ich donnerte den Hörer auf die Gabel und ließ mich wieder aufs Bett fallen.

Ich erwachte erst gegen Mittag. Mein Mund schmeckte schal, und meine Augen waren von den nächtlichen Tränen verklebt. Langsam arbeitete ich mich hoch – nein, nichts hatte sich geändert, das Zimmer existierte noch, der Fernseher brummte, und mein Dilemma spaltete mir den Schädel wie eine Streitaxt. Ich wanderte durch den Raum, badete, ließ mir das Frühstück bringen und pickte lustlos darin herum.

Später breitete ich die Münzen auf der Bettdecke aus und starrte sie an, als seien sie Karten, aus denen ich meine Zukunft lesen könnte. Ja, in gewisser Weise waren sie das tatsächlich, diese reizlosen Stücke Metall, die auf einmal Schicksal spielten. Ich hob den Hörer ein dutzendmal ab,

um Candice anzurufen, und legte ihn ein dutzendmal wieder auf. Unter der gleichen Nummer würde ich David erreicht haben. Neben dem Telefon lag die Karte mit Annes Adresse. Die Party würde sicher furchtbar werden, aber sie mochte mich wenigstens von meinen Gedanken an David und Candice befreien.
Ich brauchte eine halbe Stunde, um mir etwas zum Anziehen auszusuchen. Aus Trotz entschied ich mich schließlich für mein Lieblingskleid, eine einfache schwarze Robe, und dazu eine Perlenkette, die mir David zum fünfzehnten Hochzeitstag geschenkt hatte.
Gegen sieben sah ich einigermaßen attraktiv und, wie Candice formuliert hätte, selbstsicher aus. Das Taxi beförderte mich zu einem gewaltigen, imponierenden Hochhaus am Central Park West mit einem modischen Foyer aus Marmor und Messing. Der Fahrstuhl öffnete sich zu einem kleinen privaten Flur. Ich prüfte kurz mein Gesicht, klingelte und wartete.
Anne kam heraus und zog mich mit beiden Händen hinein. »Ich freue mich so sehr, daß Sie gekommen sind.«
Ich folgte ihr in Richtung auf das Stimmengewirr aus den anderen Räumen. Wir schritten durch eine Halle mit einer herrlich hohen Decke und mit Bücherregalen auf der einen, sowie einem halben Dutzend erstklassiger Aquarelle an der anderen Seitenwand. Der Wohnraum war weitläufig, mit großen Fenstern zum Park hin, rechterhand eine kleine Gruppe von Zimmerpflanzen, links ein marmorner Kamin.
Ein halbes Dutzend Männer und Frauen schaute sich erwartungsvoll nach mir um, als Anne meinen Auftritt wie ein königlicher Herold ankündigte.
»Dies ist . . .«
Ich begann zu lächeln – und erschrak. »Oh, mein Gott, das darf doch nicht wahr sein . . .« Ich blieb mitten im Schritt wie angewurzelt stehen.
». . . Patricia Middleton, eine Landsmännin, David.«
Sie schob mich fast zu ihm hin. Langsam stand er auf und drehte sich zu mir herum.

Elftes Kapitel

»Was zum Teufel tust du denn hier?«
»Anne hat mich eingeladen«, ich lächelte, »Amerikaner sind so reizende Leute und . . .«
»Ach, Sie kennen sich schon?« Annes verwirrte Stimme tauchte zwischen uns wie die zitternde weiße Fahne eines Zivilisten auf, der plötzlich ins Kreuzfeuer zweier feindlicher Armeen geraten ist. Sie kannte die Antwort und wollte sie dennoch nicht hören.
»Aber gewiß, Anne, das ist mein Ehemann. Wir haben nicht damit gerechnet, uns hier zu treffen.« Ich streckte ihr meine Hand hin und ergriff ihre, die kraftlos herunterhing. »Ich bin Shelley und – entschuldigen Sie, daß ich einen anderen Namen benutzt habe.«
»Ich meine hier in New York?« beendete David seine Frage. Ich wandte meine Aufmerksamkeit wieder ihm zu. Anne verzog sich mit steifen Beinen rücklings, wobei ihre Augen das Zimmer absuchten. Unser beider Blicke trafen sich auf Candice, die, mitten in einem Gespräch vertieft und zu weit entfernt, um uns hören zu können, mir glücklich zuwinkte.
»Ich bin gekommen, um dich abzuholen.« Ich antwortete in jenem Ton, mit dem man eine alberne Frage erwidert. »Du hast doch nicht etwa erwartet, daß ich zu Hause sitzen bleibe und Däumchen drehe, während du zu Candice verschwindest, oder?«
Wie hatte mir dieser Mensch gefehlt!
Er war nicht eigentlich ein gutaussehender oder gar schöner Mann, aber für mich war er umwerfend. Ich weiß nicht warum – aber irgendwie hatte ich erwartet, daß ein unbestimmbarer Wandel sein Gesicht verändert haben müßte, daß er in den Wochen seit seiner Abwesenheit

häßlich oder älter geworden sein könnte oder daß irgendeine körperliche Deformierung ihn mir fremd gemacht hätte.

Nein, er war der gleiche, mit seinem vollen schwarzen Haar, das lockig bis auf den Kragen reichte und bei einer gewissen Beleuchtung schon den ersten Grauton ahnen ließ. Die buschigen Brauen schwangen sich in einem scharfen Bogen bis über die Höhe der Augenwinkel hinaus – die langen Wimpern gaben seinen Augen etwas Strahlendes. Mitunter, wenn er neben mir lag, hatte ich sie leicht aufwärts gestrichen. Zunächst mag er wohl protestiert haben – immer diese verspielten Weiber! –, dann jedoch hatte er meine zarte Berührung geduldet. Was allerdings seine Nase betraf – da war ich mir noch immer nicht sicher: er hielt sie für majestätisch, ich für zu breit. Ja, wenn sie etwas markanter, zugleich aber auch ein bißchen feiner gezeichnet gewesen wäre! Und dann die winzige, bogenförmige Narbe, die man nur aus kürzester Entfernung ausmachen konnte – das sacht verblassende Mal einer Schlägerei und Quelle stolzer Bewunderung.

»Nein, stimmt, so bist du nicht. Aber ich hab' mich manchmal gefragt, wie du es aufnehmen würdest.«

»Nun weißt du es.«

»Hm. Mir hätte ein Licht aufgehen sollen, als Candice diese Patricia Middleton beschrieb . . .«, er zeigte auf mich wie auf einen Kunstgegenstand, ». . . ihre ganze Art, wie sie redet, wie sie sich kleidet . . . nur die Frisur«, er zuckte zusammen, »also, die ist unmöglich.«

»Mir gefällt sie. Sie hilft mir, mich anders zu fühlen.« Die Vertrautheit seines Urteils gab mir einen weiteren Anstoß: er hatte sich bestimmt nicht geändert, und so würde ich vor ihm keinesfalls zu Kreuze kriechen. Ich erinnerte mich an Vaters Ratschlag und forcierte meine Attacke mit der Zuversicht der leichten Kavallerie, die auf Artillerieunterstützung hofft.

»Und du wirst dich daran gewöhnen, da bin ich sicher. Blondinen machen wirklich mehr Spaß.«

»Wie bitte?« Er brach in Gelächter aus. »Na, du hast Nerven. Fast wie ich.«
»Sagen wir: meine sind stärker.« Ich sah über seine Schulter hinweg, wie Candice aufstand. »Und das wirst du recht bald merken.«
Er blitzte zurück: »Verdammt, jetzt hätte ich sie beinahe vergessen.«
Die betreffende Person hatte schon den halben Raum in unsere Richtung hin durchquert, als Anne dazwischenfuhr und sie in eine neutrale Ecke zog. Das dauerte kaum mehr als ein paar Sekunden. Candices Gesicht wandte sich mir langsam zu, sie schaute ruhig, aber deutlich überrascht. Ich lächelte sie an, obwohl mir keineswegs danach zumute war und eine verbissene Unterlippe der angemessenere Ausdruck gewesen wäre. Sie wirkte womöglich noch jünger und hübscher als sonst, wie sie jetzt Anne verließ und auf mich mit einem ungläubigen, fast wehrlosen Gesichtsausdruck zukam.
»Candice«, David nahm sie beim Ellenbogen und zog sie näher, »ich möchte dir gern jemanden vorstellen . . .«
»Ich weiß schon Bescheid.«
Ich überhörte den Ton ihrer Stimme und küßte sie auf die Wange. Ihr Gesicht und Hals fühlten sich hart und kalt wie Stein an. »Wie reizend von Ihnen, Candice, daß Sie mir das nicht krummnehmen. Ich weiß, daß ich es an Ihrer Stelle täte. Ich würde spucken und dieser schrecklichen Patricia die Augen auskratzen.« Ich hoffte bloß, daß sie nicht so undezent sein würde!
»So was Ähnliches hab' ich eben gedacht.«
»Aber nein, dafür sind Sie viel zu nett, nicht wahr, David?«
Er war nicht der Mann, der auf der Tribüne ruhig sitzen bleibt, wenn unten in der Arena die Weiber aufeinander losgehen.
»Ah . . . ja.«
Achtzehn Jahre Zusammenleben mit mir ließen ihn meiner überschwenglichen Freundlichkeit mißtrauen. Er hatte keine Ahnung, daß ich auf schmalem Grat balancierte.

»Würde es die Situation entspannen, wenn ich mich entschuldigte?« Candice kämpfte mit sich. Sie wollte mich hassen, aber das ging wohl nicht so rasch. Erst mußte sie diese Patricia Middleton über Bord werfen, den Auftrag abschreiben und das versprochene Darlehen vergessen, denn hier stand Shelley Warwick vor ihr, sehr lebendig – und von der gab es keinen Cent.

»Danke sehr, Candice.« Ich hatte nicht die Absicht, ihr Gelegenheit zu einer abschlägigen Antwort zu geben. »David, würdest du mir jetzt bitte einen Drink besorgen?«

»Den üblichen, oder hast du dich auch in dieser Beziehung geändert?«

»Den üblichen.« Als er sich umdrehte, folgte ich ihm blitzschnell und ließ Candice an der Tür stehen. »Du mußt mich deinen Freunden vorstellen.«

»Ich habe die Leute nie gesehen.«

Er kehrte dem Raum den Rücken zu, als er mir einschenkte, während ich alles beobachtete. Zwei Paare saßen um einen Glastisch neben einem entschieden zu hübsch aussehenden jungen Mann. Anne hockte wie vereist in ihrem Sessel, ein Glas in der Hand. Niemand sagte einen Ton, alle waren ausschließlich damit beschäftigt, mich anzustarren. Als ich sie anlächelte, wechselten ihre Blicke zu Candice und kehrten dann zu mir zurück. Im Hintergrund erklang überdeutlich Musik, eine Beethoven-Sonate.

Anne erwachte wie aus einer Trance, setzte ein mechanisches Lächeln auf, erhob sich, ging zu Candice und legte einen Arm um ihre Schulter.

»Danke sehr«, ich nahm das Glas von David. Wir standen nebeneinander, nur Zentimeter entfernt, Angesicht zu Angesicht und völlig allein.

»Du bist immer noch der schönste Mann, den ich je kennengelernt habe.«

»Wenn nicht deine alberne Frisur wäre – würde ich mich mit dem Kompliment revanchieren, daß du die schönste Frau bist.«

Er lächelte: »Vermutlich bin ich daran noch nicht gewöhnt.«
Dann brach er unruhig aus unserer plötzlichen Vertrautheit aus: »Wie geht es den Kindern?«
»Sie . . .«, ich schwankte und wollte ihn um diese Auskunft betteln lassen, doch dann entschloß ich mich, wie schon einmal, nicht die Kinder zu meinen Geiseln zu machen: »Es geht ihnen gut, und sie vermissen dich schrecklich. Ich habe sie bei Mutter untergebracht.«
»Oh Schande. Ich kann deine alte Dame förmlich hören . . .«, er versuchte, ihren nasalen Akzent nachzuahmen, »seht mal, euer Vater hat euch verlassen. Ich hab' es immer kommen sehen, und ich habe eure Mutter gewarnt, diesen Mann zu heiraten. Aber nein, glaubt ihr wohl, sie hätte auf mich gehört?«
»Und ich? Hab' ich das getan? Nicht in achtzehn Jahren. Sogar jetzt . . .«
Ja, jetzt – was zum Teufel sollte jetzt geschehen? Ich hatte keine Ahnung, ich focht diese Schlacht ohne Plan und improvisierte von Sekunde zu Sekunde, um so gut ich konnte zu überleben.
»Ich liebe Candice«, er sagte es sehr leise, weil er wußte, wie tief mich das treffen würde.
»Das habe ich mir gedacht. Und mich liebst du nicht mehr?« Ich wartete auf den Todesstreich.
Und wartete. Er verharrte, leicht gebückt, das Glas in der Hand, und schaute verloren aus dem Fenster. Im Widerschein konnte ich Anne und Candice nebeneinander sitzen sehen. Candice schien gesammelt, sie lachte, redete und ignorierte bewußt David und mich.
Ich betrachtete ihn aufmerksam, in Augenblicken wie diesem konnte ich unmöglich ahnen, was er dachte; er verzog keine Miene, und seine Augen blieben ausdruckslos. Nein, achtzehn Jahre bedeuteten nichts. Ich merkte plötzlich, daß auch sechsunddreißig, ja ein ganzes Jahrhundert nicht ausreichen würden, um alles in ihm zu begreifen.
»Ich weiß nicht«, sagte er schließlich, »ich bin nicht eines

Morgens mit der Erkenntnis aufgewacht, daß ich dich nicht mehr liebe. Mit jemandem wie dir kann es niemals so einfach sein. Die Sache mit Candice fing an wie ein kleines Abenteuer und wurde langsam intensiver. Und dann hat mich meine Arbeit ganz aufgefressen, ich wollte irgend etwas Neues anfangen und . . .«

»Du hast dich gelangweilt?«

»Vermutlich.« Er zog seinen Kopf leicht ein wie Charles, wenn er verlegen ist.

»Wie geht das Geschäft?«

Ja, eines war noch schlimmer als nicht mehr lieben können – Langeweile. Mein Gott, wie oft hatte ich mich gelangweilt! Da gab es in meinem Leben unzählige tote Punkte, wo ich leblos dalag, wie ein zugefrorener Weiher. Ich hatte an meiner Ehe doch nicht aus Märtyrertum festgehalten, sondern weil ich wußte, daß am Ende jeder Phase von Überdruß meine Liebe zu David neu erwachen würde.

»Ganz gut.« Das klang etwas zu gewollt optimistisch. »Nein, es stimmt nicht. Und das ist der Grund, warum ich die Münzen brauche.«

»Bist du in großen Schwierigkeiten?«

»Sagen wir besser: zu hohe Erwartungen. Ich habe mein Geld in ein Unternehmen gesteckt, aber die Aufträge laufen erst sehr spärlich an.« Er wollte offenbar noch etwas hinzufügen, aber er beließ es bei einem Achselzucken. »Tja, ich kümmere mich wohl besser um Candice.«

»Das glaube ich auch.« Ich berührte seinen Ärmel. Der Doug-Hayward-Anzug, den ich zu seinem neununddreißigsten Geburtstag hatte anfertigen lassen, stand ihm immer noch gut. »Du kannst dir die Münzen morgen früh in meinem Hotel abholen.« Ich wollte nun von ihm fort so schnell wie möglich, aber er hielt mich am Handgelenk fest.

»Danke, Schatz.« Über meine Schulter schaute er in Richtung zu Candice. »Sie hat mir erzählt, daß du in ihr Geschäft einsteigen willst. Du hättest es tun können, wie du weißt, und ich hätte nichts machen können.«

»Ich bin mir sehr wohl im klaren darüber, was dann gesche-

hen wäre.« Ich streichelte seine Wange, sie fühlte sich angenehm fest und warm an. »Aber ich weiß dich lieber ganz bei ihr als in Stücken bei mir.«
Ich hätte jetzt mit einem großen Abgang von dieser Bühne und damit für immer aus seinem Leben verschwinden können. Aber das wäre ein Rückzug gewesen, und der leere Stuhl am Eßtisch das Symbol meiner Flucht.
David ließ mich stehen, und ich versuchte, beherrscht zu wirken. Ich fühlte mich auf einmal heillos verlassen. Eher instinktiv steuerte ich auf den hübschen jungen Mann zu und produzierte ein Lächeln.
»Ich bin Shelley Warwick.«
»Und haben wir das nicht alle längst mitbekommen, Sie Schätzchen? Sie haben Anne soviel Herzklopfen bereitet, daß sie für den Rest ihres Lebens bedient ist. Ich bin Hal.« Er nahm mein Glas und schenkte nach. »Sie bleiben doch zum Essen?«
»Ich war ja eingeladen.« Hoffentlich merkte er nichts von der Schwäche, die langsam meinen ganzen Körper erfaßte.
»Sicher, aber als jemand anderes.«
»Ich bin als jemand anderes gekommen, ja, und die Person ist fort. Ich konnte nicht wissen, daß mein Mann hier sein würde.«
»Candices reizendes Köpfchen änderte seine Absicht in letzter Minute, und ich wette, Anne ist darüber gar nicht glücklich.«
»Und Candice?«
David saß neben ihr in einer entfernten Ecke und war mit ihr in ein Gespräch vertieft, bei dem ich gern zugehört hätte. David streichelte ihre Hand. David senkte leicht seinen Kopf und berührte fast ihr Haar. David redete. David . . .
»Sie ist stinksauer. Und ihre Ausdrücke über Sie . . . nein, die kann man in Gegenwart einer Dame nicht wiederholen!« Er erhob sein Glas: ja, ich mochte ihn schon ein bißchen mehr als zuvor. »Sie sind wahrhaftig eine Lady.«
»Besten Dank.« Ich erwiderte sein Zuprosten und fühlte wieder etwas Auftrieb. »Es war nicht gerade fair, oder?«

»Wem gegenüber? Candice? Erwarten Sie nicht, daß ich ihretwegen meine kostbaren Tränen vergieße. Im Leben ist nichts fair. Und sie weiß das.«
Der Gedanke schoß mir durch den Kopf, nach nebenan zu gehen und David zu erklären, er sei der Unfairste von allen.
»Scheint so, als ob Sie den Burschen tatsächlich lieben.«
»Ja, und das ist das aufrichtigste Geständnis meines Lebens.«
Die Vertraulichkeit dieser Worte brachte mich fast zum Weinen.
»Sprechen wir lieber über etwas anderes. Eine famose Dinnerparty heute abend, nicht wahr?«
»Wäre ein bißchen zäh geworden, aber Sie haben ja nun ein Gesprächsthema geliefert.«
»Abgesehen davon – was treiben Sie so?«
»Man malt, aber leider reicht es nicht ganz zum Leben. Meine Brötchen verdiene ich mir als Lektor . . .«
In Siegerlaune überkommt uns alle der Besitzerstolz. Candice wandte ihren Kopf leicht zu mir, und als sie sah, daß ich hinschaute, ergriff sie Davids Hand. Ja, am liebsten hätte sie ihn wohl in voller Lebensgröße hoch in die Luft gehalten wie eine Trophäe.
»Sie hören mir nicht so recht zu, nicht wahr?«
»Entschuldigung, ich hab' an etwas anderes gedacht.«
Anne bat zum Essen. Über meinem Unglück hatte ich ganz meinen Hunger vergessen. Niemand geht an Liebeskummer oder an Herzeleid zugrunde, an einem schmerzlichen Verlust oder an Einsamkeit, auch wenn wir uns das bisweilen wünschen.
»Ich glaube, auch meine Gedanken gehen ein bißchen spazieren.«
Hal führte mich ins Speisezimmer.
David machte sich von Candice frei. Er mochte unter gar keinen Umständen, wenn man sich an ihn klammerte, erst recht nicht in Gegenwart von Fremden – eine weitere Eigenart, mit der sie erst noch umgehen lernen mußte.
Anne zog Hal von meiner Seite fort – und ich kam mir vor

wie ein Soldat, der plötzlich ohne Flankenschutz dasteht. Der Speisetisch aus liebevoll auf Hochglanz poliertem Mahagoni strahlte im Kerzenlicht. Eine Negerin mittleren Alters, schon grauhaarig und leicht ermüdet, stand neben der Tür am anderen Ende des Raums in ihrer sauberen, blauen, uniformartigen Aufmachung. Ich signalisierte ihr ein Lächeln – wir waren hier beide gleich verlassen. Anfangs reagierte sie nicht, dann jedoch trat auf ihr Gesicht ein Ausdruck des Verstehens und schließlich ein Lächeln, so zaghaft, als ob es eine weite Entfernung zurückgelegt hätte.
David schob sich neben mich und schaute sich vorsichtig um. »Sie glaubt tatsächlich, ich hätte von Anfang an gewußt, daß du es warst.«
»Wie kommt sie denn auf so was?«
»Ja, sie hätte mir Patricia Middleton beschrieben, die Art, wie sie redet, ihre Aufmachung, ihre kleinen Eigenarten, ihre Kleidung – und nun denkt sie, ich müßte dich auf der Stelle nach ihrer Beschreibung erkannt haben. So was Dummes.«
»Hoffentlich hast du ihr dies nicht zu verstehen gegeben.«
Er hatte mir ihre Achillesferse deutlich genug gezeigt! Ich brauchte nur einen Schlag zu führen . . .
»Natürlich nicht.« Wir grinsten uns beide an. »Hat mich verdammt lange Zeit gekostet, bis ich sie davon überzeugt hatte, daß ich absolut ahnungslos war. Ich hab' ihr klargemacht, daß es in England fünfundzwanzig Millionen Frauen gibt – natürlich nicht alle aus der Oberklasse. Da kommt also eine sogenannte Patricia Middleton nach New York und erteilt dir einen Auftrag – wie zum Henker soll ich wissen, daß das ausgerechnet meine Frau ist? Ich hab' sie weder getroffen noch mit ihr ein Wort gewechselt. Na, schließlich hat sie's akzeptiert.«
»Möchte ich hoffen.« Und wußte genau, daß wir anderen nie mehr ganz trauen, wenn wir erst einmal unsere eigenen Schlußfolgerungen gezogen haben.
»Und ein Wort gab das andere. Amerikanerinnen sind so verflucht unsicher.«

»Das sind wir alle, und Schufte wie du sind der Grund.«
Es gab Momente – obwohl ich diesen nicht dazu rechnete –, da hätte ich David am liebsten in den Hintern getreten. Dennoch sagte ich, so leise wie möglich, damit nur er es hören konnte: »Gott verzeih mir, ich liebe dich.«
Er blieb stehen und vermied es, mich anzusehen. Es arbeitete in ihm, und ich spürte, daß meine Erklärung ihn zu plötzlich überfallen hatte, als daß er sich dagegen hätte wappnen können. Ich wartete. Nun war er dran, er mußte das beiseite schieben, um für immer frei zu sein.
»Ich weiß«, er bewegte sich immer noch nicht. Mir schien, als koste er die Worte aus.
»Ist sie gut im Bett – wie ich?«
»Noch – nicht.«
»Sie wird es nie!«
Anne trennte uns. Sie bedachte David mit einem Lächeln, mich mit einem finsteren Blick.
»David, Sie sitzen hier . . .«, sie zog ihn fort in Richtung zu Candice, die sich jetzt offenbar entschieden hatte, meine Gegenwart zu ignorieren. »Und Shelley – Sie bitte da!«
Wir wurden alle drei auf der gleichen Seite der Tafel plaziert, aber mit irgendeinem Ehemann zwischen David und mir als Schutzwall. Hal saß zu meiner Linken am Kopfende des Tisches.
Er verdrehte seine Augen komisch: »Anne bekam Magengeschwüre, als sie die neue Sitzordnung auszuhecken hatte. Ursprünglich sollten Sie gegenüber von Candice sitzen und David keineswegs neben ihr.«
Hal erwies sich als der ideale Tafelgenosse, entschlossen, mich zu unterhalten und damit Anne Pressionen zu ersparen. Während einer erstklassigen *minestrone* gab er Klatsch aus der Kunst- und Theaterwelt zum besten, um beim Hauptgericht mit Braten und Perlzwiebeln das Niveau etwas höher zu schrauben. Der letzte Gang wurde im Eiltempo serviert – Kaffee mit und nicht etwa nach einem ausgezeichneten Zitronen-Soufflé –, und bevor ich noch einen

Bissen davon gegessen hatte, stand unsere Gastgeberin bereits und hob die Tafel auf.
Hal schob meinen Stuhl zurück. »Ob das ein versteckter Wink mit dem Zaunpfahl ist, gefälligst zu verduften?«
»Ich denke ja. Und vielen Dank, Hal, daß Sie sich so nett um die *femme fatale* gekümmert haben.«
»Ich bitte Sie, dies ist die erste interessante Party seit Jahren. Eine Frau, die hinter ihrem verirrten Ehemann her ist, läuft einem nicht jeden Tag über den Weg.«
Aus dem Wohnzimmer konnte ich die allgemeine Verabschiedung deutlich genug hören.
»Ich hoffe, man sieht sich wieder. Geben Sie mir Ihre Telefonnummer?«
»Mach ich«, und schrieb sie auf die Rückseite von Annes Visitenkarte.
Eines der Paare, mit dem ich kein einziges Wort gewechselt hatte, gab mir flüchtig und matt die Hände zum Abschied, während Anne schon meine Tasche bereithielt. Ich nahm sie, als David auf mich zukam. Candice saß gespannt in einem Sessel und blätterte betont gleichgültig in einer Zeitschrift.
»Wirst du gut nach Hause kommen?«
»Ist das ein Vorschlag, mich zum Hotel zu begleiten?«
Für einen kurzen Augenblick dachte ich das tatsächlich. Er schien unschlüssig und blickte ratsuchend auf Candice. Ich beneidete ihn weiß Gott nicht um den Rest des Abends.
»Wann werden wir uns morgen treffen?«
»Überhaupt nicht. Übers Wochenende bin ich fort. Die Münzen werde ich für dich im Hotel-Safe hinterlegen.« Im Hintergrund hielt Anne die Tür auf. »Montag fliege ich nach London zurück.«
»Und wo bist du morgen?«
»Gute Nacht, David.« Er folgte mir, als ich mich der Tür näherte.
»Anne, es tut mir aufrichtig leid, daß ich Ihre Party vermasselt habe.«
»Ich hoffe bloß, daß ich so was nie wieder erleben muß.«

»Jetzt möchte ich nur noch rasch ein Wort mit Candice wechseln – um mich zu entschuldigen, natürlich.«

»Sie redet nicht mit Ihnen.«

»In dem Fall bleibe ich Ihnen leider noch erhalten!« Ich schob die Tür zwar noch einen Spalt weiter auf, blieb aber stehen.

Zwölftes Kapitel

Ich hätte fünf Minuten oder auch fünf Stunden warten können – David verharrte getreulich an meiner Seite. Er redete, aber ich hörte kaum zu, denn ich brauchte meine Konzentration für das, was jetzt bevorstand.

Endlich tauchte Candice auf. Jeder Schritt drückte ihren Widerwillen aus, und ihr Gesicht war verschlossen wie das einer Maske. Ich lächelte sie an: »Sie können mich verstehen, nicht wahr?«

Ich trat auf den schmalen Flurgang und drückte den Knopf für den Aufzug, der auf sich warten ließ. Gefaßt und bereitwillig blieb Candice auf der Türschwelle und hielt ihren Zorn gerade noch unter Kontrolle. Sie schien entschlossen, keinen Meter Boden preiszugeben.

»Beim besten Willen nicht.«

»Oh, ich bin sicher, Sie hätten an meiner Stelle genau das gleiche getan – besonders nach all dem, was Sie einmal angestellt haben, bloß um schwanger zu werden, nicht wahr?«

Die Tür des Aufzugs öffnete sich hinter mir – das einzige Geräusch. Sonst war es totenstill. Candice brachte keinen Ton heraus. Ich ging einen weiteren Schritt zurück und lächelte über ihre Schulter David an. Er lächelte zurück. Ausgezeichnet. »Es war so reizend, dich hier noch einmal zu sehen, Liebling.«

»Noch einmal?« Sie fuhr herum und sah Davids Lächeln.

»Oh!« Mutter würde mich stolz in die Arme geschlossen haben: ein *faux pas* nach dem anderen. »Natürlich meinte ich . . . seit London.«

Die Lifttür klappte zu, der Aufzug schwebte abwärts. Aber ich hatte noch gehört, wie die Etagentür über einem Aufschrei zuknallte: »Dieser Drachen . . .!«

Nun war die Vorstellung beendet, und ich spürte die Er-

schöpfung. Der Portier besorgte mir ein Taxi, ich ließ mich auf den Rücksitz fallen. Mir war zumute, als wenn mir das Blut aus den Adern strömte – wie ein langsames, stetiges Ausbluten, das mich alsbald bewußtlos machen würde.
Im Hotel fragte ich am Empfang nach Chapman, er war nicht anwesend. Ich hinterließ ihm einen Zettel: »Hol mich ab, wenn du nach Watkins Glen fährst.«
Diesen Entschluß hatte ich in dem Augenblick gefaßt, als ich David erklärte, ich sei übers Wochenende nicht erreichbar. Ich brauchte den Aufschub, ja, eine Zerstreuung, bevor ich zu den Kindern zurückkehrte. Am nächsten Vormittag würde ich für sie noch ein paar Geschenke einkaufen und dann zwei Tage lang das Gefühl genießen, von einem Mann geliebt und begehrt zu werden.
Mein Hotelzimmer umschloß mich wie eine schützende Bastion. Ich öffnete den Reißverschluß meiner schwarzen Robe, ließ sie zu Boden rutschen und fegte sie zum Schrank. Die Schuhe segelten in die gleiche Richtung. Ich fühlte mich leer und zerknittert wie ein alter Strumpf.
Shelley . . . Shelley . . . warum hast du das bloß getan?
Was denn? Eine Dinnereinladung annehmen? Nach New York reisen? Ich verbannte die bohrenden Fragen nach dem WARUM aus meinem Sinn und zog meinen Koffer aus dem Schrank.
Chapman rief an, als ich gerade meine Kleider zusammenraffte. Nur den kleinen Koffer würde ich für das Wochenende fein säuberlich packen.
»Ich hab' deine Nachricht . . .«
»Sag bloß, du hast dir jemand anderen eingeladen, Chapman.«
»Um Himmels willen, nein. Ich wollte dir nur sagen, daß es wundervoll sein wird – und tausend Dank.«
»Interessiert dich nicht, warum ich mitkomme?«
»Ich hab' schon damals begriffen, daß man eine Frau wie dich nicht nach ihren Gründen fragt. Schlaf gut, Shelley!«
Und ich schlief sofort ein, als mein Kopf die Kissen berührte. Alles lag hinter mir wie der Tod – ich hatte keine Sorgen

mehr. Niederlage und Sieg sind so endgültig, daß auf beide tiefe Ruhe folgt. Ich erwachte genauso plötzlich, wie ich in Schlaf gefallen war, bis oben erfüllt von Ungeduld und Erwartung. Erst halb acht, draußen ein sonniger, wolkenloser Tag – ich sprang aus dem Bett, ließ mir viel Zeit beim Baden, turnte und zog mich an. Gegen neun konnte ich die Spannung nicht länger aushalten und rief Hal an.

»Hier Shelley!«

»Daß ihr Süßen einen aber auch immer mitten im Schlaf stören müßt. Schlaf ist wichtig für meine Schönheit. Candice hat mich schon um acht aufgeschreckt und nach meiner Anwesenheit gebarmt. Dabei weiß das liebe Schätzchen, daß vor zehn mit mir überhaupt nichts anzufangen ist. Und nach dem aufregenden Abend von gestern – mußte ich erstmal eine paar Valium schlucken. Ich fühle mich hundeelend.«

»Machen Sie sich nichts draus, Hal. Was ist passiert?«

Ich hörte ihn seufzen und dann gähnen. »Da ich nun schon mal auf bin, kann ich genausogut zu Ihnen kommen. Hotel Plaza, nicht wahr? Liegt auf dem Weg zu Candice, okay.«

Ich bestellte eine weitere Portion Kaffee und wartete. Endlich, nach anderthalb Stunden, trudelte er ein. Ich riß die Tür auf, bevor er klingeln konnte.

»Sachte!« Er bewegte sich vorsichtig und setzte sich aufs Sofa, die Empfindlichkeit in Person. »Ich bin heute früh sehr, sehr angegriffen. Ein schieres Wunder, daß ich überhaupt stehen kann.«

Er sah alles andere als angegriffen aus, aber die Sonnenbrille verbarg seine Augen. Auf seinem Gesicht zeigte sich ein verschwörerisches Lächeln. So ruhig wie möglich goß ich ihm Kaffee ein, ohne verhindern zu können, daß das Geschirr in meiner Hand zitterte.

»Na und?«

Er nippte an seinem Kaffee eine Spur zu gelassen und beachtete mich kaum. »Also erstmal hören Sie auf, hier rumzusausen. Meine Nerven sind total zerrüttet. Pflanzen Sie sich irgendwohin . . .«, er deutete auf den Platz an seiner Seite,

». . . dann werde ich Ihnen alles erzählen. Und wenn ich sage alles, dann meine ich auch *alles*.«
Ich verschränkte meine Arme, setzte mich und wartete. Mein Gott, es mußte hingehauen haben! Es gab ja überhaupt keine zweite Chance. Nun hing alles davon ab, wie Candice auf meinen Schlag reagiert hatte.
»Also – Aufschrei und Türenknallen helfen natürlich niemals weiter . . .« Hal mußte offenbar ganz von vorn anfangen. Ich ahnte, daß er jedes Detail seines Berichts voll auskosten wollte. »Candice zitterte buchstäblich vor Wut. Wäre besser für sie gewesen, großartig auszusehen – aber eben das brachte sie nicht. Statt dessen ein sehr unvorteilhafter Ausdruck um ihren Mund – und für einen Moment dachte ich, sie kriegt einen Anfall. Wohingegen Sie, wie ich mir vorstelle, eiskalt geblieben wären und von umwerfender Schönheit. »Er tatschte mir begeistert aufs Knie. »Sie – hat bloß gekocht.«
»Und was hat David gemacht?«
»Darauf komme ich gleich – wenn Sie sich gefälligst gedulden wollen. Candice nannte Sie eine gottverdammte, quergef . . . nicht doch, Hal, in Gegenwart einer Lady! Du wirst doch nicht deine gute Kinderstube vergessen, wie – ja, ich durfte registrieren, daß die Palette ihrer Ausdrücke nicht ganz mit ihrer Erregung mithalten konnte. Sie ging an die Bar und schüttete genug Brandy in sich hinein, um einen Matrosen umzuhauen, meine Liebe. David unsicher, ob er Sie verteidigen sollte – ich denke mir, er war immer noch hingerissen von Ihnen! – oder ob er die Partei von Candice ergreifen müßte. Er entschied sich für den typisch britischen Kompromiß: er tat gar nichts. Und das bedeutete: Gegenkurs zu Candice.«
»Sie sind eine zweite Elsa Maxwell.« Das Sitzen machte mich kribbelig. Mich trieb es wieder hoch.
»Ich weiß, ich bin die Reinkarnation dieser Klatschtante. Aber wenn Sie jetzt schon wieder umherschwirren wollen, dann bitte hinter meinem schönen Rücken. Ich hasse es, abgelenkt zu werden. Wo waren wir stehengeblieben . . .?«

»Bei David.«
»Richtig. Er versuchte, sie festzuhalten – sie schrie: ›Laß die Pfoten von mir.‹ Sie gewinnt ein bißchen die Kontrolle über sich zurück. Und nun frage ich Sie: Was täten wir alle wohl ohne die bekannten dramatischen Dialoge der guten, alten Hollywoodschinken? Candice steigt abermals tief in die Kanne: ›Du hast haargenau Bescheid gewußt, daß diese Punktpunktpunkt Patricia Middleton deine Frau war.‹ Sie sieht bereits besser aus, fast könnte man sagen schön. David mit seinem besten väterlichen Ausdruck, vermutlich entschlossen einzulenken. Sehr fatal, meine Liebe, sehr fatal!«
Ich starrte aus dem Fenster: »Mit mir tut er das nie. Wir kämpfen es aus.«
»Er weiß, wie man Sie behandeln muß, aber Candice ist in mancher Hinsicht noch eine unbekannte Größe für ihn. Ich hätte ihm flüstern können, daß Candice die Konfrontation liebt. Aber er macht's schlimmer: ›Sei nicht albern. Ich hab' nicht gewußt, daß sie hier ist.‹ Schlecht, sehr schlecht! ›Natürlich hast du es gewußt. Wie oft hast du sie getroffen? Und sag mir zum Teufel endlich die Wahrheit, du Bastard!‹ David völlig ruhig, was sie erst recht auf die Palme bringt: ›Heute abend habe ich sie zum allerersten Mal gesehen, seit sie in New York ist. *Du* bist diejenige gewesen, die diese angebliche Patricia Middleton aufgegabelt hat, *du* hast mir von ihr erzählt und daß sie *dein* gottverdammter Rettungsanker sei. Ich hatte keine blasse Ahnung, daß es Shelley war.‹ Na, Candice erst recht nicht. Sie also weiter: ›Du querge . . . Lügner . . .!‹ Man beachte ihre dauernden Wiederholungen! ›Sie hat gesagt, sie habe *dich* gesehen. Ich hab's mit eigenen Ohren gehört.‹ David verliert nun endgültig seine Contenance und macht einen dicken Schnitzer: ›Sie ist eine sehr kluge Frau . . .‹ Candice haut in die gleiche Kerbe: ›Und ich bin das Dummchen, das willst du doch damit sagen.‹«
Ich mußte lächeln: »Ja, das war falsch.«
»Shelley, Sie werden mich nicht unterbrechen. Wer erzählt die Geschichte, Sie oder ich?«

»Entschuldigung, Hal, weiter.«
»Candice endgültig auf achtzig. ›Shelley ist nicht klug‹, schreit sie, ›sie ist eine Punktpunkt Schlange, und irgend jemand muß ihr geholfen haben. Sie wußte, wer ich bin, wie ich aussehe, was ich mache. Irgend jemand hat mich aufs Kreuz gelegt.‹ David zuckt mit den Achseln. Wenn er Candice zugestimmt hätte, wäre die Sache hier zu Ende gewesen. Aber nein, er tut's nicht, lächelt statt dessen, während sie Ihretwegen tobt, und genau das stachelt sie weiter an. ›Aber ich werde mir deine . . .‹ – wieder ein tiefer Griff in die Kiste ihres begrenzten Vokabulars, ›. . . holde Gattin gehörig vornehmen.‹ Ich sag Ihnen, meine Beste, Barbara Streisand hätte Ihnen diese Boulevardszene nicht besser hinlegen können.«
Er trank einen großen Schluck und fuhr fort: »Ich glaube, nun bekam David es Ihretwegen mit der Angst zu tun, und er befahl Candice, Sie gefälligst aus dem Spiel zu lassen. Sie würden ja am Montag nach London zurückkehren. Candice ist indessen so schön in Fahrt: ›Die fliegt mir nicht zurück, um sich einzubilden, sie habe mich für dumm verkauft. Mit mir nicht! Niemand hält mich zum Narren!‹ Danach plötzliche Stille ihrerseits, bedrohliches Schweigen – David wieder besorgt, flüstert auf sie ein, sie reagiert nicht, schüttelt den Kopf und murmelt immer wieder: ›Ich krieg sie!‹«
»Sie glauben doch nicht, daß Sie mich erschießen will?« An diese Möglichkeit hatte ich überhaupt noch nicht gedacht. Es war ein eigenartiges Gefühl – nicht der Angst, eher ein unbehagliches und voller Bedauern für Candice. Aber ich erstickte diese Gedanken schnell wieder in mir.
»Keine Ahnung, was sie vorhat. Aber sie ist ein so dummes Ding. Sie hat David und kann ihn halten, wenn sie nur kühl bleibt. Aber sie will Rache.«
Hal stellte die Kaffeetasse vorsichtig auf das Tablett zurück und erhob sich: »In der Nacht hat sie ihn einfach stehenlassen, uns noch einen Gute-Nacht-Kuß gegeben und ist dann fort. Sie war schon im Lift, bevor sich David gefaßt hatte. Ich bezweifle, daß er der Typ ist, mit dem man so was ma-

chen kann. Er unterhielt sich noch fünf Minuten mit uns, und dann ging auch er.«

Hal küßte mich auf die Wange, als wir gemeinsam zur Tür schritten. »Ich muß gehen und herausfinden, was Candice ausgeheckt hat. Was für ein wunderbarer Tag für mich. Ich liebe diese kleinen Intrigen!«

»Sie lassen mich wissen, was passiert?«

»Gewiß, bloß erwarten Sie nicht, daß ich Partei ergreife. Ich bin ein notorischer Anhänger der Schaukelpolitik – bis ich weiß, wer gesiegt hat. Aber dann sollen Sie mal hören, wie ich für den Sieger Stimmung mache!«

»Wie reizend von Ihnen.« Ich schob ihn hinaus. »Rufen Sie mich an.«

Als die Tür hinter ihm ins Schloß gefallen war, machte ich einen kleinen Luftsprung. Es hätte einfach nicht besser laufen können – bislang. Je exaltierter ihr Verhalten, um so mehr würde sie David dazu treiben, mich zu verteidigen.

Ich wartete und versuchte zu lesen, wobei ich immer wieder zum Telefon schielte. Erst nach mehr als einer Stunde klingelte es. Ich stürzte mich auf den Apparat und meldete mich – nichts. Eine halbe Stunde später läutete es abermals. Jetzt war es Hal, der aus dem Zentrum eines Verkehrschaos anzurufen schien.

»Wo sind Sie?«

»Draußen vor dem Hotel.« Er schrie das zweimal, bevor ich die Worte verstand.

»Dann kommen Sie doch rauf und sagen mir, was sie tut.«

»Geht nicht. Sie würde mich sehen. Sie lauert an der nächsten Ecke und beobachtet den Eingang. Sie weiß nur nicht, daß ich sie verfolgt habe. Sie ist nicht bewaffnet – falls Sie nicht ein Kostüm von St. Laurent, ein Halstuch von Hermés und die Wolke von Calandre um sich herum dazu rechnen.« Er kicherte und ich zuckte zusammen. »Es ist riesig aufregend. Sie hat etwas in petto, aber sie verrät kein Sterbenswörtchen. Deswegen bin ich auf ihrer Spur. Vermutlich wartet sie darauf, daß Sie aus Ihrem Bau herauskommen. Sie wollte nämlich erst, daß ich mit Ihnen eine Verabredung

zum Essen arrangiere. Aber doch nicht ich, mein Schätzchen, hab' ich gesagt.«
»Sie haben ihr nicht verraten, daß wir uns gesehen haben?«
»Ich bin nicht nur ein schönes, sondern erst recht ein helles Kerlchen, gelt? Aber ich mußte ihr ein wenig bei ihrem Plan helfen, sonst hätten wir sie gar nicht aus ihrem Haus herauslocken können.«
»Was ist in ihrer Wohnung geschehen, Hal?«
»Nicht doch, warum fragen Sie mich denn so was, Sie neugieriges Ding. Also – sie ruhig und geradezu superb gekleidet. Ich frage sie nach David – die Couch sieht nicht gerade frisch gemacht aus, eher deutlich benutzt. ›Auf geht's‹, sagt sie, und dann öffnen sich die Schleusen. Heiliger Strohsack, war die sauer auf David in der Nacht. Und was Sie betrifft – sie gibt Ihnen weiterhin schmeichelhafte Namen und möchte Ihnen die Haare einzeln ausreißen. Als sie bei Anne herausstürzte, konnte sie kein Taxi kriegen. Später lief ihr David in die Arme – da hatte sie sich schon ein bißchen beruhigt. Aber was sie gleich wieder hochbrachte – daß er nun fürchtete, sie könnte Ihnen etwas antun. Sie also wütend – und wußte nicht, was sie mit Ihnen anstellen sollte, ausgenommen Sie umzubringen. Immerhin verständlich: sie hat angefangen, zu Ihnen eine Beziehung aufzubauen – und bums erweisen Sie sich als ärgste Feindin . . .«
»Wie kommt sie im Moment mit David zurecht?«
Ich umklammerte den Hörer und preßte ihn an mein Ohr.
»Hab' sie gefragt. Sie: ›Ich bin seiner immer so sicher gewesen, aber jetzt nicht mehr.‹ Sie weiß, daß sie sich das meiste einbildete, und auf gewisse Weise ist ihr auch klar, daß er von allem keine Ahnung gehabt hat. Aber das Problem ist, meine Liebe, daß *Sie* eben alles über sie gewußt haben, alles. Was schließlich – entschuldigen Sie, wenn ich mich für einen Moment verbal vergesse, die Ka . . . also die Kaffeemaschine zum Dampfen gebracht hat, war ein Telefongespräch mit ihrem Vater, wobei sie Beschreibungen austauschten. Da redete sie sich ein, allein David könne Ihnen alles über sie erzählt haben. Sie verfluchte ihn, warf eine Decke aufs Sofa

und schloß sich im Schlafzimmer anstatt mit ihm mit einer Flasche Cognac ein.«
Ich lachte. Schade, daß man bei der entzückenden Szene nicht hatte dabeisein können.
»Und wie hat David reagiert?«
»Philosophisch – wie ich kombiniere. Und ohne allzuviel Schlaf zu finden.« Hal unterbrach sich zu plötzlich. Ich spürte, daß er mich nicht verletzen wollte.
»Weiter. Ich kann's aushalten.«
»Na gut. Gegen zwei Uhr hatte Candice irgend etwas ausgebrütet, aber dazu brauchte sie Davids Vergebung. So weckte sie ihn auf, raspelte Süßholz – und sie vereinigten sich in Liebe. Von ihrer Seite wohl hauptsächlich, um Ihnen eins auszuwischen.«
»Ich wollte, Sie hätten mir das nicht erzählt.«
»Und Sie wollten es ja um jeden Preis hören.«
»Ich weiß.« Natürlich hatten sie sich in all den Wochen geliebt, aber das lag weit zurück, war Vergangenheit – während dies jetzt schmerzte.
»Tut mir leid, Shelley. Kurzum, sie bat mich, eine Verabredung zum Mittagessen mit Ihnen zu treffen – was sage ich: sie bat nicht, sie bettelte und schmeichelte – Gott sei Dank ist man ja immun gegen Frauen! War da vorhin ein Anruf und jemand hat sofort aufgelegt?«
»Ja.«
»Candice! Sie wollte wissen, ob Sie da waren. Danach rief sie David an und flötete in den höchsten Tönen – für ein gemeinsames Mittagessen. Sie wollte nicht rausrücken, wo, und sie tat geheimnisvoll: sie entscheidet sich erst später. Und tönte sehr dringlich, ja fast lebenswichtig. Da kann er nur mit ja geantwortet haben. Als sie dann fortging, ich hinterher – und da stehe ich.«
»Sie haben keine Ahnung, *was* sie im Schilde führt?«
»Nicht die Bohne. Ich empfahl mich ihr für guten Rat und Tat, aber sie meinte, ich sollte meine Klappe halten. Jetzt sind Sie am Zuge, Shelley.«
»Danke, Hal.«

Fünfzehn Minuten lang saß ich verzweifelt und unsicher am Telefon. Wie oft hatten sie sich wohl geküßt und wie oft umarmt? Warum war immer ich am Zug? Ich wünschte mir irgendeine Gottheit vom Himmel herab, die all meine Affären in die Hand nehmen würde – dann könnte ich wenigstens jemand anderen für meine Fehler verantwortlich machen. Ich mußte doch auf Nummer Sicher gehen, daß alles, was ich tat, absolut richtig war. Ich lehnte mich wieder ans Fenster und schaute nach unten. Keine bekannte Erscheinung, weder Hal noch sonst jemand. Ich hatte vergessen, ihn zu fragen, welche Farben sie trug.
Ja, wenn ich mich denn würde zeigen müssen . . .
Ich angelte mir meine Handtasche und beschloß, wie ursprünglich geplant, meine Einkäufe zu machen. Die überfüllten Straßen boten einen gewissen Schutz, und der Bummel durch die Läden würde mir Zeit zur Vorbereitung geben. Auf der Eingangstreppe blieb ich kurz stehen und rückte meine Brillengläser zurecht. Nein, keine Spur von ihr oder von Hal. Ich schlenderte die Fifth Avenue hinunter und schaute immer wieder in die Schaufenster. Einmal vermutete ich sie schon hinter mir – ich drehte mich rasch um, aber es war eine Täuschung. Fast mechanisch kaufte ich ein paar Kleinigkeiten, eine Taschenkamera für Charles, Spielsachen für die Mädchen, ein Feuerzeug für Vater, eine Halskette für Mutter – und drehte mich immer wieder um. War es möglich, daß sie und Hal sich die ganze Geschichte ausgedacht hatten? Wenn man es bei Licht betrachtete – er war ihr Freund und ich für ihn nur eine flüchtige Bekanntschaft.
Um halb zwei bog ich in die weniger belebte Vierundfünfzigste Straße. Hier würde ich sie hoffentlich leichter erkennen. Doch vielleicht bediente sie sich sogar eines richtigen Detektivs? Nein, weit und breit keine Spur von ihr.
»Ach, zum Teufel mit der ganzen Geschichte.« Ich betrat das Dorset-Hotel und steuerte gleich auf die Bar zu.
Mein Lieblingsgetränk bei diesem heißen Wetter, ein Cinzano-Soda, gab mir mein Gleichgewicht zurück. Und wie

gut mir die Klima-Anlage tat! Ohne auf meine Eleganz zu achten, krempelte ich meine Ärmel hoch und lupfte mein Kleid überall dort, wo es wegen der Hitze am Körper klebte.
Ich saß mit dem Rücken zum Fenster neben einer gläsernen Trennwand, so daß ich Bar und Eingang überblicken konnte. Die Einkaufspäckchen lagen um mich verstreut. Ich streckte meine Füße lang aus und streifte beide Schuhe ab. Was für eine himmlische Unterbrechung! Der stille Raum entspannte und beruhigte mich. Er erinnerte mich an die Bar im Hotel Connaught. Und der alte Kellner, der wenige Schritte von mir im Hintergrund reglos an der Wand lehnte, sah fast aus wie Vaters alter Bursche, aufmerksam, aber nicht servil.
Als ich mein Glas halb geleert hatte, schweifte mein Blick wieder zur Bar und zur Tür. Ich sah, im Spiegel mehrfach gebrochen, Candice und David gerade eintreten. Sie hing an seinem Arm, und ich ahnte sofort, daß sie mich erkannt haben mußte, während David nur Augen für sie hatte.
»Oh, verdammt!«
Der vermutlich an gutes Publikum gewöhnte Kellner schloß seine Augen und rückte zwei Schritte von mir fort. Ich hielt die Speisekarte in Stirnhöhe vor mich, als sie an mir vorbeigingen. Der Maitre d' Hotel wies ihnen schräg gegenüber Plätze an, ungefähr sieben Tische von mir entfernt. Candice nötigte David, sich mit dem Rücken zu mir zu setzen. Sie nahm seine Hand und streichelte sie. Meine Augen schmerzten, für einen Moment verlor ich die beiden aus dem Blick, sie verschwammen wie webende Schatten im Licht. Ich beugte mich über meine Handtasche und tastete nach einem Papiertaschentuch.
»Haben Sie einen Wunsch, Madame?«
Ich blinzelte und sah nur seine schwarzen Schuhe und die Hose, bevor sich mein Blick wieder klärte. Seine Stimme war leise und aufmerksam.
»Nein, danke. Und bitte die Rechnung.«
Er zögerte, als wolle er mir helfen, aber dann verschwand

er. Ich würde auf der Stelle gegangen sein, als er die Rechnung vor mich hinlegte. Doch wohin? Ein Rückzug bedeutete, daß ich Candice den Sieg überließ – und als stumme Zeugin ihrer zärtlichen Bemühungen sitzen zu bleiben, war entschieden zu schmerzlich.
Mir blieb keine andere Wahl. So erhob ich mich und zwang Candice, meine Anwesenheit zur Kenntnis zu nehmen. Sie winkte mir mit einer Kußhand zu.
»Können Sie mein Glas an jenen Tisch bringen, bitte?« In punkto Kampferfahrung war sie ein Kind, ich hingegen schätzte mich höher ein. »Und die Pakete bitte.«
»Sehr wohl, Madame.«
Ich ließ ihn vorangehen, er rückte einen Stuhl an den Zweiertisch und wartete.
David drehte sich langsam herum – ich beugte mich blitzschnell über ihn und küßte ihn auf den Mund.
»Was für eine wunderbare Überraschung, euch beide zu sehen.«
Ich zupfte Candice an der Wange und setzte mich, als der Kellner den Stuhl heranschob. »Danke sehr.«
»Stets zu Diensten, gnädige Frau.«
»Shelley!« Davids Überraschung klang echt. Das gehörte nicht zu der Falle, die sie aufgestellt hatte. »Woher kommst du denn hereingeschneit?«
»Von nirgendwo, David, ich hab' da drüben gesessen.«
Der Kellner brachte die Päckchen, und ich widmete meine Aufmerksamkeit Candice. David brauchte jetzt eine kleine Atempause, um sich auf die neue Situation einzustellen. So wartete ich mit einem verführerischen Lächeln auf, bis sich unsere Blicke auf ihrer linken Hand trafen, die sie eine Spur zu weit auf den Tisch geschoben hatte. Sie spielte mit einem riesigen Verlobungsring auf dem Mittelfinger. Er glänzte wie eine Träne und schien alles Licht der Welt auf sich zu ziehen. Als ich es endlich fertigbrachte, meine Augen wieder zu heben, lächelte *sie*.
Mein Gott, davon hatte Hal nichts gesagt. Hatte er mir etwa noch mehr verschwiegen? Ich blickte David an. Das würde

er mir doch nicht antun? Oder doch? Was war in der letzten Nacht noch geschehen?
Ich trank einen Schluck von meinem Cinzano, wühlte dann den Fotoapparat, den ich für Charles gekauft hatte, aus seiner Verpackung und warf ihn vor David hin, bevor sie ihren Angriff fortsetzen konnte. Er nahm ihn und hantierte vorsichtig mit ihm herum, als sei es eine tickende Bombe. Nein, eigentlich schaute er gar nicht auf die Kamera, sondern auf mich. Und aus dem Augenwinkel heraus sah ich, wie Candice wieder nach seiner Hand griff.
»Seit wann bist du denn hier?«
»Sergej, wann bin ich gekommen?« Ich wandte mich an den Kellner, während David seine Augenbrauen hob. »Er erinnert mich an Alton – oder, besser noch, an eine Figur aus einer Komödie von Tschechow.« Ich lächelte Candice an. »Alton war der Bursche meines Vaters. Einen Butler Robin gab es bei uns nicht.«
»Vor einer guten halben Stunde, Madame.«
Der war noch besser als Alton! Schwindelte genau die entscheidenden paar Minuten dazu. David schaute erst auf die Uhr, dann auf Candice. Sie lächelte unverdrossen weiter.
»*Oh, Sergej!*« Beinahe gelang es ihr, mich nachzuahmen.
»Bitte, bringen Sie Madame noch ein Glas. Wir haben etwas zu feiern, nicht wahr, Liebling?«
Davids Stirn war immer noch gerunzelt. Schließlich nickte er. Er wollte gerade anfangen, mir etwas zu sagen, als Candice dazwischenfuhr. »Auf unsere Zukunft, Liebster.« Sie küßte ihn und schien seinen Mund nicht mehr freigeben zu wollen.

Dreizehntes Kapitel

David schob sie zurück, als hätte sie ihn gebissen. Ich wandte mich ab – ich fühlte mich wie zerstückelt, mein Herz, meine Seele, alle Gedanken, Worte, ja, mein ganzes Leben taumelte auf einmal, stürzte und zerschellte schließlich wie in einem Abgrund. In einer letzten verzweifelten Anstrengung sprang ich auf: »Ich glaube, es ist besser, wenn ich jetzt gehe.«
Ich winkte dem Kellner, der meine Pakete auflas.
»Nein, du bleibst.« David, halb erhoben, wischte sich über den Mund, während Candice mich betrachtete, lauthals lachte und immer noch seine Hand festhielt.
»Ich muß dir doch etwas mitteilen«, sagte er, »ich habe meinen ersten Geschäftsabschluß in der Tasche und ich möchte nicht –«
»Wie wunderbar!« Ich beugte mich unvermittelt über Candice – oh, wie sie zusammenschreckte! – und tätschelte sie ein letztes Mal an der Wange. »Hoffentlich war Ihr Vater nicht zu ärgerlich, als Sie heute nacht mit ihm gesprochen haben«, sagte ich sanft.
Candice fuhr wütend hoch: »Wer hat Ihnen erzählt, daß ich ihn angerufen habe?«
Ich setzte meine Sonnenbrille auf und schmunzelte. Sie wandte sich David zu, der abwehrte und seinen Satz zu Ende bringen wollte.
»Shelley, nun hör doch mal zu . . .«
Ich strich ihm übers Gesicht, erwiderte schon die Verbeugung des Maitre d' Hotel und stürmte hinaus in die Hitze, ohne mich noch einmal umzuschauen. Als ich nach einem Taxi winkte, hielt Hal mich am Arm fest.
»Sie müssen mir erzählen, was drinnen vorgefallen ist.«
»Ach, fragen Sie Candice.« Doch dann gab ich Hal einen

flüchtigen Kuß: »Entschuldigen Sie, Sie waren sehr nett zu mir.«
»Soll ich Sie begleiten?«
»Danke nein. Mir geht's gut. Ich bin in Eile – ich hab' ein großes Wochenende vor mir. Ich verspreche, ich erzähle Ihnen später alles.«

Als sich Chapman um drei an meiner Tür meldete, war ich noch nicht fertig. Mein Gesicht bedurfte noch der Auffrischung. Fünfzehn Minuten danach sah ich einigermaßen akzeptabel aus. So begab ich mich ins Foyer. Als ich auf ihn zuging, fühlte ich mich wie ein kleines Mädchen, das bereit ist, seine Jungfräulichkeit preiszugeben. Ich hatte unser letztes Zusammensein keineswegs vergessen, aber diese Verabredung stand entschieden unter einem anderen Stern, als wäre diese Shelley ein ganz anderer Mensch.
»Entschuldige«, ich hauchte ihm einen Kuß auf die Wange, »ich wußte nicht, daß du so pünktlich sein würdest.« Er war so offenkundig glücklich über meine Anwesenheit, daß er jünger, ja fast beschwingt wirkte.
»Wir sind genau im Zeitplan. Unser Flugzeug wartet in La Guardia.«
»Mein Gott, doch nicht wieder ein Hubschrauber?«
»So was würde ich dir kein zweites Mal zumuten. Es ist eine Comanche, und du wirst dich sicher fühlen wie in Abrahams Schoß.«
»Okay. Und du weißt, wo wir uns aufhalten werden? Ich möchte gern das Hotel wissen, damit mich meine Mutter anrufen kann, falls etwas mit den Kindern ist.«
Er schrieb Namen und Telefonnummer auf einen Zettel und wartete, während ich den Manager instruierte, wie ich zu erreichen war – und, nicht zu vergessen, die Münzen für Mr. Warwick, sauber verpackt, und mit vielen Grüßen, Shelley.
Im Taxi bemächtigte sich Chapman sogleich meiner Hand und küßte sie. Ich überließ sie ihm, weil ich mich diesem Mann nun wohl würde hingeben müssen. Genau wußte ich nur, was mich in den kommenden beiden Tagen erwartete.

Aber wenn wir beide wollten, konnte daraus auch etwas für alle Zeiten werden. Ich versuchte gar nicht erst, mir einzureden, daß all dies meinen aufrichtigen Wünschen entspräche – es war nichts als eine Möglichkeit, die mir im Augenblick offenstand. Ich seufzte, Chapman zog mich näher heran und küßte meinen Mund.
»Wie geht's uns denn, Prinzessin?«
Jetzt fiel mir wieder ein, daß er mich auch in Monaco so genannt hatte. Vermutlich redete er alle seine Freundinnen so an, aber ich fühlte mich so leer, daß es mir egal war.
»Hast du auch manchmal das Gefühl, daß du alles getan und beinahe Berge versetzt hast – und dennoch ist nichts geschehen?«
»Nur zu oft.« Das Taxi knallte in ein Schlagloch, und wir stießen gegeneinander. »Jetzt zum Beispiel empfinde ich ganz genauso.«
Er schaute auf meine Hände. »Du bist doch gar nicht richtig da, oder?«
»Du hältst mich fest«, ich lächelte, aber er blieb ernst, »mein ganzes körperliches Ich ist bei dir. Da ist nichts im Hotelzimmer zurückgeblieben.«
»Du weißt, was ich meine.«
»Ich kann ihn nicht über Nacht vergessen, Chapman.«
Wenn ich es überhaupt jemals fertigbrächte! Für eine Sekunde wünschte ich mir, mich in ihre Nähe versetzen und ihnen zuschauen zu können. Nein, lieber nicht, lieber nicht wissen müssen, was dort geschah. Man kann die Zerstörung nur bis zu einem gewissen Grad ertragen.
»Hast du Fortschritte gemacht?«
»Wir trafen uns zufälligerweise auf einer Party und haben ein paar Worte miteinander gewechselt.«
»Und?«
Ich blickte aus dem Autofenster und gab keine Antwort. Da war ich umgeben von der Unmenschlichkeit achtspuriger Autobahnen und gigantischer Auffahrten, die mich erschreckten und einschüchterten. Wie kann man inmitten solch unerbittlicher steinerner Brutalität Liebe empfinden?

»Hast du ihm das Geld gegeben?«
»Ja.« Ich vermied seinen Blick, spürte sein Mitleid und dann das leichte Aufblitzen seiner Erleichterung. Noch ein gottverdammter Sieger!
»Womit wir doch noch zu einem Happy-End gekommen wären: er hat das Mädchen und das Geld, und . . .«, er brach mitten im Satz ab.
»Und du hast mich, das wolltest du doch sagen?«
»Ja, so etwas Ähnliches.« Er hatte erreicht, daß ich mich wie ein Stück Ware fühlte, das gerade eben den Besitzer gewechselt hat.
»Jetzt gibt es keinen Grund mehr für ihn, zu dir zurückzukehren, oder?«
»Keinen.«
»Wir haben viel, viel Zeit für uns beide«, er hob meine Hände an seine Lippen und ließ sie dort verweilen, »dies wird das beste Wochenende meines Lebens.«
Er setzte ein verführerisches Lächeln auf, und ich mußte lachen. Mein Gott, sie waren alle gleich, einer wie der andere. Und doch brauchte ich ihn.
Der Flug im Hubschrauber neulich nacht hatte im Dunkeln stattgefunden. Jetzt, im hellen Tageslicht, sah sein Flugzeug so zerbrechlich und klein aus wie eines der Modelle aus Charles' Baukästen.
»Sag mal, ist das auch sicher?«
»Gewiß, Prinzessin. Steig ein.«
Er kletterte auf die Tragfläche und zog mich mit sich. Ich trat so vorsichtig auf wie möglich und setzte mich neben ihn in die Kanzel. Er legte mir die Gurte um und knatterte dann zum Kontrollturm. Als die Maschine abzuheben begann, schloß ich meine Augen: »Alles in Ordnung?« Ich zwinkerte mit einem Auge.
»Es könnte nicht besser sein.«
Nun öffnete ich auch das andere Auge. Die Sonne schien in fast übernatürlicher Helle und Klarheit, die weißen Wolken lagen zum Greifen nahe über uns. Chapman grinste über meine Nervosität. Ich mußte fast zehn Minuten nach oben

starren, bevor ich den Mut aufbrachte, zur Erde hinunterzuschauen.
»Willst du nicht so hoch gehen wie ein Passagierflugzeug? Man kann ja die Gesichter der Leute erkennen.«
»Etwas höher wäre möglich, aber zehntausend Meter? Wir würden erfrieren.« Er tastete nach meinem Knie und fing an, die Innenseite meiner Beine zu liebkosen.
Ich schob seine Hand fort, küßte sie und legte sie zurück auf den Steuerknüppel. »Ich will ja nicht sagen, daß ich das nicht mag – aber lieber wären mir beide Hände am Steuer.«
»Wenn du willst, drehe ich sogar einhändig einen Looping.«
»Untersteh dich!«
Nach einer halben Stunde begann ich, den Flug zu genießen. Das Geräusch des Motors wirkte beruhigend, und ich fühlte mich wie eine Herrin der Lüfte in dieser großartigen Einsamkeit. Ich wünschte mir, ganz allein immer weiter himmelwärts zu schweben.
»Konnte Betty mit diesen Dingern umgehen?«
»Sie ist eine ausgezeichnete Pilotin. Ich hab's ihr beigebracht. Willst du es auch mal versuchen?«
»Noch nicht.«
Seine Gedanken schweiften in die Vergangenheit, und ich mochte ihn davon nicht ablenken. Im Fenster spiegelte sich sein glückliches Lächeln: er erinnerte sich an eine bessere Zeit.
»Einmal bin ich auf Brands Hatch von der Piste abgekommen, Armbruch, und sie flog mich zurück nach London. Was für ein verdammt schlimmer Tag. Wir hatten Höhenwind, Regen, und die Sicht war fast null. Ich dachte, sie würde es nie schaffen.«
Er schüttelte den Kopf vor Bewunderung. Der arme Kerl liebte sie weiß Gott immer noch. »Und dann brachte sie mich sicherer runter, als ich das selbst hätte tun können.«
»Ich brauchte tausend Jahre, um fliegen zu lernen.«
»Es ist kinderleicht.«
In der nächsten Viertelstunde versuchte er mir beizubringen, wie man die verdammte Maschine flog. Ich wurde in

Bettys Rolle gedrängt – was ich ihm kaum verübeln durfte. Wie Generäle ihr Leben lang frühere Schlachten immer von neuem im Sandkasten durchspielen, suchen auch Liebende die Erinnerung an das vergangene Gefühl. Wir wollen unsere Jugendliebe, unsere große Leidenschaft, ja, unsere besten Erfahrungen gewissermaßen wiederholen und die Eigenschaften des einen beim anderen wiederfinden. In Chapman leuchtete ein bißchen von dem vertrauten Humor, von der Kraft und Bestimmtheit, ja der jungenhaften Leichtigkeit Davids auf. Ich fragte mich, welche von Bettys Eigenschaften sich in mir widerspiegeln könnten. Sicher nicht die Fähigkeit, eine Maschine wie diese zu steuern. Vermutlich war es irgend etwas anderes, das nur er zu erkennen vermochte.

»Na, kriegst du's mit?«

»Nein«, ich küßte ihn, »du kannst aufgeben. Ich habe keinerlei Ehrgeiz.«

»Und wenn ich mir nun mein Bein brechen würde, was dann?«

»Nehmen wir den Zug, Chapman. Ich bin als Pilotin lausig, aber ein As, wenn es gilt, Fahrkarten zu kaufen.«

Wir neckten uns noch ein bißchen, um der Vergangenheit nicht allzuviel Platz einzuräumen. Überraschend schnell war der Flug zu Ende. Als Chapman im Bogen über einen Fluß hinweg zur Landung ansetzte, kniff ich meine Augen zu, bis wir ganz ausgerollt waren.

Watkins Glen erwies sich vom Fenster des Taxis aus als eine hübsche kleine Stadt. Das Hotel war geräumig und kühl, es gehörte zu einer dieser riesigen Ketten von Motels, die er bevorzugte, wann sich die Gelegenheit ergab. Für uns hatte er ein Doppelzimmer gebucht.

»Ich möchte lieber ein Einzelzimmer.«

»Oh, Shelley, muß das sein?«

»Das heißt doch nicht, daß ich in Keuschheit machen will. Ich möchte nur zwei Einzelzimmer. Ich stehe dir zur Verfügung, wann immer du willst, Chapman.«

Er hätte vielleicht ein Streitgespräch angefangen, aber er

wußte, daß es zwecklos sein würde. So schrieben wir uns getrennt ein, und ich belohnte ihn mit einem aufmunternden Kuß im Lift. Das Zimmer war auf die übliche Weise eingerichtet, mit einer Pseudo-Holztäfelung aus Plastik, einem Farbfernseher und einem winzigen Bad. Zwei Gauguin-Drucke verliehen dem Raum wenigstens einen kleinen Anflug von Würde. Chapman klopfte und trat ein.

»Ein bißchen deprimierend!« Ich zog die Vorhänge herunter. Jetzt, im Zwielicht, wirkte es ein wenig gemütlicher. Die Sonne war einfach zu hell für diese Wirklichkeit.

»Wenn du so oft wie ich in diesen Häusern logiert hättest, wärst du längst daran gewöhnt.« Er begann sich zielstrebig, aber ohne Hast in einer Ecke auszuziehen. »Den Unterschied zwischen den einzelnen Orten kannst du nur im Telefonbuch erkennen.«

Manchmal machen mich Männer neidisch. Sie haben keine Brust, die erschlaffen kann, noch brauchen sie um Schwangerschaftsstreifen besorgt zu sein. Unsere Körper sind wie Uhren – im Spiegel können wir sehen, wie ihre Zeit verrinnt.

Chapman hatte schlanke Oberschenkel und einen flachen Bauch. Vielleicht waren seine Hüften ein bißchen zu füllig, aber keinesfalls so sehr, um den athletischen Eindruck seiner Figur zu schmälern. Selbst seine Falten wirkten so verdammt jugendlich: er stellte seine Männlichkeit ungeniert zur Schau.

»Gott, bist du hinreißend, Shelley!«

Das war alles, was ich brauchte. Wenn er mich vielleicht auch anders in Erinnerung hatte, so ließ er es mich doch nicht fühlen, weder mit seinen geflüsterten Worten noch durch die Art, wie er mich berührte, küßte und abtastete. In seinen Fingerspitzen und in seinen fast schwerelosen Bewegungen lag die Erfahrung mit zahllosen Frauen. Er hielt mich sanft fest und streichelte mich, bis ich langsam wieder an die Oberfläche des Bewußtseins zurückkehrte. Er war dankbar und fragte nicht nach meinen Empfindungen, weil

er sie, genauso wie David, in ihrer ganzen Eindringlichkeit instinktiv erfaßte.
»Ich hoffe, wir verbringen unsere restliche Zeit hier im Bett und lieben uns«, sagte ich.
»Schön wär's, aber die Arbeit ruft.« Er stieg aus dem Bett und hinein in seine Hose. »Möchtest du nicht auf die Rennstrecke mitkommen? Du bist doch noch nie in den Boxen gewesen, oder?«
»Nur bei den Pferden.«
Er warf ein Kissen nach mir. »Du wirst ein neues Lebensgefühl kennenlernen.«
»Ja, der Anfang war vielversprechend. Aber erwarte nicht, daß ich so rasch angezogen bin wie du.«
»Ich muß James und ein paar von den anderen treffen. Sagen wir, in einer halben Stunde unten an der Bar?«
»Lieber in fünfundvierzig Minuten.«
Ein schneller Kuß, und er war fort. Ich lag in der kleinen Badewanne und sehnte mich nach Vergessen. Die Liebe hatte mich entspannt, aber all mein inneres Gefühl wollte Chapmans Kreisen entfliehen. Ich zog einen Hosenanzug mit gelber Seidenbluse an, für diese Gelegenheit das einzig Passende, das ich mithatte.
Chapman saß mit fünf anderen Männern am Tisch. Bei meinem Kommen sprang er auf und stellte mich vor. Ich sollte James und die übrigen Renngrößen wohl erkannt haben, aber mein Gedächtnis streikte. Charles an meiner Seite wäre beeindruckt gewesen – einige von ihnen waren seine erklärten Helden.
Das war nun also mein Einzug in diese Welt ganz besonderer Männlichkeit. Aber ich fühlte mich nur noch einsamer als vorher. In einer mir unverständlichen Sprache unterhielten sie sich über andere Männer, die ich auch nicht kannte. Ihre Zuneigung füreinander war offenbar grenzenlos – gemeinsam verbrachte Jahre in Bars, fremden Städten und auf den Rennstrecken hatten sie eng aneinander gebunden: vermutlich wäre es auch für jeden anderen Mann unmöglich gewesen, diese Kluft zu überwinden.

Chapman versuchte, die Aufmerksamkeit auf mich zu lenken. Er unterbrach den Fluß der Unterhaltung immer wieder, um mir alles zu erklären und mich in ihr Gespräch mit einzubeziehen; aber als wir schließlich die Boxen erreicht hatten, war ich vergessen. Betty mußte ihn außerordentlich geliebt haben, daß sie diese Isolierung so viele Jahre hatte aushalten können.
Mir war ganz entfallen, wie häßlich diese phallischen Rennmaschinen aussehen. Ihre sich verjüngenden, fast oval geformten Schnauzen verbreiterten sich nach hinten zu den plump gewaltigen Motorblöcken. Der Fahrer von Chapmans Wagen wirkte wie ein Achtzehnjähriger. Ja, sie sahen alle wie verspielte Knaben mit neuen und furchterregenden Spielsachen aus. Auch hatte ich den Höllenlärm vergessen; jedesmal, wenn ein Wagen an uns vorbeiraste, drohte mein Trommelfell zu platzen.
Ich schaute an den Boxen entlang und konnte einige andere Frauen sehen, alle recht elegant und, wie ich, sehr einsam. Nach einer Viertelstunde bekam ich Kopfschmerzen. Ich saß herum und wartete auf Chapman, wie ich früher herumgesessen und auf David gewartet hatte. »Ich gehe zurück ins Hotel«, schrie ich Chapman ins Ohr. Er nickte flüchtig. Wenn er mich nur darum gebeten hätte, wäre ich vielleicht geblieben.
Als ich im Hotel ankam, schien die Sonne immer noch kräftig genug. Ich zog meinen Badeanzug an, schwamm einige Runden in dem kleinen Bassin im Garten und streckte mich auf einem Liegestuhl aus, um ein bißchen zu lesen.
Innerlich fühlte ich mich in dieser giftigkalten Luft des Wartens wie hängengelassen. Soldatenfrauen, Frauen von Seeleuten, Rennfahrern oder Handelsreisenden, ob Ehefrau oder Geliebte – wir sind allesamt dumme, kleine Penelopes, die ihres Odysseus harren. Und was das Schlimmste ist – wir tun es freiwillig!
Chapman kehrte erst wieder zurück, als es schon kühl zu werden begann. Er sah erhitzt aus und glücklich. Einen

Nachmittag war er zu der einzigen Beschäftigung zurückgekehrt, die er wahrhaft liebte. »Es tut mir leid, daß es dir da draußen nicht gefallen hat.« Er breitete seine Jacke über meine nackten Schultern, nicht ohne vorher einen Kuß darauf zu drücken.
»Für mich ist es laut und langweilig. Alles, was diese Wagen produzieren, ist Krach und Gestank. Mir unbegreiflich, wie die anderen Frauen das aushalten.«
»Sie wollen ein Teil von dem werden, was wir tun.«
»Nie im Leben werden sie das. Es ist ein Spielchen, bei dem ihr sie ein bißchen zuschauen laßt.«
»Das ist kein Spiel.« Ich konnte sehen, wie er seine Lippen zusammenpreßte, und lächelte ihn an, aber er zog es vor, es zu ignorieren.
»Betty pflegte die Runden zu stoppen. Und sie wußte verdammt gut Bescheid über die Wagen.«
»Runden stoppen? Du meinst, jedesmal, wenn du vorbeisaust, auf eine Stoppuhr drücken? Meine zehnjährige Tochter könnte das.« Ich setzte mich aufrecht hin und zuckte zusammen, weil mein Körper eine feuchtkalte Stelle auf dem Liegestuhl berührte. »Mich wirst du nie dazu kriegen, dir zwischen den Boxen nachzulaufen und einen blöden Knopf zu drücken, bloß um dir damit zu beweisen, daß ich nun ein Teil von dir bin.«
»Weil du dich nicht für das interessierst, was ich tue.«
»Oh!« Diesmal hatte ich tatsächlich das kämpferische Niveau meiner Mutter erreicht! »Und falls *ich* losziehe, um zu malen, kommst du natürlich mit, um meine Palette zu halten? Und jedesmal, wenn Betty etwas tat, das ihr gefiel, bist du hinterhergerannt und hast mitgemacht?«
»Wenn mir danach zumute war.«
»Dieses idiotische Märchen von der allgegenwärtigen Gemeinsamkeit! Da wünsche ich mir die gute alte Zeit der Arbeitsteilung und der getrennten Vergnügungen zurück. Gott sei Dank hat David mich nie gebeten, sein Büro zu hüten oder ihm zuzuschauen, wenn er Fußball spielte.«
»Vielleicht ist das der Grund, warum er abgehauen ist.«

»Er hat jedenfalls kein so wackeliges Selbstbewußtsein. Und falls er es plötzlich bei Candice entwickelt haben sollte, dann kann er mir gestohlen bleiben.«
Chapman verzichtete auf eine Antwort. Die Beleuchtung an den Seiten des Schwimmbassins ging an und ließ das Wasser sauber und einladend aussehen. Das Spiel von Licht und Schatten gab der häßlichen Umgebung des Badeplatzes einen unbeholfenen Charme. Die weicher werdenden Umrisse der Landschaft besänftigten auch meine Laune. Ich streichelte Chapmans Hand und ließ sie dort still liegen.
»Ich verstehe nicht, warum wir streiten.«
Er zog seine Hand fort und erwiderte schließlich: »Ich hatte gehofft, du würdest den Rennsport ein bißchen so mögen wie ich.« Er zog mich hoch. »Aber das wird wohl nie der Fall sein, oder?«
»Wenn du mir Zeit gibst, könnte er mir eines Tages zumindest weniger unsympathisch sein.«
Als wir ins Hotel zurückgingen, hoffte ich nur, daß sich diese Zeit nie ergeben würde. Mit einem Mann zusammenzusein, wenn man einen anderen begehrt – das machte mich niedergeschlagen, und ich schauderte bei dem Gedanken, daß so etwas womöglich ein Leben lang andauern könnte. Chapman dachte, mir sei kalt, und legte einen Arm um mich.
»Es wird ja nicht so oft vorkommen wie zu Bettys Zeiten. Ich treibe mich doch nur noch gelegentlich auf den Pisten herum.«
»Schön zu hören.«
Er hielt vor meiner Zimmertür und trat mit mir zusammen ein.
»Wann treffen wir mit den anderen zusammen? Ich nehme doch an, daß das dein Programm ist.«
»Wir sind nur ein paar enge Freunde.« Gottlob sah er ein bißchen schuldbewußt aus. »Ich hab' mir gedacht, wir nehmen um acht einen Drink und gehen danach zum Essen.«

»Also keine Zeit mehr für ein kurzes – Abendgebet. Klopf an die Tür. Ich werde fertig sein.« Kuß. Abgang.
Ich wußte genau, daß ich mich heute abend betrinken würde. Wir waren zu acht, vier Männer, Weltmeister verschiedener Jahre, mit ihren Frauen, Freundinnen oder was auch immer. Genaues wußte ich nur um meine eigene Identität: Kurzzeitgeliebte mit der vagen Möglichkeit auf eine längere Zeitspanne. Ergeben unterwarf ich mich meinem Schicksal. Ich war ja die Fremde. Ich hatte zwei andere Frauen zwischen den Boxen gesehen, die einander offenbar gut kannten. Sie plauderten lebhaft und beherrschten den Jargon ihrer Männer vollkommen. Die dritte weibliche Person, Franks Zufallsbekanntschaft für eine Nacht, war eine spätreife Rothaarige. Von ihrem Standpunkt aus gehörte ich wohl gleichfalls zu ihrer Kategorie.
Langsam trank ich mich ins Land des Vergessens hinüber, mit Doppelten, angenehm kühl, mit vielen Eiswürfeln. Als wir zum Dinner aufbrachen, hatte ich schon mindestens drei gekippt.
»Das ging aber ganz schön schnell.« Chapman schaute leicht fassungslos, als wir den anderen zum Parkplatz folgten.
»Du bist eben nicht der einzige, der hier einen abzischen kann.«
In Gegenwart von David passierte mir so etwas selten, und auch nur dann, wenn ich wirklich wütend auf ihn war.
»Ich hoffe nur, daß du weißt, wann du aufhören mußt. Ich mag keine besoffenen Frauen.«
»Und ich hasse Männer, die was gegen betrunkene Frauen haben.«
Er blieb stehen und schien zu überlegen, ob er mich ins Hotel zurückbringen sollte.
»Passiert dir nie, daß du unbedingt in Stimmung kommen willst?«
»Doch.«
»Heute bin ich soweit.« Ich zog sein Gesicht zu mir und küßte ihn leidenschaftlich. »Paß auf mich auf, Chapman.

Und hüte dich, mich morgen früh an irgend etwas zu erinnern.«
Als ich ihn freigab, nickte er und strich mir übers Haar. Ja, er konnte manchmal ein richtiger Goldschatz sein.
Die anderen Autos fuhren los. Chapman öffnete mir die Tür und setzte sich hinters Steuer. Er schien sich in einen anderen Menschen zu verwandeln: älter und mit tiefen Falten um den Mund.
»Verdammte Scheiße!«
Er ließ den Motor an und steuerte auf die Straße. Die überholenden Wagen warfen wechselnde Lichtbündel auf sein Gesicht, und mit jedem Mal schien er mehr zu versteinern. Er zuckte nicht einmal, wenn er geblendet wurde.
»Hör auf, mich David zu nennen!«
»Hab' ich das getan? Verzeih mir.« Ich führte seine Hand an meine Wange, und er war zartfühlend genug, sie nicht fortzuziehen.
»Du hast doch diese Adresse nicht wegen deiner besorgten Mama hinterlassen, oder?« Er blickte mich streng an. Ich schüttelte den Kopf. »Sie hätte doch nichts gegen Doppelzimmer einzuwenden.«
»Bist du böse auf mich?«
Sein Nein ließ länger als eine Minute auf sich warten.
Das Restaurant war gut besucht, es gab kaum einen freien Parkplatz, und wir mußten mehrere Runden drehen, bevor Chapman eine Lücke fand. Ich ergriff seine Hand und preßte sie an mich, als wir das vornehm eingerichtete Lokal – großes Kaminfeuer und romantische Klaviermusik – betraten.
»Müssen wir unbedingt mit den anderen zusammensitzen?«
»Ich fürchte ja.« Er lächelte, aber seine Augen wirkten wenig heiter. »Vielleicht ist es das letzte Mal.«
Chapman erwies sich in dieser Nacht, soweit ich mich erinnern kann, als vorbildlicher Liebhaber. Als es Zeit war, trug er mich in mein Bett zurück. Ich vermutete das jedenfalls, denn dort erwachte ich. Die Jalousien waren immer noch heruntergezogen, aber die Sonne drang ins Zimmer mit

messerscharfen, weißen Lichtstrahlen. Ich räkelte mich. Mein Gedächtnis war wie ein durcheinander geworfenes Puzzlespiel, von dem die meisten Teilchen abhanden gekommen sind. Er hatte mich wohl geliebt, ja, ich war dessen sicher und wünschte mir nur, ich wäre ein bißchen wacher gewesen, um ihm mehr Vergnügen bereiten zu können. Ja, er hatte mir auch seine Liebe gestanden. Vermutlich hatte er das immer wiederholt, denn diese Worte tauchten ganz klar aus meiner verschwimmenden Erinnerung hervor. Aber ich wußte nicht, was ich ihm geantwortet haben konnte oder wie ich ihn genannt hatte.
Erst nach ein paar Stunden war ich imstande mich aufzurichten und das Bett zu verlassen. Ich fühlte mich etwas besser, beinahe wieder wie ein normaler Mensch. Ah, auf dem Tisch ein Zettel für mich! »Bin zum Rennen, komme gegen sechs zurück. Du warst großartig. P.S.: Du hast mich mit niemandem verwechselt!!!«
Was für ein Glück. Er hatte ja genügend eigene Probleme.
Als ich endlich gebadet und mich zurechtgemacht hatte, war es halb fünf. Die Sonne würde jetzt wohl nicht mehr so verheerend auf meine Augen einwirken können. Ich klemmte mir ein Buch unter den Arm, setzte die Sonnenbrille auf und ging hinunter zum Schwimmbad.
Auf dem Rasen um das Bassin lagerten ein paar Frauen und einige Kinder. Ein junger Adonis zog mit seinen Sprungkünsten eine Show ab. Er gehörte zu jener Sorte, deren Männlichkeit allein im Bizeps liegt. Ich suchte mir einen Liegestuhl, so weit entfernt von ihm wie möglich, und streckte mich aus, um zu lesen. Es war warm und friedlich. Ich muß ziemlich fest geschlafen haben, denn als ich erwachte, stand die Sonne kurz vor ihrem Untergang.
Der Schatten eines Mannes lag über meinem Bauch. Für mehr als eine Minute bewegte er sich nicht. Ohne Zweifel – unser Adonis.
»Hauen Sie doch ab.«
»Du gefällst mir wirklich sehr.«
David nahm einen Stuhl und setzte sich neben mich.

Vierzehntes Kapitel

»Inwiefern bitte?«
»Zum Beispiel als Ehefrau.«
»Hast du es auf diese Tour nicht schon mal versucht – bei einer anderen Biene?«
Er lachte. »Nicht ganz. Ich hab' mein Auge auf dich geworfen. Und ich bin froh, daß ich dich gefunden habe.«
»Genauso wie ich.«
Ich küßte ihn, sprang auf, rannte zu Chapmans Zimmer und klopfte. Er öffnete und trat auf die Seite. Anscheinend hatte er mich erwartet.
»Wie war das Rennen?«
»Gut.« Er drehte sich zum Schrank hin und wechselte sein Jackett.
»Tut mir leid, Chapman«, ich suchte seine Hand, aber er entzog sie mir und bewegte sich zur Tür hin.
»Vielleicht sehen wir uns einmal wieder – ein anderes Wochenende, in einer anderen Stadt.«
»Das würde dir kaum gefallen.«
Er zögerte und kam dann doch auf mich zu, ein Arm umschlang meinen Hals, und er berührte meinen Mund.
»Und mir genausowenig. Ich hab' dich da am Wasser gesehen, mit einem Knülch. War er das?«
»Ja.«
»So berühmt sieht er aber gar nicht aus.«
Ich lachte. »Chapman, nicht jeder Mann kann so schön sein wie du.«
Er schmunzelte, streichelte mich abermals – dann war er verschwunden. Der Raum wirkte auf einmal trostlos, und ich eilte hinaus.
Ich fing nicht gleich an, meine Sachen zu packen. Ich wußte, daß David unten im Auto auf mich wartete. Ich würde zu

ihm einsteigen, und es würde wie eine vertraute gemeinsame Heimfahrt nach einer etwas ausgedehnten Party sein.
Jetzt brauchte ich noch ein paar Augenblicke, um nachzudenken, um wieder Atem schöpfen zu können. Mein Gott, das ist der Preis der Liebe, und wir müssen ihn immer von neuem bezahlen. Was würde von mir nach meinem Tod übrigbleiben – nur eine winzige Spur von jener Unschuld, mit der ich einst geboren worden war. Unsere Zeitspanne ist immer zu kurz, aber damit muß man sich bescheiden. Ich blieb fast eine Viertelstunde sitzen – angesichts jener achtzehn Jahre, die nun vor uns lagen, eine kleine Frist.